LE CHEMIN DE L'ESPOIR

Jean-Louis Desforges

City
Poche

Retrouvez tous les titres City Editions :

www.city-editions.com

Photo de couverture : © Natasza Fiedotjew / Trevillion Images
ISBN : 978-2-8246-2767-0
Code Hachette : 30 5676 0

Collection dirigée par Christian English & Frédéric Thibaud.
Catalogue et manuscrits : city-editions.com

Dépôt légal : Mars 2025

Des routes toujours plus grandes,
pour aller toujours plus loin, nulle part.

ROMAIN GARY, *LES RACINES DU CIEL*

1
La route

Depuis le coucher du soleil, la canonnade s'était rapprochée de notre ferme près de Sedan. Cela ne nous avait pas empêchés de travailler comme d'habitude. Nous nous attendions à cela, qui restait dans l'ordre des choses, conforme aux prévisions de nos autorités. On nous avait répété que notre armée ne ferait qu'une bouchée des Allemands, que l'envahisseur se casserait le nez sur nos lignes de défense, qu'Hitler réfléchirait à deux fois avant de risquer une nouvelle défaite plus cuisante que celle essuyée en 1918 par l'armée germanique. De quoi lui ôter l'envie de renouveler une expérience qui ruinerait pour longtemps l'économie encore chancelante des anciens vaincus. Ridicule sur ses ergots, le dictateur d'opérette avait annexé l'Autriche et la Pologne, mais ce serait une autre paire de manches avec nous. Qui effrayait-il, avec ses attitudes de pantin désarticulé ? Qu'avions-nous à craindre de cette marionnette grotesque qui lançait ses bras en tous sens ? Rien. Notre valeureuse stratégie n'aurait pas de mal à maintenir ce prétentieux belliqueux dans ses frontières. Nos redoutables mortiers se chargeaient de le contenir sans mal de l'autre côté de la ligne Maginot réputée infranchissable. Ces déflagrations en étaient la preuve. Notre artillerie avait fait ses preuves durant la précédente guerre et il fallait être fou pour oser s'y frotter une nouvelle fois. Voilà ce que pensaient le gouvernement et nos concitoyens, unanimes. Formés par la Grande Guerre, nous allions nous débarrasser des nazis en deux temps et trois mouvements. Nous évoquions les prétentions de nos voisins avec un rictus railleur au coin de la bouche.

Marion et moi, nous avions célébré notre mariage en janvier 1933. Je l'avais rencontrée l'année précédente au bal de la Saint-Jean. Sa gaieté, son sourire permanent, son courage au travail m'avaient immédiatement charmé. Il suffisait de l'approcher pour entrer dans la lumière. Presque aussi grande que moi, elle possédait tout ce qu'un homme pouvait demander à la vie. Avec l'ovale de son visage, ses tresses brunes qu'elle nouait au sommet de sa tête, elle ressemblait à ces portraits de saintes enserrés dans les broches. Son rire franc et clair balayait ma fatigue. Quand elle exprimait sa joie, ses yeux retrouvaient des malices d'enfant. Dès que je l'avais tenue dans mes bras, j'avais su que je n'aurais plus jamais le goût de la relâcher. Nos pas s'étaient aussitôt accordés, comme si nous nous connaissions depuis toujours. Elle était venue par chez nous pour rendre visite à sa cousine germaine qui vivait dans une exploitation voisine. Pour ma part, je sentais que je ne lui déplaisais pas et quand elle était repartie chez elle du côté de Nancy, une correspondance assidue s'était établie entre nous. Elle me racontait ses projets dans lesquels j'intervenais de plus en plus souvent. Je lui exposais mes vues sur l'avenir où elle méritait naturellement une place essentielle. J'étais pressé de la compter dans la famille Braibant. Très vite, elle m'était devenue indispensable comme l'air que je respirais et le soleil qui illuminait nos jours. Mes parents qui commençaient à prendre de l'âge évoquèrent une date pour mes noces, comme si notre union était l'événement le plus naturel, le plus inéluctable, le plus évident, comme la floraison des arbres au printemps ou les généreuses pluies d'automne. Ils nous voyaient bien reprendre leurs terres qui appartenaient à la famille depuis la Révolution. Le père de Marion était métayer et louait quelques hectares qu'il cultivait bravement, et où il élevait quelques vaches. Les travaux des champs lui avaient brisé les reins et, à cinquante-cinq ans, il était évident qu'il n'avait plus la force de planter un prunier dont il ne verrait pas les fruits. Ma fiancée savait qu'elle ne devait pas trop compter sur son héritage et qu'un avenir assuré l'attendait auprès de moi.

Ce matin de juin 1940, une aube flamboyante incendiait la campagne, elle s'accrochait aux peupliers, aux toits, aux haies qu'elle habillait de sang. Elle remplissait de lave incandescente les fossés gorgés d'eau. Nous étions occupés à sarcler un carré envahi par les mauvaises herbes, et soudain il se dressa devant nous, immense, dos au levant, ourlé d'or comme le Jésus de l'église baigné par la lueur des vitraux : un impressionnant soldat de la Wehrmacht qui, à contre-jour, semblait vêtu de noir, dessiné en traits d'or sur le ciel orange. On l'aurait dit perdu, il nous fixait avec un sourire figé. Ni arrogant ni soumis, illisible, un être d'ébène qui dégageait une impression de force brutale, caparaçonné d'acier et de cuir. Nous nous scrutâmes sans parler, cherchant à deviner nos intentions respectives. Nous retenions notre souffle, sur nos gardes. Je n'osais pas bouger tandis que, légèrement en retrait, Marion enfonçait ses ongles dans mon bras, jusqu'à ce qu'enfin sa tension se relâchât. Reconnaissait-il en moi un travailleur agricole tel que celui qu'il avait peut-être été jusqu'à récemment ? Un bref instant, nous nous demandâmes comment cet être irréel avait pu échouer ici, si loin des siens. Nous le plaignions en secret, lui que le caprice d'un petit caporal ambitieux et amer avait arraché à ses terres et aux siens. Sa surprise d'échouer là n'était pas moins grande que la nôtre de le surprendre planté comme un épouvantail devant notre habitation, au milieu de notre culture.

L'Allemand serrait un fusil contre sa poitrine et le fer de l'arme cognait la plaque métallique qui pendait à son cou au bout d'un lacet. Je ne voyais pas ses cheveux. Les feux de l'aurore brasillaient dans ses pupilles sous l'ombre de son casque qui descendait assez bas sur son front. Lentement, pour ne pas nous apeurer, il pivota sur ses hanches et sa main droite désigna la route au loin, où une colonne de blindés filait vers le sud. Le ronflement lointain des moteurs me parvenait comme étouffé par la brume. Soudain, douze fantassins surgirent de derrière notre grange. Ils tenaient des poules et des lapins qu'ils venaient d'égorger, plus joyeux que des gamins chapardeurs de pommes, entraînant notre visiteur muet. Ils défilèrent en courant devant nous sans nous accorder un regard et se dirigèrent vers les chars.

—Ils sont déjà là, m'entendis-je murmurer, pétrifié, exsangue.

Nous restâmes là, immobiles, avec la pénible impression de nous retrouver dans un cauchemar. Puis nous allâmes nous réfugier dans l'habitation. Devant la porte du hangar, la forme allongée de notre chien roux faisait obstacle. Son flanc était ouvert par un coup de baïonnette, une entaille profonde d'où s'échappait sa vie en une coulée grasse qui se perdait dans le sol. Nous nous précipitâmes dans l'habitation. S'insinuant par la fenêtre, un faisceau de lumière jouait avec l'air où virevoltait une myriade de particules d'argent. Sur l'épaisse table de bois, posé comme un sabre, le soleil éclairait des miettes de pain, nos trois bols maculés par des lambeaux de peau du lait, un couteau où deux mouches se gavaient des restes de confiture de cerise. Une image d'un bonheur que nous savions déjà éphémère. Nous aurions voulu croire que rien ne s'était passé, nous n'étions pas envahis, rien n'avait changé. Un matin comme les autres, dans un pays où il faisait bon vivre. Ces déflagrations au loin retentissaient comme un banal orage de printemps.

—Où est Jeannette ? murmura mon épouse, livide.

Ses doigts arrimés au dossier d'une chaise, elle ne pouvait plus se mouvoir.

Je me précipitai dans le coin où notre enfant avait coutume de jouer. Je distinguai ses jambes qui dépassaient entre le lit et le mur. La petite s'était endormie sur le tapis, la tête posée dans le creux de son bras, inconsciente du drame qui venait de bouleverser notre maison, notre pays. Je la soulevai pour l'étreindre. Elle se réveilla, inquiète. Elle devinait que nous traversions quelque malheur dont elle ne soupçonnait pas l'origine.

—Elle est là, tout va bien, dis-je.

Marion me délesta de ma précieuse charge et jeta un coup d'œil dehors. À droite, les chars progressaient toujours sur la grand-route. Les vibrations des moteurs et des chenilles nous secouaient le ventre. À gauche, de l'autre côté de la ferme, un chapelet disparate s'égrenait à l'abri des arbres, sur le chemin de halage. Des soldats français, les nôtres, désarmés. Certains se servaient d'une planche comme d'une béquille, sautillant sur une jambe. Les uns soutenaient les autres. Beaucoup exhibaient des bandages maculés de sang, autour de leur crâne, de leur bras, de leur poitrine. Ils se traînaient vers le sud. Alors, nous distinguâmes leurs gardiens qui tournaient comme des frelons autour de leurs victimes en déroute. Des Allemands, dix fois moins nombreux, pressaient les perdants dans le dos ou les obligeaient à se hâter en les frappant avec leurs crosses. Ceux qui tombaient étaient vivement relevés, avec une brutalité inutile car les captifs peinaient trop pour se rebeller. Où auraient-ils cherché asile ? De là où nous nous tenions, nous devinions le fardeau de leur honte, de leur lassitude. Il ne restait de ces combattants que de misérables fantômes écrasés par les cieux en flammes. L'ensemble formait une fresque d'ombres chinoises animées sur un rideau écarlate, spectacle étrange de l'anéantissement de notre peuple.

Atterrés, nous assistions à la défaite de notre glorieuse armée. Pendant plus d'une heure, nous observâmes les deux convois parallèles de blindés triomphants et de prisonniers pitoyables quand des coups martelés sur notre porte nous tirèrent de notre torpeur. Je demandai à Marion de se réfugier dans notre chambre et j'allai voir qui se présentait chez nous. Une dizaine de pauvres hères se serrèrent dans la pièce, les yeux hagards, sales et dépenaillés, couverts de terre, épuisés, ils quémandaient à boire, ils réclamaient un bout de pain, des légumes, n'importe quoi pour leur permettre de reprendre leur périple. Il y avait là des Belges, des Alsaciens, des compatriotes chassés de leurs maisons par les bombardements. Précipitamment, ils nous racontèrent que leur village avait été rasé, qu'il ne restait rien, qu'il n'y avait plus de troupes françaises, que tout le monde se ruait vers la vallée du Rhône ou vers Bordeaux, pour trouver par tous les moyens le salut dans un lointain ailleurs. Ils nous conseillèrent de les suivre car les Allemands que nous apercevions ne constituaient que le fer de lance de l'armée du Reich. Ceux-là avaient pour mission d'enfoncer rapidement nos lignes mais, derrière eux, des divisions entières allaient s'établir durablement et installer la terreur. La rumeur de massacres importants les précédait aux Pays-Bas, en Belgique, sur les côtes de la mer du Nord. La barbarie s'abattait sur nous. L'aigle nazi avait fondu sur nous. Il avait planté ses serres dans la chair de notre malheureux coq gaulois. Il lui avait déchiré la gorge à coups de bec et s'apprêtait à le déchiqueter.

—Prenez tout ce que vous pourrez et venez avec nous, tout de suite, nous supplièrent-ils. Demain, ils auront peut-être fermé les routes et vous serez pris dans la nasse. Il vous sera alors impossible de vous échapper. Pensez à votre enfant, à votre femme, à vos parents. Leurs batteries d'obusiers les précèdent, détruisant tout sur leur parcours et ils bombarderont votre ferme comme ils l'ont fait avec nos maisons. Ces gens sont des monstres, ils ne connaissent ni pitié ni humanité. Ils s'en prennent aux civils, ils ne respectent aucun accord, aucune loi de la guerre. C'est un peuple de robots fanatisés. Cette fois-ci, ils ont tiré la leçon de leur défaite de 1918, ils ne nous permettront pas de les clouer au fond des tranchées. C'est la *Blitzkrieg*, la guerre éclair, comme ils l'appellent.

Quelque chose en moi m'enjoignait de ne pas céder à la panique. Je ne voulais pas imiter ces êtres tremblants jetés sur les routes, démunis. Je leur donnai à boire et à manger, de quoi tenir quelques jours, et ils nous laissèrent, pressés de quitter cette région.

L'après-midi, mes beaux-parents et mes parents vinrent chez nous. Le père et la mère de Marion séjournaient alors chez leurs cousins qui tenaient la ferme voisine de la nôtre. Comme nous, ils avaient vu ces pauvres gens sur les chemins, ils voulaient connaître nos intentions. Comme je leur expliquais que je n'avais pas encore pris de décision, ils me dirent que je n'avais guère de temps à gaspiller en atermoiements, qu'il n'était pas question d'affolement mais de survie. Ils nous proposèrent de surveiller notre exploitation pendant notre absence qui ne durerait peut-être pas plus d'une semaine. Nos généraux allaient se ressaisir, réorganiser nos bataillons et repousser nos agresseurs derrière leurs frontières. L'affaire de quelques jours, au pire un mois ou deux. Il ne pouvait pas en être autrement. Ils avaient peut-être été trop confiants, ils avaient baissé la garde mais les Boches avaient fini de rire, ils verraient ce qu'ils allaient voir…

—Je m'en voudrais de vous abandonner ici, nous partirons ensemble ou nous ne partirons pas, répondis-je à papa qui protesta aussitôt.

—Ne dis pas de bêtises. Tu nous vois traverser le pays avec un balluchon, à nos âges ? Nous ne pourrons même pas franchir les limites du département. Nous sommes cassés par les travaux des champs. Nous n'avons rien à craindre des Allemands car nous ne présentons aucun danger pour eux. Pourquoi s'en prendraient-ils à des vieillards inoffensifs tels que nous ? Vous reviendrez dès que la situation s'arrangera. C'est aussi simple que ça. Charge le plateau du tracteur avec toutes les affaires dont vous aurez besoin, un matelas, des couvertures, une ou deux bâches pour vous isoler de la pluie, de quoi vous nourrir quelque temps, quelques outils pour bricoler en cas de panne, et puis zou ! On se retrouvera avant l'été, c'est sûr ! Les Britanniques, les Belges et sûrement les Américains nous donneront un coup de main. Hitler ne pourra pas affronter toutes les armées du monde. Il est peut-être fou mais ses conseillers et ses diplomates le ramèneront à plus de raison… N'oubliez pas de nous donner de vos nouvelles, communiquez-nous votre adresse dès que vous serez établis quelque part. Si Dieu le veut, nous nous reverrons ici. Au pire, nous vous rejoindrons là où vous serez. Il y aura moins de monde sur les routes et dans les gares, ce sera plus commode de traverser la France. Croyez-nous, suivez nos conseils de prudence, vous avez charge d'âme.

Deux heures plus tard, nous avions entassé sur la remorque les provisions et les équipements nécessaires à notre évacuation. Nous nous embrassâmes trop rapidement pour ne pas céder à la douleur de nous séparer et nous nous intercalâmes entre deux voitures sur la voie principale encombrée de centaines de familles qui, comme la nôtre, avaient remplacé les blindés germaniques. Je m'aperçus que mon épouse avait revêtu sa robe noire, celle qu'elle réservait aux grandes occasions, pour les messes, les noces et les enterrements. Elle s'était coiffée de son chapeau de paille tressée bleu marine et avait chaussé ses bottines impeccablement cirées.

—Pourquoi t'es-tu mise sur ton trente-et-un ? Sur le tracteur, tes habits ne résisteront ni à la poussière, ni à la sueur.

—Si par bonheur nous parvenions à nous tirer de ce mauvais pas, je veux me présenter dignement devant les gens qui nous accueilleront. Si par malheur je devais mourir pendant le voyage, je n'arriverai pas comme une misérable devant Dieu. Il ne sera pas dit que les paysans des Ardennes ne savent pas se tenir.

Le tracteur tourna convenablement. Régulièrement, une grand-mère ou un blessé s'asseyait à l'arrière du plateau, près de Marion qui tenait Jeannette dans ses bras. Le passager occasionnel profitait du véhicule le temps de recouvrer un peu de forces puis rattrapait les siens quand il se sentait mieux. Deux ou trois fois, la colonne s'éparpilla promptement sous les arbres ou se jeta dans le fossé quand des avions marqués de la croix gammée nous survolèrent au ras de nos têtes. Nous pouvions voir la face des pilotes hilares qui jouaient à nous terroriser. Leur manège se prolongea jusqu'à la tombée de la nuit. Nous avions progressé d'une vingtaine de kilomètres alors que notre marche devenait plus difficile car de nouveaux fuyards convergeaient à chaque croisement. Nous formions un flot continu de misérables qui s'épaississait d'heure en heure, nous étions le sang d'une nation qui affluait dans un réseau de veines pour s'échapper par une plaie. L'espace entre nous s'amenuisait rapidement. Les attelages de chevaux de trait, de mulets ou de bœufs compliquaient l'affaire quand les pauvres bêtes effarouchées par la foule et les hululements des Stukas se mettaient au galop et renversaient tout sur leur trajectoire. Quand leur maître ne parvenait pas à stopper leur fuite, il fallait abattre les animaux et traîner leurs cadavres sur les bas-côtés. C'était toujours d'intenses moments de frayeur dont on ignorait l'issue. Nous ne savions pas notre destination. Moutons dociles enserrés dans le grand troupeau, brindilles portées par le fleuve humain, nous avancions sans nous soucier de ceux qui nous entouraient. Chacun se préoccupait de sa propre survie. Comme des fourmis, sans en avoir conscience, nous formions des ramilles mouvantes qui rejoignaient la branche maîtresse, la colonne principale sur la grand-route.

Parfois un soldat français se mêlait aux civils, il balançait ses frusques militaires dans le ruisseau et récupérait des guenilles sur un épouvantail ou dans un paquet de vêtements tendu par une main compatissante. Les déserteurs se faisaient régulièrement insulter par des gens qui leur reprochaient d'avoir trop vite renoncé au combat. Ils faisaient honte à la France, ils étaient la cause vite trouvée de tous les maux. Ils recevaient des coups mais le plus souvent, des femmes ou des vieux intervenaient pour les protéger. Les braves gens séparaient les parias de leurs juges expéditifs qui les auraient lynchés sur place, sans autre forme de procès. Ces parents compatissants avaient peut-être un fils, un frère ou un mari, quelque part, sur la frontière. Puisque vous êtes si courageux, allez donc sur le front pour les remplacer ! Vous ne comprenez pas qu'ils n'y sont pour rien ? Que pouvaient-ils faire sans ordres, oubliés par leurs supérieurs ? Les Français ne doivent pas se déchirer entre eux. Au contraire, il faut se serrer les coudes, s'entraider, se soutenir. C'est le seul moyen de nous en tirer !

La nuit, nous dormions sous le platelage de la remorque, enveloppés dans la bâche. Nous évitions ainsi de nous réveiller couverts de rosée et transis par le froid. Jeannette, entre nous, bénéficiait un peu de notre chaleur. Dans l'obscurité, je distinguais les yeux grands ouverts de Marion où brillaient les étoiles et le lent cheminement d'une larme sur l'aile de son nez.

Parfois, un fugitif se glissait sous notre refuge, un chien, un adolescent anonyme, un soldat silencieux qui nous quittait au petit matin. La voûte céleste était l'immense plafond d'une chambre que nous partagions avec le vivant. Nous ne demandions pas l'identité de cette ombre inconnue près de nous, nous ne l'interrogions pas sur son histoire que nous savions semblable à la nôtre.

Avant de partir, j'avais pris la précaution de remplir trois bidons de vingt litres d'essence, de quoi rouler tranquillement pendant quelques jours, à condition de couper le moteur dans les descentes importantes ou lorsque quelque incident paralysait le convoi. Après, j'espérais pouvoir m'approvisionner en carburant dans les garages, sur le bord de la route. Il fallait alors manœuvrer la manivelle du distributeur sous le regard goguenard du pompiste qui s'amusait de notre fatigue. Après une heure ou davantage d'attente, celui-ci nous déclarait que sa réserve était vide et que nous devions aller plus loin, trois kilomètres, quatre, dix dans un autre village qu'il se gardait bien de situer précisément comme s'il craignait de perdre un client.

Dès le troisième jour, les chasseurs de la Luftwaffe se mirent à mitrailler notre colonne. Ils se suivaient par vagues de deux ou trois avions et prenaient la route en enfilade. Ils effectuaient plusieurs raids jusqu'à l'épuisement de leurs munitions. Les balles soulevaient la terre comme un chapelet de graviers lancés dans l'eau. Ils laissaient derrière eux des dizaines de morts, et un grand silence ponctué de plaintes et de longs gémissements. On pleurait un proche tombé, un enfant, un père. Une voiture incendiée bouchait le chemin déjà très encombré. Il fallait éteindre les flammes et faire basculer l'auto dans le fossé. Le temps de récupérer notre souffle, hébétés, nous reprenions notre progression, avec le sentiment de traverser un cauchemar auquel nous ne comprenions rien. Une divinité cruelle nous infligeait des épreuves pour nous punir de je ne sais quelle faute que nous aurions commise. Nous étions résignés à subir car nous n'avions pas d'autre option.

Aucun sentiment de révolte ne nous animait, même pas quand, klaxon hurlant, une grosse limousine nous forçait à mordre le bas-côté pour lui céder la route. À l'intérieur, imperturbables, les yeux fixés vers le lointain, les propriétaires en chapeau de feutre pour lui et en bibi à voilette pour elle, sur le siège arrière des enfants en costume marin ou chemisier blanc ne daignaient pas nous accorder un regard. Pour ces nantis, nous étions les bannis de la terre, la populace insignifiante dont le sort ne comptait pas. Ils fonçaient à travers la cohue et déblayaient les marcheurs comme l'étrave d'un navire ouvre les vagues. Les véhicules militaires ne faisaient pas preuve d'une plus grande considération pour nous quand il s'agissait de mettre à l'abri un officier qui avait semé ses troupes dans la nature. À ceux-là, quand nous n'étions pas trop exténués, nous réservions quelques timides huées qui ne les atteignaient pas. Nous n'espérions aucune aide de ces gens qui, au centre de la tourmente, ne manifestaient aucune compassion pour leurs semblables. D'ailleurs, pouvions-nous nous croire leurs pareils ? Aucune voiture ne s'arrêtait pour embarquer une grand-mère brisée par la fatigue ou une maman chargée d'un bébé. Rien ne fendait leur carapace d'égoïsme. Excédé par l'indifférence de ces gens, je refusai une fois d'éloigner mon tracteur que je maintins au milieu de la voie. Je feignis de ne pas entendre les *tut-tut* tonitruants et nerveux destinés à me repousser. J'obligeai le bourgeois à accorder sa vitesse à celle de mon tracteur. Des grappes humaines s'accrochaient aux poignées de porte et aux marchepieds d'une énorme 15 CV Citroën aussi brillante que si elle venait de quitter le garage. Des gosses hissés sur le coffre secouaient le véhicule comme une barque dans la tempête. Enfermés dans l'habitacle, ces messieurs-dames pétrifiés d'angoisse n'osaient plus bouger. Quand le conducteur fit taire enfin son avertisseur, je rangeai mon engin entre deux arbres pour dégager la circulation. Les passagers occasionnels sautèrent sur le macadam et la prestigieuse Rosalie disparut au loin. Deux heures plus tard, je renouvelai l'expérience avec un side-car Peugeot transportant un capitaine d'infanterie de notre armée en déroute. Exultant, l'officier coincé par notre équipage hurlait ses insultes que j'ignorais superbement. N'y tenant plus, l'officier en fuite bondit sur la chaussée et vint se planter devant moi, pointant son pistolet sur moi. Je le vis prêt à faire feu alors qu'un cercle menaçant se formait autour de lui, décidé à passer sa colère sur le responsable de notre misère. Là encore, pour éviter un débordement malheureux, je garai mon tracteur sur le bord du chemin. J'abandonnai ce jeu stupide. Pourquoi entretenir les rancœurs et les divisions ? Nous avions besoin d'autre chose, de solidarité, d'unité. Un jour prochain, chacun devrait en convenir.

Le quatrième jour de notre voyage, un autre couple accompagna notre attelage. Un Alsacien me demanda si je lui permettais de poser sa valise et un sac de jute sur le plateau. Il avait fui à pied, avec femme, enfant et bagages. Il transportait tout ce qu'il avait pu sauver avant de quitter sa maison : des vêtements pour son épouse et sa petite qui avait l'âge de notre Jeannette. Une fillette silencieuse qui ne s'exprimait que par des plaintes à peine audibles. Je supposai qu'elle avait subi un traumatisme assez violent pour la rendre mutique mais je ne posai aucune question à ses parents. Naturellement, ils trouvèrent une place aux côtés de ma fille et de Marion et se partagèrent notre abri pour la nuit. Il s'appelait Frédéric, il travaillait comme forgeron dans un élevage de chevaux de trait comtois, près de Strasbourg. Son épouse Paule y était employée aux cuisines et dans le potager. Ils menaient une existence tranquille avec leur petite Thérèse. Il se sentait Français, son père avait payé de sa vie le droit d'appartenir à notre nation. Quand les Allemands avaient franchi la frontière avec la ferme intention d'enrôler les hommes capables de combattre, il avait décidé de quitter sa région. Il comptait parmi les premiers à partir. Il voulait regagner le Sud, l'Afrique du Nord, pour combattre les nazis. Il m'apportait une grande aide pour déblayer la route quand un obstacle empêchait notre progression. Il ne s'affolait pas, méthodique et efficace, il savait comment manipuler une charge lourde. Doté d'une carrure impressionnante, avec ses cheveux presque roux qui caressaient ses épaules, ses manches retroussées dès le matin, il m'inspirait confiance et je mesurai immédiatement ma chance d'avoir croisé son chemin. Paule s'entendait aussi bien avec ma Marion qui voyait en ces voisins une occasion de bavarder un peu car moi, derrière mon volant, je n'avais guère l'occasion de lui faire la conversation. Elle était faite pour Frédéric, grande et robuste sans être massive, la douceur de son visage et le bleu de ses yeux estompaient l'impression de force qui émanait d'elle. Elle s'adressait aux fillettes avec une voix sucrée pleine de bienveillance. Jamais elle ne manifestait d'agacement devant Thérèse, terrorisée par un cheval emballé ou par les aboiements rageurs d'un chien. Elle enlaçait son enfant en lui caressant le front longuement. La nuit venue, nous nous retirions sous le plateau qui nous avait transportés. Autour de nous, la masse humaine se dispersait dans les champs de blé encore verts, sous les arbres, dans les ruines alentour. Je ne m'éloignais jamais du tracteur où nous avions rangé nos bagages car les chapardeurs sautaient sur la moindre occasion pour nous délester de nos affaires, vêtements ou provisions. Nombreux étaient ceux qui avaient déguerpi sous les bombardements, sans prendre le temps de remplir des valises. Ils marchaient sans balluchon, les mains vides, quémandant sans cesse de l'eau ou de quoi manger.

Parfois, certains tentaient de nous intimider et recouraient à la menace. Ceux-là n'hésitaient pas à visiter une ferme détruite pour revenir, les bras chargés de victuailles, de bouteilles de vin, d'un sac de farine ou d'un porcelet assommé d'un coup de pelle. C'étaient aussi les premiers à tirer les couteaux de leur poche pour débiter un cheval mitraillé par un avion. Ces diables affamés sc précipitaient sur toute nourriture avec des regards hallucinés. Quand l'un d'eux s'approchait de notre tracteur, les mamans serraient leurs fillettes et les petites interrompaient leurs rires innocents. Les maraudeurs se transformaient en loups, leurs pensées n'étaient plus humaines, ni leurs attitudes, ni leurs préoccupations, ni leur démarche titubante, ni leurs gestes saccadés, ni leurs yeux remplis de fièvre. Ils nous effrayaient. Nous les redoutions. Nous n'aurions pas juré qu'ils étaient incapables de nous tuer pour nous détrousser. Ils cheminaient avec nous durant un jour, puis nous les perdions très vite de vue : ils continuaient de marcher pendant la nuit ou bien, exténués, ils se laissaient rouler dans un fossé. Trouvaient-ils le courage de repartir ? Rien n'était moins certain.

Frédéric se tenait souvent près de moi, debout sur le marchepied, accroché à mon siège. Nous envisagions l'avenir, nous faisions l'inventaire des villes qui pourraient nous accueillir. Nous interrogions les nouveaux visages pour apprendre les derniers événements sur la situation. Les rumeurs les plus contradictoires affluaient. Il se répétait que les nazis massacraient les habitants des communes qu'ils traversaient, ils faisaient la chasse aux fuyards, aux soldats français dispersés dans la campagne. Ils détruisaient les monuments aux morts de la guerre précédente pour les expédier vers les fonderies et les usines de canons. Ils n'hésitaient pas à empoisonner l'eau des citernes municipales et des sources. Ils envoyaient en Allemagne des centaines de prisonniers raflés sur les routes pour les soumettre à l'esclavage. D'autres racontaient qu'il fallait tranquillement rentrer chez soi car les militaires allemands se montraient très respectueux, attentionnés, même. Certains confiaient qu'ils avaient vu des infirmiers de la Wehrmacht porter secours aux blessés après un mitraillage de la Luftwaffe. On les qualifiait de corrects, aimables, serviables, plus polis que nos troufions qui arrachaient les patates dans les champs pour leur soupe, qui se comportaient comme des sans-gêne. Ceux-là certifiaient que les fantassins d'outre-Rhin distribuaient des marmites de soupe aux sinistrés des quartiers détruits. Nous ne savions plus ce que nous devions penser.

—S'ils se montrent aussi doux que vous le dites, pourquoi avez-vous quitté vos maisons ? demandaient les fugitifs qui commençaient à regretter leur départ pour un avenir incertain.

—Nous avons fait comme vous, nous avons cédé à la panique. Nos anciens nous ont recommandé de partir, ils ont dit qu'il ne fallait pas accorder notre confiance aux Boches, qu'ils les avaient endurés pendant quatre ans et qu'ils savaient de quelles horreurs ils étaient capables. Ils ne se battent pas à la loyale, ils utilisent les gaz moutarde, les lance-flammes et des tas d'armes secrètes pour nous détruire. Alors, nous avons préféré prendre la route, comme tout le monde.

Frédéric écoutait en silence, les mains enfoncées dans les poes, Thérèse collée à sa jambe. Après avoir entendu les avis différents, il s'approchait de moi.

—Et toi, qu'en penses-tu ?

—Qu'est-ce que j'en sais, moi ? répondais-je en haussant les épaules.

—Je crois qu'on a eu raison de décamper, les vieux ne se sont pas trompés, en vingt-six ans, les Allemands n'ont pas changé à ce point. Pourquoi nous auraient-ils envahis si ce n'est pour nous dépouiller et nous supprimer ? On n'entre pas dans un pays pour souhaiter le bonjour à ses habitants au son des canons… Où ont-ils appris la politesse ?

Il réfléchissait un moment, considérant cette multitude fatiguée qui se traînait sur les routes caillouteuses, qui trimballait des valises, qui hurlait au premier avion qui pointait à l'horizon.

—J'ignore si nous avons fait le bon choix. Il se peut que nous finissions loin de chez nous, cloués au sol par ces foutus Stukas. Rien n'est pire que d'être enfoui dans le fossé, sans sépulture, au milieu de nulle part, là où nos enfants ne pourront pas se recueillir.

Je devais bien convenir qu'il n'avait pas tort, nous nous exposions à la guerre dans ces colonnes de l'exode. Notre route de l'espoir avait été déjà pour beaucoup le plus court chemin pour atteindre une mort sale et brutale. Des croix bricolées avec deux planches jalonnaient notre itinéraire. Les Français errants enterraient leurs proches comme des chiens écrasés, dans un champ, au bas des talus. Une prière rapide, une larme vite versée et ils abandonnaient là ceux qui comptaient le plus pour eux. On oubliait ses morts pour se consacrer aux vivants. Il viendrait vite, le temps où les disparus surgiraient dans nos consciences pour nous réclamer des comptes.

Nous avions dépassé Neufchâteau et le flot de fuyards se faisait plus dense. Les seuls officiels que nous apercevions arrivaient dans notre dos pour nous dépasser au plus vite. Notre sort ne les intéressait pas, ils ne nous voyaient pas, ils ne nous entendaient pas. Dans les grosses limousines, des statues de marbre, immobiles, superbes et stoïques tiraient les rideaux de leurs fenêtres. Elles fonçaient vers un destin heureux qui nous restait inaccessible. Elles connaissaient leur destination où quelqu'un les attendait, où elles allaient bénéficier de soins et de protection. Nous, nous avancions tels des aveugles, au hasard, sans savoir où nos pas nous mèneraient.

Frédéric n'était pas seul à s'interroger. Marion aussi désespérait. Ses doutes revenaient le soir, quand nous nous glissions sous notre abri. Elle avait nourri notre Jeannette qui avalait tout ce que nous lui donnions bravement, sans grimacer, sans pleurnicher, pour ne pas nous désoler davantage. Notre fille renonçait à ses prérogatives d'enfant. À six ans, elle entrait dans l'adolescence, dans l'âge de raison. Et cela nous bouleversait. Combien de temps encore allons-nous nous enfuir ? Es-tu sûr qu'on nous fera un peu de place là où nous poserons nos sacs ? De quoi vivrons-nous ? Trouverons-nous un toit ? J'en ai déjà assez de ne pas pouvoir me laver, de garder les mêmes habits qui deviennent plus raides qu'un carcan. Je ne voudrais pas moisir parmi ces milliers d'inconnus. Je prie pour ne pas avoir à passer des mois ou peut-être des années encore dans des foyers pour réfugiés, dormant sur des lits de camp, mangeant dans des gamelles des bouillies confectionnées par d'autres femmes, dit-elle, bouleversée.

Elle voulait chuchoter pour ne pas alerter nos compagnons de route mais un cri non contenu jaillit de sa gorge. Paule et Frédéric firent mine de n'avoir rien entendu mais je surpris des murmures sous la bâche voisine. Eux aussi se serraient l'un contre l'autre, Thérèse entre ses parents, échangeant la chaleur de leurs corps car cette fin de printemps était encore froide et le platelage de la remorque nous isolait mal des dernières gelées nocturnes qui s'abattaient sur nous dès que le soleil disparaissait. J'espérais que l'angoisse de mon épouse finirait par s'estomper, comme cette fraîcheur. Je ne trouvais pas d'argument à lui présenter pour la rassurer.

À l'étape du soir, je tentais de me remémorer les événements depuis notre départ de notre ferme. Les pensées confuses se précipitaient dans mon cerveau. Je songeais à mes parents, à mes bêtes, à mes cultures où quelques obus avaient creusé de grands cratères dans le tendre des pousses de blé et d'orge. Entre les roues de l'attelage, nous observions les pas de ceux qui avaient décidé de marcher encore un peu alors que nombreux étaient ceux qui, comme nous, avaient choisi un emplacement où passer la nuit. Le hululement des moteurs des Junkers fondant en piqué sur nos colonnes nous glaça le sang et le crépitement des mitrailleuses se mêla aux déflagrations des bombes. Le premier chasseur longea nos rangs. Le pilote inexpérimenté dispersa ses munitions derrière le rideau d'arbres. Après ces trente secondes de soulagement, l'enfer commença.

Autour de nous, les corps couchés sur le talus sursautaient sous les balles. Des malheureux se précipitaient pour porter secours à une personne aimée. J'enlaçai Marion et Jeannette, conscient que mes bras formaient une protection dérisoire. Au-dessus de notre tête, les projectiles déchiquetaient les planches dont les éclats zébraient l'air rempli de fumée. Le toit de notre abri laissait passer le rouge du ciel à chaque impact. Quatre chasseurs semèrent ainsi la terreur sur cette route, puis le silence suivit, un silence glacé avant les premiers gémissements. Jeanne répéta « Maman » doucement et, n'obtenant pas de réponse, elle m'appela. Dans le creux de mon coude, je sentais la nuque de mon épouse qui s'abandonnait. Une coulée poisseuse et tiède courait sur ma poitrine. Je fermai ma bouche pour ne pas crier mon désarroi. Je passai ma main sur mon torse, sur mon ventre, sur mes jambes pour vérifier que je n'avais pas été atteint, moi aussi. Alors, je pris ma fille et l'écartai de ce lieu maudit. À cet instant, Paule vint à moi, elle serrait contre elle Thérèse qui sanglotait doucement.

— Je vous en supplie, venez vite, Frédéric a été touché.

—Marion est morte, répondis-je trop vivement. Elle est morte.

La jeune femme porta sa main devant ses lèvres.

—Mon Dieu, souffla-t-elle, qu'allons-nous faire ? Vous êtes sûr ?

Je lui confiai mon enfant pour me pencher sur Marion. Je la tirai hors de la remorque, sur l'accotement. Ses grands yeux ouverts accrochaient les lueurs des étoiles et de l'incendie qui dévorait un véhicule, non loin de nous.

Le devant de sa blouse était maculé de sang, un trou dans son flanc gauche et un autre dans sa gorge où avait fleuri une mousse de sang. Mes doigts traquèrent en vain son pouls dans son cou. Anéanti, je me dressai face au ciel où le soleil honteux venait de se dissimuler. J'ouvris la bouche pour hurler contre ce Dieu aveugle mais aucun son ne sortit.

—S'il vous plaît, répéta Paule en tirant ma main vers la remorque.

Je saisis leur toile par un angle et je la tirai au milieu du chemin tandis qu'un petit groupe de personnes formait un cercle muet autour de mon épouse. Je ne savais pas vers qui tourner mes efforts. Je me sentais assailli par un sort malin qui cherchait à me terrasser. Frédéric ne se plaignait pas, il ne paraissait pas souffrir, il me regardait fixement, il cherchait à comprendre le sens des attentions que je lui portais. Ses jambes gonflées épouvantablement sortaient de son pantalon déchiré sur toute la hauteur. Une bouillie de chairs où les miettes d'os éclatés brillaient comme des dents. Que pouvais-je faire pour empêcher la douleur qui ne manquerait pas de l'envahir rapidement ? Où trouver de l'aide ? Je tombai à genoux sans pouvoir contenir mon désarroi. J'ignore combien de temps, de minutes ou d'heures je restai ainsi, mortifié, entre le corps meurtri de Frédéric et le cadavre de Marion. Le convoi s'était remis en marche pour fuir cet endroit, le grand troupeau des inconnus défila sous mes yeux, soulevant la poussière rougie par le couchant, indifférent à ce qui venait de se passer. Ce n'était pas le premier massacre et chacun s'attendait à en subir d'autres dans les jours suivants. Impuissant à prendre la moindre décision, je m'assis sur le talus, m'accrochant à la folle illusion que j'allais me réveiller de ce cauchemar. Assise près de moi, résignée, Paule serrait nos filles contre elle. Elle ne pleurait pas, elle attendait simplement que Dieu s'intéressât un peu à nous.

Une voiture noire remontait la colonne avec de grandes difficultés, elle s'arrêta devant nous et un homme en descendit. Il portait un chapeau de feutre, de petites lunettes rondes. Il désigna les bâches où gisaient Marion et Frédéric. Autour, régnaient le chaos et la confusion.

—Vous êtes avec eux ? me demanda-t-il. Je suis médecin, on m'a prévenu du raid.

Je ne comprenais pas ce qu'il me disait, je le voyais ouvrir et remuer les lèvres mais ses mots me parvenaient comme à travers une paroi de verre. Ce fut Paule qui lui répondit.

—Mon mari est blessé aux jambes. L'épouse de cet homme a été tuée par l'aviation allemande.

Le docteur se pencha sur mon compagnon et lui toucha le cou.

—Il n'a pas survécu, il a perdu trop de sang… Il aurait fallu intervenir à temps… L'hémorragie… Le choc traumatique… Hélas, je ne peux plus rien faire pour vous, madame.

Il souleva la toile qui protégeait Marion.

—Je ne peux plus rien pour elle non plus. Je suis désolé… Au moins, elle n'aura pas eu le temps de souffrir. Cela ne vous consolera pas, ni vous ni son enfant… Que pensez-vous faire ?

Je me sentais engourdi, comme plongé dans un lac gelé. Je n'avais pas eu le temps de réfléchir à quoi que ce fût. Je n'étais que douleur figée.

J'ignorais ce que je devais décider. M'en retourner chez nous ? Continuer mon voyage pour fuir cette guerre ? Je devais prendre des dispositions pour inhumer ma femme… et aider Paule qui, si elle se voyait aussi anéantie que moi, aurait bien du mal à résoudre les mêmes problèmes.

—Savez-vous s'il y a une possibilité de les faire bénir et de leur ménager une tombe ici ?

—Sans doute, m'expliqua le praticien. En rentrant, je préviendrai le curé du village. Voyez-vous ce clocher entre les arbres ? Il vous guidera. Au prochain croisement, tournez à gauche en sa direction. Le prêtre vous accueillera. On enterrera dignement ces infortunés au plus vite et vous reprendrez votre route. Vous en avez pour trois quarts d'heure. Je vous attendrai à l'église pour signer le permis d'inhumer, nous y serons plus à l'aise qu'ici… Bon courage…

Nous chargeâmes les dépouilles sur la remorque et nous suivîmes les indications du docteur pour atteindre la place au centre du petit bourg. Nous n'étions pas les seuls sur le parvis. D'autres familles attendaient aussi, avec leurs morts. Dans l'allée, devant l'autel, on avait aligné sept cercueils ouverts posés sur des tréteaux. Des familles avaient simplement étendu leurs défunts dans les travées, sur les bancs. D'un côté, les formes enveloppées dans des draps maculés de sang et boue, de l'autre côté se tenaient les parents et les enfants des défunts. Un vieil abbé exécuta un signe de croix devant chaque cadavre, il commença une prière qu'il interrompit, étranglé par l'émotion. Nous glissâmes les dépouilles dans les bières et, comme nous ne disposions pas de corbillard, nous les rangeâmes sur le plateau accroché à mon tracteur. J'avais pris soin de faire revêtir à mon épouse ses vêtements du dimanche, ceux qu'elle portait à notre départ de la ferme Braibant. Je posai son chapeau de paille sur sa poitrine avant de refermer la boîte. J'avais encore en tête ce qu'elle avait déclaré à notre départ. Ainsi, en arrivant devant Dieu, elle ferait un honneur vain aux paysans des Ardennes.

Le cimetière de Pailly s'adossait à la chapelle, en face d'un château de pierre blanche. Quand nous y parvînmes, les fosses n'étaient pas encore creusées et les hommes de l'assistance durent se mettre à l'ouvrage. Pour ma part, cela me fit du bien. Je retrouvai les gestes familiers de ma vie. Entre mes doigts, le manche de la pioche reconnut sa place immédiatement et je jetai ma peine dans l'élan qui enfonçait le fer dans la terre humide. J'exécutai ainsi les trous pour Marion et pour Frédéric. J'aidai aussi une veuve qui avait bien du mal à préparer la dernière demeure de son mari. Avec les employés de la mairie, nous glissâmes les caisses au fond de leurs logements et nous les recouvrîmes aussitôt, sans perdre de temps à adresser une prière à ceux que nous nous apprêtions à abandonner dans ce sol inconnu, pressés que nous étions de fuir ce cauchemar. Nos petites ne mesuraient pas la situation, elles jouaient à aligner des cailloux sur une tombe voisine. Livide, Paule me semblait prête à s'effondrer. Elle n'avait pas versé une seule larme durant la cérémonie. Pétrifiée. Le visage tendu à la bruine qui commençait à tomber elle affrontait sa malédiction comme une figure de proue. L'abbé nous demanda de noter sur un papier l'identité de nos disparus. Il nous promit de planter une croix et de leur offrir une sépulture digne d'eux. Le maire qui participait à la messe nous recommanda de l'informer par courrier dès que nous aurions trouvé un nouveau domicile. Puis nous regagnâmes la route où le flot humain n'avait pas diminué, bien au contraire. Un jour semblable à la veille, sauf que désormais, nous avions perdu ceux à qui nous avions juré amour, secours et protection. Un terrible sentiment de culpabilité les avait remplacés. Il nous fallait apprendre à vivre avec cette honte en nous. Nous ne comprenions pas pourquoi ils avaient péri et pas nous. Pourquoi séparer ainsi les familles ? Où se tenait la logique ?

Sur le panneau routier qui annonçait les limites du village, une main anonyme avait accroché un message écrit au charbon de bois sur un morceau de carton : « Rosa Morin est née ici, le 1er juin 1940 à 8 heures. Elle pèse 3,5 kg et se porte bien. » Dorénavant, je devais m'accoutumer à ces annonces dérisoires, bouteilles à la mer destinées à une connaissance, un parent emporté par la même tempête de l'histoire. Les décès succédaient aux naissances. Le résumé de notre humanité.

Des désespérés convergeaient vers le sud. Ils protestaient à la moindre occasion, quand un landau ou une brouette les serraient de trop près, quand ils jugeaient que l'on lambinait, quand un camion klaxonnait.

J'installai Paule et les fillettes sur la remorque pour les protéger de l'extrême nervosité ambiante. Dès que je m'insérai dans le convoi, je dus embarquer des inconnus qui prirent d'assaut mon véhicule. Des vieillards, des enfants, beaucoup de femmes seules. Ces malheureux ne possédaient rien que ce qu'ils portaient sur le dos. Rien à manger, pas de couverture et encore moins de matelas. À quelques heures d'écart, la physionomie de l'exode avait changé complètement. Je ne voyais plus cet amoncellement de meubles, ces cages, ces chiens tenus en laisse, mais une cohue dépenaillée de misérables démunis de tout. Il nous fallait nous caparaçonner dans une armure épaisse pour résister à ces regards suppliants qui pesaient sur nous dès que nous sortions un quignon de pain ou une bouteille d'eau de notre besace. La foule était trop dense pour satisfaire chacun, nous mangions en cachette, une pomme dissimulée dans les plis de la veste. Les hommes se muaient en pillards pour coucher les clôtures des jardins. Ils raflaient les prunes encore vertes, les raisins encore acides, ils arrachaient les plants de salade, des carottes et des poireaux filiformes qu'ils dévoraient crus. Nous n'avancions guère et au soleil couchant, je décidai de quitter la grand-route pour emprunter les chemins parallèles que j'avais aperçus de loin en loin. J'en parlai discrètement à Paule qui s'en remit à moi, incapable de réfléchir. Le moment venu, je dus expliquer à mes passagers que nous devions nous séparer de la masse de fuyards. Nous essuyâmes quelques insultes et protestations mais personne ne s'en prit physiquement à nous. Enfin, résignés à toutes les adversités, les fugitifs accueillirent notre départ comme une nouvelle épreuve.

En quelques jours, le sort avait endurci leur cuir. Ou bien étaient-ils trop épuisés pour user leur dernière énergie dans une révolte stérile ? Quelques kilomètres plus loin, nous distinguâmes une ferme bombardée. Nous pensions nous y abriter pour la nuit. Dans l'aile qui avait miraculeusement échappé à l'artillerie, nous trouvâmes les propriétaires des lieux qui nous manifestèrent d'entrée leur hostilité. Ils étaient assis au centre d'une pièce sombre dont nous ne distinguions pas le fond. Il y avait là une femme aux cheveux blancs et deux hommes : son mari qui remâchait sa langue perpétuellement et celui qui semblait être son fils. C'était une sorte de bestiau massif au front bas et aux yeux ternes.

—Vous ne croyez pas que nous avons déjà eu notre lot de misère ? Ce bout de grange qui tient encore debout est à peine assez grand pour nous trois. Où voulez-vous que nous vous logions ?

Une matrone nous barrait le chemin. Paule s'avança alors, serrant les deux fillettes devant elle. Sa voix tremblait de colère, ou de tristesse, ou de désespoir. Je ne l'avais jamais entendue ainsi.

—Nous sommes des paysans comme vous. Ce matin, j'ai enterré mon époux et celui-ci a creusé trois tombes : la première pour son épouse Marion, la deuxième pour mon Frédéric et la troisième pour un inconnu. Tous trois tués par les avions allemands, en même temps que quatre autres. Je viens d'Alsace et il vient des Ardennes. Cette petite est Jeanne, son enfant. Celle-ci est Thérèse, la mienne. Je ne sais rien de lui et il ne connaît rien de moi. Nous nous sommes aidés sur la route parce que nous partagions les mêmes malheurs.

Nous ne vous demandons rien qu'un coin de paille pour ne pas dormir dans la boue et sous la pluie. Ce n'est pas grand-chose…

Le vieil homme se leva de la caisse qui le soutenait.

—Mes bêtes sont encore sous les pierres de l'étable, les misérables qui fuient sur la route ont dévasté mes champs et mon potager. Je n'ai plus une seule volaille, les Boches ont tout emporté. Mais vous êtes plus mal lotis que nous car vous n'avez même pas un toit au-dessus de vos têtes. Contournez ce tas de foin et installez-vous pour la nuit. Je ne peux rien vous offrir d'autre qu'un peu d'eau de notre puits. Nous aussi, nous partirons peut-être demain.

—Merci. Que Dieu vous garde, dit Paule.

—Dieu ? Il faut croire qu'il a mieux à faire que de veiller sur nous.

Nous tirâmes une bâche au-dessus des affaires posées sur la remorque et nous nous glissâmes dans le coin de la grange que le brave cultivateur nous avait indiqué. Nous creusâmes quatre nids dans la paille et nous nous y réfugiâmes. Les enfants bavardèrent entre elles un petit moment. Je perçus deux ou trois « papa » et « maman ». Paule put pleurer enfin, doucement, le visage enfoui dans le creux de son bras. Peu après, le souffle de nos petites s'apaisa. Paule gémit jusqu'au petit matin. Nous nous levâmes vers six heures, en même temps que nos hôtes.

Nous leur avions proposé de partager le café que nous avions pu sauver. Après les avoir remerciés nous les laissâmes tandis qu'ils réunissaient quelques hardes dans la benne d'un antique tracteur agricole. Ils nous indiquèrent le chemin que nous devions suivre pour rester à l'écart du grand troupeau, puis nous nous souhaitâmes bonne chance.

Paule s'installa près de moi, là où Frédéric s'était toujours tenu, les jambes se balançant dans le vide. Elle serrait les fillettes sous ses bras comme des oisillons sous ses ailes. Nous progressions aisément. Le chemin suivait les caprices des reliefs, il contournait les propriétés, les vergers mais il était moins encombré. Nous tâchions de ne pas perdre de vue la route nationale où la chenille humaine se pressait. À un moment, Paule se mit debout pour s'appuyer au dossier de mon siège. Je l'entendais respirer fort et son souffle tiède parcourait mon cou.

—Jacques, me dit-elle enfin, il ne faut pas vous croire obligé de nous prendre en charge. Marion et vous, vous nous avez déjà beaucoup aidés. Vous ne nous devez rien.

—Êtes-vous attendues quelque part ? Savez-vous où vous allez ?

—Non, répondit-elle vivement. Le Sud, c'est là que Frédéric pensait nous conduire… Je me conforme à son idée… j'obéirai à sa volonté.

Je laissai un long silence nous permettre de réfléchir, puis je lui expliquai comment les choses se présentaient à nous.

—Mes parents et ceux de Marion sont encore chez moi, près de Sedan. Ils sont peut-être encore en vie si la guerre les a épargnés. Je ne me fais pas d'illusions à leur sujet et il est probable qu'à cette heure, ils aient retrouvé ma pauvre Marion. Si je n'avais pas Jeanne, je rebrousserais bien chemin. Sans elle, je me moquerais de mourir ou pas. Mais je dois tâcher de vivre pour mon enfant. Je dois me vouer à elle. Aussi, je choisis de réaliser ce que sa maman et moi nous avions entrepris. Je ne veux pas qu'elle grandisse dans un orphelinat ou que l'ennemi lui prenne sa courte existence… Et vous, comment voyez-vous votre avenir ?

Elle ne s'exprima pas immédiatement, elle aussi resta mutique. Puis enfin, elle me dit, avec un étrange sourire douloureux :

—Mon avenir ? Vous me demandez cela alors que je finis à peine d'enterrer mon mari… Je ne sais pas ce qui serait le mieux pour Thérèse et pour moi. Comme vous, je serais tentée de lâcher prise, mais pour ma petite, je suis contrainte à m'accrocher à la vie. J'ignore où chercher le salut, j'ignore comment, j'ignore avec qui continuer la route et…

—Poursuivons ensemble, dis-je peut-être un peu trop brusquement. Nous avons besoin l'un de l'autre pour prendre soin de nos filles. Il sera toujours temps de partir chacun de son côté quand nous serons plus en sécurité. Les Boches ne vont pas nous traquer jusqu'à la mer, tout de même !

—Dois-je comprendre que nous pouvons rester auprès de vous ? murmura-t-elle, incrédule.

—Vous me rendriez un grand service en acceptant. Restez auprès de nos filles pendant que je conduirai et que je m'occuperai de l'intendance.

Elle leva le doigt vers le ciel couvert de nuages épais.

—Nous ne serons pas seuls, de là-haut, Frédéric et Marion veilleront sur nous.

Je n'acquiesçai pas. Que pouvaient nos conjoints contre les mitrailleuses des Stukas ? Comment nous protéger alors qu'ils n'avaient rien pu faire pour rester vivants ?

Nous nous sentions un peu plus à l'abri sur cette voie écartée. Notre équipage formait une cible négligeable pour les chasseurs ennemis... Nous ne pouvions pas intéresser les Allemands alors qu'à deux cents mètres, ils n'avaient qu'à tirer dans le tas. Mais je m'interrogeais sur la réaction d'une troupe ennemie qui remonterait vers le nord ou qui nous dépasserait. Les soldats n'hésiteraient pas à nous pousser dans le fossé et à nous exécuter pour peu que nous les ralentissions. Autour de nous, les oiseaux s'en donnaient à cœur joie. Un soleil encore timide dissipait la brume matinale et accrochait des larmes de miel au vert tendre des fruitiers. Y aurait-il encore un Français dans cette région pour cueillir les prunes et les cerises le moment venu ? Si les agriculteurs se lançaient sur les chemins de l'exode, comme les braves gens qui nous avaient accueillis cette nuit, qui nourrirait la population ? Que mangeraient nos enfants ? Les doutes me torturaient et chaque question que je me posais en appelait une autre. Je me répétais que des négociations se préparaient entre les envahisseurs et nos dirigeants, que la déroute apparente de nos troupes n'était qu'un piège tendu par nos stratèges. L'envahisseur, trop confiant, s'enfonçait dans une nasse d'où il lui serait difficile de s'échapper. Quand les Panzers atteindraient le Massif central et le Morvan, nos Somua S35 fondraient sur eux pour n'en faire qu'une bouchée. La bataille de Dunkerque avait permis à une grande part de notre armée sacrifiée de traverser la Manche pour se mettre à l'abri et se reconstituer rapidement. Je me prenais à rêver que nous retournerions à la maison avant de parvenir à Lyon. D'ailleurs, ce dépeuplement du nord de la France n'était-il pas organisé pour laisser le terrain libre à nos divisions ? On voulait simplement nous mettre à l'abri pour pouvoir frapper l'armée germanique sans risquer des dommages collatéraux ! Les rumeurs qui se répétaient dans les colonnes de fuyards nous paraissaient fondées. Sans la certitude de retrouver bientôt notre toit, où aurions-nous puisé le courage de nous jeter dans cet exil ?

Nous roulâmes cahin-caha sans échanger plus de dix phrases. Le bavardage des petites remplissait le silence. Elles s'étonnaient de la course d'un lièvre sur le flanc de la colline, du vol plané d'un héron entre les rangées de vigne. La vie reprenait la main. Je me réjouissais de leur aptitude à résister à la tristesse. Elles n'évoquaient pas le papa et la maman disparus à jamais, abandonnés dans la terre humide d'un village inconnu. Peu avant midi, Paule aperçut un filet d'argent jaillissant d'un trou entre les rochers. Elle me toucha l'épaule.

—Nous ferions bien de nous arrêter un instant à cette source. Nous avons besoin de refaire notre réserve d'eau. Nous en profiterons pour faire un brin de toilette avant de ressembler à des vagabonds... Si vous voyiez votre mine, avec votre barbe, vous avez l'air d'un brigand.

Je me rangeai à son avis. Je garai le tracteur à l'entrée d'un chemin et je me débarrassai de ma chemise. Je me frottai le visage et le torse avec le savon qu'elle me tendit. Je n'osai pas retirer devant elle mon pantalon mais je pus tremper mes pieds crottés dans une cuvette formée dans un creux du terrain. Pendant que nos filles, nues dans l'eau, poussaient des cris stridents, je frottai mon maillot de corps et un jus rougeâtre se perdit dans le sol. Le sang de Marion et de Frédéric allait nourrir cette terre. Je songeai à mes mains souillées, mais je regrettai aussitôt cet adjectif qui s'était imposé à moi. Comment pouvais-je considérer comme une souillure le sang de la femme qui avait tant compté pour moi ? Son sang, le seul héritage qu'elle m'avait laissé avec l'autre : notre précieuse Jeanne, la chair de sa chair ? J'aurais dû plier ce linge minutieusement et le garder ainsi maculé jusqu'à la fin de mes jours. J'étendis ma chemise propre sur le siège du tracteur tandis que Paule rhabillait Jeanne et Thérèse. Quand elle eut fini sa tâche, elle les ramena près de moi. Elle tourna autour de la remorque, visiblement embarrassée.

—Je me laverais volontiers, moi aussi, mais je ne sais pas comment m'y prendre, dit-elle enfin.

—Vous ne savez pas comment faire votre toilette ? demandai-je, sans comprendre la signification de ce qu'elle venait de m'annoncer.

—Je ne peux pas m'exhiber sur le bord du chemin, quelqu'un pourrait m'apercevoir.

Je pris trois tiges de fer qui me servaient à fixer les charges sur le plateau et les plantai dans le sol, de part et d'autre du bassin d'eau. J'y nouai la bâche pour bricoler un paravent. Je déposai une bassine dans l'enceinte ménagée.

—Vous pouvez y aller, personne ne vous verra.

—Merci, murmura-t-elle, confuse, en trottinant vers la cabine de bain improvisée, les bras chargés de vêtements.

Quand elle ressortit, elle avait noué une serviette autour de sa tête. Les habits qu'elle venait de rincer formaient un tas dans le récipient. Elle souriait et pour la première fois, je la voyais manifester un peu de satisfaction. Elle s'approcha de nous et prit le temps de se peigner, tandis que je démontai mon installation. Le soleil se réfugiait dans ses cheveux et je ne pus m'empêcher de la trouver belle comme une statue antique, avec ses bras courbés en cou d'un cygne. J'eus honte de n'avoir pas su maîtriser mes pensées et détournai bien vite mon regard.

Je vidai le dernier bidon d'essence dans le réservoir du tracteur. Combien de temps allions-nous tenir avant la panne ? Ces engins agricoles consommaient beaucoup de carburant mais cela ne posait pas trop de problèmes tant que je ne dépassais pas les limites de nos champs. Depuis quelques jours, chaque heure m'éloignait de ma ferme et ajoutait à mon inquiétude. Je me promis de chercher une station pour me réapprovisionner dans cette région où je n'avais jamais mis les pieds. Les inscriptions sur les bornes ne me parlaient pas et le nom des bourgades ne me renseignait pas beaucoup sur la possibilité de résoudre mon problème.

Nous avions repris notre marche lente. Sur notre droite, la colonne de l'exode essuya un autre mitraillage. Les pauvres gens se jetaient dans les fossés tandis qu'au-dessus d'eux, un second passage de Stukas ajoutait l'abomination à l'horreur. L'ennemi conquérant s'attaquait aux civils démunis puisqu'il n'y avait plus d'armée à exterminer. Pendant l'attaque, nous n'échangeâmes pas un mot. Les petites s'étaient simplement tapies contre nous, assaillies par le souvenir douloureux de ceux que nous venions d'enterrer. Leur peine muette me faisait mal car je la partageais en silence, certain que la seule évocation de Marion ou de Frédéric allait déclencher une crise de désespoir. Parfois, elles se plaignaient du soleil qui les éblouissait, de la chaleur, des vibrations du moteur qui les tenait éveillées, mais jamais de l'absence de leur maman ou de leur papa, comme si les petits tracas les protégeaient de l'immense épreuve.

Pour l'heure, isolés sur ce chemin parallèle, nous assistions au massacre sans nous sentir menacés. Nous avions déjà payé notre tribut à la barbarie. On nous avait volé l'être qui nous était le plus précieux. Que pouvait-il nous arriver de pire ? Je ne pus m'empêcher de penser à la terrible expérience que nos filles subissaient et je me demandais ce qui leur resterait de leur enfance détruite, si jamais le sort leur permettait de continuer leur existence. Thérèse cherchait le réconfort auprès de moi, comme si j'avais pu la protéger des tirs tandis que ma Jeannette se lovait dans les plis de la robe de Paule. Nous observâmes l'interminable file martyrisée jusqu'à ce qu'une sinuosité de la route les écartât de notre horizon. Je dirigeai le tracteur vers le sud, dans l'espoir d'y trouver du carburant d'abord, et peut-être aussi quelques heures de répit.

De temps en temps, nous croisions un paysan qui, le râteau ou la bêche sur l'épaule, se rendait à son champ, ignorant des drames qui secouaient le pays. Je l'enviais, lui qui limitait son monde aux bornes de son exploitation. Responsable de son lopin de terre, il lui consacrait toute sa force, sa volonté, dans le seul espoir que la graine semée donnât de quoi nourrir ses semblables. Il risquait sa vie pour cela, en demeurant fidèle au poste. Comme je pensais à cet agriculteur, le souvenir de mes parents me revint, et celui de mes beaux-parents qui m'avaient confié la protection de leur fille. Je me promis de leur écrire pour les informer de la terrible nouvelle, de ma défaillance.

J'avais manqué à mon devoir. J'aurais dû patienter encore une bonne semaine avant de quitter la ferme. Peut-être aurions-nous vu les Allemands se ruer sur Paris sans nous accorder la moindre attention. Marion aurait encore été à mes côtés. Je n'aurais pas fait de ma fille une orpheline. Mes doigts se crispaient sur le volant quand j'évoquais ma faute.

Au milieu de l'après-midi, les petites dormirent un moment tandis que nous roulions sur une route assez plane pour leur éviter les cahots. Paule s'était allongée aussi pour tenter de se reposer un peu. Le ciel s'était brusquement couvert et le soleil peinait à s'insinuer à travers les nuages filandreux. Moi-même, bercé par le ronronnement régulier du moteur, je commençais à somnoler quand un cri de ma Jeannette me jeta dans la réalité.

—Maman ! hurla-t-elle alors qu'elle ne l'avait jamais appelée depuis sa disparition. Effrayée par le cri déchirant, Paule sauta sur ses jambes et saisit ma fille dans ses bras. Elle me la posa sur les genoux comme si elle se débarrassait d'une marmite brûlante. Tapie contre ma poitrine, mon enfant se calma aussitôt.

—Tu as fait un cauchemar ? demandai-je.

Elle hocha la tête affirmativement. Elle enfouit son nez dans les plis de ma chemise.

—J'ai rêvé qu'un avion la tuait. J'ai eu très peur. C'est seulement un mauvais rêve, n'est-ce pas ?

Je l'enlaçai plus fort. Avait-elle accepté le décès de sa maman ? Était-ce un drame qu'elle refusait pour pouvoir poursuivre son enfance ? La mort n'était pas de son âge, elle devait rester au large. Il était encore trop tôt pour la faire parler. Je jugeai qu'il était préférable de la laisser progresser à son rythme, sans provoquer de plus grave déchirure. Nous roulâmes ainsi une bonne heure, dans cette fin de printemps. L'air s'emplissait d'une palpitation secrète qui sourdait dans la terre, dans les arbres, dans le ciel. Une impatience pleine de menaces.

Que reste-t-il de ma vie passée ? Je pensais qu'en travaillant dur comme l'avaient fait mon père et mon grand-père, je parviendrais à prolonger le sillon qu'ils avaient creusé. J'avais une épouse que j'aimais et qui m'aimait en retour. Chaque instant passé auprès d'elle m'était un miel. Avant elle, je ne connaissais rien de l'existence. C'est elle qui m'a appris à regarder le monde. Avec elle, j'ai compris le sens du mot « aimer ». J'ai admis que je ne respirais que pour la voir sourire, que sa joie éclairait mes jours et je remerciais le ciel de l'avoir placée sur mon chemin. Je me serais contenté d'elle qui me procurait mille raisons d'être heureux. Je me serais voué à ne pas la quitter des yeux, à savourer le miracle de notre rencontre. Mais comme si cela ne suffisait pas, elle a posé sur moi l'habit de père en m'offrant Jeannette qui venait de sa chair et de l'amour qu'elle me portait. Une autre Marion enfant. Je la voyais à la fois mère et jeune fleur en métamorphose. Marion à deux époques de son parcours. Pourquoi le temps ne s'est-il pas arrêté à cette année 1939 ? Pourquoi m'avoir fait payer tout cela en déversant sur moi le sang de celle qui m'avait initié à la chance ? Pourquoi a-t-il fallu qu'elle soit tuée entre mes bras qui voulaient la protéger ?

Je possédais tout : mon épouse et ma fille, mon père et ma mère qui m'ont élevé du mieux possible, qui m'ont fait oublier la dureté du travail de la terre, qui ont béni mon mariage, qui ont ressenti et partagé mon bonheur d'être père. Je les ai abandonnés dans notre ferme, comme je n'ai pas pu empêcher Marion de partir dans les glaces de l'autre monde. Et aujourd'hui, je maudis Dieu qui m'a tout donné pour tout me reprendre aussitôt. Qui m'a plongé d'un coup dans le malheur sans me laisser le temps de m'y accoutumer comme un soldat qui voit sa jambe pourrir de la gangrène et qui se fait à l'idée de l'amputation.

Alors, je lance mes malédictions aux nues, et elles se perdent dans le hululement des Stukas qui volent au-dessus de nos têtes pour nous inonder de menaces diaboliques.

Nous atteignîmes ainsi un village près de Langres, où nous pûmes reconstituer une part de notre réserve d'essence à un prix faramineux. Le garagiste nous rapporta que les grosses sociétés pétrolières avaient augmenté leurs tarifs depuis une semaine de façon éhontée et que cela ne présageait rien de bon pour la France. Il n'accepta que de nous remplir trois bidons sur cinq car, il fallait contenter tout le monde. Il nous proposa pourtant de nous approvisionner en nourriture : de la charcuterie, des fromages, des légumes et des pommes que son épouse vendait dans son arrière-boutique. Selon lui, les paysans du coin lui livraient leur production pour aider les malheureux qui fuyaient les bombardements. Il nous expliqua que lui aussi était impatient de partir car les Allemands lui avaient volé plusieurs hectolitres de carburant pour leurs camions. Ces bandits se comportaient en maîtres chez nous, ils disposaient de nos biens et ne payaient rien.

—Pourquoi restez-vous donc ? lui demandai-je en remplissant un cageot de blettes déjà flétries et de patates d'hiver plus fripées qu'une centenaire.

Il m'adressa une grimace douloureuse comme s'il allait me faire partager la tragédie de son existence de Français méritant. Les mains écartées tel un Jésus en croix, il me confia son dilemme.

—Comment pourrais-je partir alors que ces infortunés sur la route ont tant besoin de moi ? Ils circulent dans de vieilles guimbardes dont le moteur ne demande qu'à exploser, ils meurent de faim et de soif, ils manquent de tout et vous voudriez que je tourne le dos à ce qu'il se passe ?

Il m'annonça le montant de mes achats et je n'eus pas besoin de plus d'explications pour comprendre le vrai motif de son sacrifice. Notre pays organisait mieux son commerce et ses petits trafics que notre armée ne jugulait l'invasion. Nos concitoyens s'étaient adaptés immédiatement à la situation nouvelle. Les cultivateurs nous refilaient au prix de l'or leurs rogatons de l'année précédente avant qu'ils ne pourrissent. Ce conflit représentait une aubaine pour de nombreux magouilleurs.

—Laissez-lui sa marchandise, me souffla Paule, qu'il aille au diable !

—Je ne peux pas, répondis-je. Ce n'est pas notre rancœur qui nous remplira l'estomac. Nous n'avons pas le temps de marchander ni de faire le tour des fermes pour trouver la bonne affaire.

—Voici deux livres de carottes, il se peut qu'elles vous rendent service. Dieu sait quand vous trouverez une pareille occasion avant votre prochaine étape, dit la matrone devant les poignards que lançaient les yeux de l'Alsacienne.

—Les enfants ne veulent rien savoir de la guerre, ce sont des choses qui les dépassent. Quand le ventre a faim, le cerveau se referme, dit-elle avec un sourire qui se voulait compatissant alors qu'il ne révélait que sa fourberie.

Elle me fit pitié, avec sa grosse bouille bouffie barrée par un étrange sourire où je lisais de la culpabilité et le désir de paraître aimable. Je soupçonnais son mari de la forcer à détrousser ces pauvres gens qu'ils ne reverraient sans doute jamais. Il n'était pas question pour eux de fidéliser une clientèle mais de tirer rapidement le plus grand profit de l'aubaine. Ils étaient prêts à périr sous les bombes dans le but de se remplir les poches le plus vite possible, sans personne pour pointer du doigt leur malhonnêteté.

Je saluai le couple de Thénardier et regagnai mon tracteur. Un individu tournait autour de l'engin. Il donnait des coups de pied dans les pneus, pesait sur les amortisseurs. Comme je m'informai sur sa curiosité, il me demanda si je voulais me défaire de mon Renault vert et si on pouvait y adapter une cabine avec un toit.

—Comment pourrais-je continuer si je vous cédais mon véhicule ? lui répondis-je assez sèchement pour le décourager.

—Réfléchissez, insista-t-il. Tout dépend de la somme qu'on veut bien mettre dans l'affaire et de celui qu'il vous reste pour aller là où vous voulez.

J'installai Paule et les petites sur la remorque et je grimpai derrière le volant.

—À bientôt ! me lança l'homme, narquois.

Je haussai les épaules, pressé de quitter ce coin où les rapaces foisonnaient.

La nuit commençait à tomber et la fraîcheur se couchait sur la plaine quand nous aperçûmes une exploitation sur notre droite, entre nous et la route nationale. Nous nous engageâmes prudemment dans l'allée bordée de noisetiers qui menait à un grand portail ouvert. La queue entre les pattes, un chien roux craintif vint nous accueillir en silence. Il se tenait à quelques mètres de nous, sans relâcher son attention. On le devinait apeuré mais poussé par une grande envie de nous approcher. Je recommandai aux miens de ne pas bouger et je sautai dans la cour pavée de cailloux inégaux pour frapper à la porte de l'habitation, le setter toujours sur mes talons. Étrangement, le battant n'était pas fermé et un silence de glace régnait à l'intérieur de la grande pièce. J'appelai quelqu'un timidement. N'obtenant pas de réponse, je haussai la voix. Je n'avais vu personne à proximité de l'habitation. Inquiet, j'entrai résolument. Trois bols à demi-pleins de café, une miche de pain et une carafe d'eau encombraient la lourde table de bois, deux chaises renversées jonchaient le sol. Deux autres sièges avaient été bousculés çà et là, devant l'accès d'un réduit et au pied d'un escalier. Je devinais qu'un drame s'était déroulé dans cette maison.

—Papa…

—Reste dehors, ma Jeannette, ordonnai-je à la petite qui venait aux renseignements.

Un rideau de toile épaisse séparait la salle. Je le tirai pour découvrir une grande alcôve sombre occupée par un lit monumental couvert par un édredon ventru. Près d'une armoire de chêne brun, je distinguai une porte qui aurait pu fermer un rangement. Mon sang battait à mes tempes, je m'attendais à découvrir un nouveau massacre. Ce n'était pas un placard mais une deuxième chambre faiblement éclairée par une fenêtre entrouverte. Les quatre parois supportaient des cadres montrant l'image d'un Christ désignant son cœur, un cerf qui tendait le cou pour un brame dans une forêt de sapins, une photographie couleur sépia d'un bébé assis sur une couverture et sous un verre ovale, un couple de mariés souriant doucement. Je trébuchai sur un obstacle qui dépassait entre le lit et le mur opposé. Les trois corps avaient été jetés là, l'un sur l'autre. Une vieille dame vêtue de noir, son époux en combinaison de travail, et dessous, une jeune fille en robe fleurie. Chacun avait été exécuté d'une balle dans le front. La panique me chassa hors de ces lieux d'horreur. Je trébuchai sur une chaise dans la salle principale, je sentis mon genou éclater et le sang couler le long de mon tibia. L'air du dehors m'apaisa un peu. Paule et les filles m'observaient sans dire un mot. Elles avaient deviné que j'étais tombé sur une scène terrible. Les yeux de Jeanne et ceux de Thérèse montraient qu'elles aussi, avaient lu en moi. Mon regard était celui d'un témoin de la mort. Elles l'avaient déjà vu le jour du mitraillage par les Stukas. Je fus épouvanté par l'idée qu'à leur âge, la cruauté humaine fasse déjà partie de leur univers familier. Quels adultes feraient-elles après avoir connu une telle enfance ? Des mamans et des épouses sans âme, imperméables à toute émotion.

Je leur ordonnai de grimper sur la remorque pour mettre la plus grande distance possible entre cette maudite ferme et nous.

Attaché au tronc d'un mûrier : un message tracé par une main maladroite : « Ici est décédée de fatigue Léonnie Michel, dans sa soixante-cinquième année, le 4 juin 1940. »

Nous avions parcouru deux kilomètres environ quand Paule me demanda ce que j'avais découvert dans la ferme déserte.

—Ce qu'aucune personne ne devrait voir en ce monde, dis-je à Paule qui m'interrogeait du regard.

Comme elle me scrutait, la bouche entrouverte, j'ajoutai simplement que les Allemands avaient assassiné un couple de braves gens et leur fille.

—Il faudrait avertir quelqu'un, me suggéra-t-elle. Il ne faudrait pas que leur chien les dévore.

Quand nous eûmes atteint un hameau, je relatai le carnage à un grand-père assis sur le muret de sa maison. Il m'écouta sans m'interrompre.

—Mon fils et les voisins iront jeter un coup d'œil, me répondit-il sans s'émouvoir.

—Connaissez-vous cette famille ? demandai-je, surpris par son indifférence.

—Et comment ! Ce sont les Besson, mon garçon devait épouser leur fille. Nous nous préparions à célébrer leurs noces quand cette saloperie de guerre a éclaté. Nous avons tout arrêté pour voir venir… Et nous avons vu.

—C'est toute la peine que vous ressentez ? Vous étiez donc fâché avec eux ?

—Pas du tout, je les aime bien, ce sont de braves gens. Mais voyez-vous, j'ai passé quatre ans de ma vie dans les tranchées, j'ai trop vu de cadavres pour pleurer, pourris, desséchés ou tellement jeunes que mon esprit les voyait vivants. On doit tous finir un jour. Ceux-là n'ont pas souffert. D'une certaine façon, je les envie car ils n'endureront pas ce que nous devrons encore subir. Prenez bien garde à votre dame et à vos enfants.

—Ce n'est pas ma femme, j'ai recueilli cette personne et son enfant sur la route. Nous nous sauvions ensemble quand son mari et mon épouse ont été tués par le même raid de l'aviation.

—Alors, conclut-il, vous me comprenez, vous savez de quoi je veux parler, n'est-ce pas ? Bon courage, l'ami… savez-vous au moins où vous vous rendez ?

—Je l'ignore. Je vais où les Allemands n'iront pas. Là où je trouverai un abri pour les miens. Je vais là où je pourrai me rendre utile… Et vous, qu'allez-vous faire ?

Il eut un petit rire silencieux qui secoua douloureusement ses épaules :

—Moi ? Où voulez-vous que j'aille ? La seule fois que j'ai quitté ma maison, j'y suis revenu quatre années plus tard. Je n'étais plus le même homme et les miens n'étaient plus pareils. J'étais devenu un autre, un étranger dans ma famille. J'ai dû batailler encore des mois avant de me sentir vraiment chez moi, où je faisais peur à ma femme et à mes parents. J'avais perdu le goût du bonheur. Croyez-vous qu'on puisse perdre l'envie d'être heureux ?

—Grâce au ciel, vous l'avez retrouvé, dis-je.

Il regarda longuement Paule et les enfants qui attendaient sur la remorque.

—Croyez-vous ? souffla-t-il. Bien souvent, on est comblé sans le savoir. Aujourd'hui, je ne saurais pas jurer si je suis heureux ou malheureux. Peut-on connaître la joie quand on nous a amputés de notre jeunesse ? Dites, pensez-vous que l'amnésie est une forme de rédemption ?

Y avait-il eu un mot d'ordre lancé par je ne sais quelle autorité ? Sans que le flot humain sur la grand-route eût diminué, des petits groupes de fuyards constituèrent une file de plus en plus dense devant et derrière nous. Ils affluaient de partout, sur des charrettes tirées par des chevaux, des mules et même par des vaches au pas lent. Des enfants actionnaient les sonnettes de leurs vélos, des grands-mères trônaient sur des brouettes, des remorques arrimées aux selles des bicyclettes ou poussées par les plus jeunes. Parfois, cela prenait des allures de kermesse ou de sinistre sarabande, ce qui m'inquiéta assez rapidement. Des ombres fantomatiques se mêlaient à nous, des hommes aux vêtements délabrés marchaient parmi les familles, la tête basse, la barbe négligée dissimulée sous les cols relevés. Il ne fallait pas être bien malin pour deviner des déserteurs, des soldats en déroute ou des maraudeurs qui attendaient la première occasion pour s'éclipser avec une valise volée. D'autres miséreux remontaient en sens inverse, encadrés par des gardes allemands qui aboyaient des ordres. Depuis combien de temps étaient-ils prisonniers ? Des camions chargés de captifs se dirigeaient en sens inverse, vers l'Allemagne, charriant des lots d'esclaves destinés à travailler dans l'industrie. Les plus chanceux échoueraient peut-être dans une ferme bavaroise ? Les autres trimeraient dans les usines d'armement.

Parfois, un inconnu nous accompagnait un moment, il posait sa main sur le garde-boue du tracteur comme pour se reposer. Immanquablement, il lançait un regard compatissant sur Paule et nos filles, comme s'il se trouvait en présence de merveilles de la nature.

—Ce serait dommage qu'il leur arrive quelque mésaventure, disait-il alors, la voix à peine audible.

Généralement, l'individu avait une allure soignée, vêtu de sombre avec une veste, un gilet, et un chapeau. Il pouvait passer pour un conseiller municipal, un policier en habits civils ou un représentant de l'ordre. Il faisait partie de cette armée secrète de bénévoles qui se révèlent lorsque le pays traverse une catastrophe. Ils savent tout avant les autres et nous font profiter de leur savoir. Malgré moi, je ne leur accordais aucune confiance.

—Ne relâchez pas votre attention, ne vous laissez pas aller à des confidences imprudentes : l'ennemi se glisse parmi vous, il vous observe et vous écoute, il note tout ce qu'il entend, tout ce qu'il remarque et, à la nuit tombée, il vient avec une bande de voyous pour vous embarquer et vous vous retrouvez en prison, ou pire, en Allemagne, vous et votre petite famille. Il peut prendre l'aspect d'un brave paysan du coin, d'un commerçant qui vous propose sa marchandise, d'une femme de la paroisse qui veut vous aider. Méfiez-vous, n'accordez votre confiance à personne, moins vous parlerez, mieux vous vous porterez. Vous n'imaginez pas la fourberie de ces agents, ni leur cruauté. Ils sont spécialistes des enlèvements et des assassinats. J'ai recueilli des kilos d'informations sur leurs méthodes. Certains ont été formés par les services secrets italiens, espagnols, et russes. Ils ont appris parfaitement notre langue sans accent et ils sont maîtres dans l'art de nous tirer les vers du nez en faisant ami-ami avec nous. Comme des caméléons, ils prennent l'aspect le plus inattendu pour vous gober.

Il accélérait alors pour aborder un autre équipage. J'ignorais quel crédit accorder à ces oiseaux de mauvais augure. Si j'avais dû suivre ses conseils, je l'aurais mis dans le même sac que ces espions qu'il me décrivait car je ne le connaissais pas plus que ces sournois que je devais redouter. Pour l'instant, c'est surtout l'aviation qui me faisait trembler. Il ne se passait pas une journée sans qu'une escadrille vînt nous survoler à basse altitude. Le sinistre hululement des Stukas nous jetait dans les fossés. Les petites s'accrochaient à moi, les yeux remplis de larmes, le menton tremblant. Je tentais de les rassurer mais quel argument aurait pu les convaincre quand les mêmes appareils avaient tué la maman de ma fille et le papa de Thérèse ?

Heureusement, nous n'étions pas visés systématiquement. Ces engins de malheur se contentaient parfois de nous effrayer, ils allaient frapper d'autres cibles, un peu plus au nord ou sur la grand-route, à notre droite, là où ils avaient plus de chances d'atteindre un maximum de victimes.

Nous devions nous attendre à tout, au pire comme au meilleur. Ainsi, un soir, alors que nous allions traverser une petite bourgade, le convoi ralentit pour finir par s'arrêter et nos rangs se resserrèrent sous la poussée de ceux qui arrivaient derrière. Nous progressâmes enfin à la vitesse de tortues au milieu de deux rangées de soldats qui formaient un goulot d'étranglement, jusqu'à un étal tenu par des Allemands casqués et bottés qui distribuaient des rations de potage. Une foule d'affamés se pressait en tendant des récipients divers, des casseroles, des bouteilles, des marmites que les soldats remplissaient patiemment. Ils souriaient aimablement et leurs visages juvéniles affichaient une volonté d'amitié. Il nous fallait admettre que ceux qui nous massacraient nous nourrissaient aussi parfois. Le nazi arrivant par le ciel nous assassinait sans pitié. Celui qui se traînait comme nous sur la route nous comprenait et nous voulait du bien. Difficile à admettre ! Les pauvres gens se concertaient à voix basse devant ceux qui avaient réussi à obtenir un peu de soupe au chou où flottaient quelques lambeaux de lard. Ils se demandaient si on n'avait pas empoisonné les aliments, si on n'y avait pas injecté des germes porteurs de maladies terribles. On évoquait la diphtérie, la malaria, la rage, la typhoïde. La peste aussi, qui, disait-on, pouvait se propager en ajoutant un rat pourri dans la soupe. Tous ces fléaux capables de décimer les civilisations. Certains même vidaient derrière un arbre les bols qu'ils avaient obtenus avec peine, pour la plus grande satisfaction des chiens errants squelettiques qui se ruaient sur l'aubaine.

Pour notre part, nous préférions ne pas quémander de quoi manger. À la faveur de la nuit, je m'écartai de la route pour aller arracher deux ou trois épis de maïs dans les champs, ou une salade, ou quelques carottes nouvelles. Je surmontais ma mauvaise conscience en me disant que les propriétaires de ces cultures avaient certainement quitté leur ferme comme je l'avais fait et que mes légumes faisaient aujourd'hui le bonheur d'autres désespérés. Il était plus juste que nous en profitions plutôt que de les abandonner aux Allemands.

Il devait être onze heures, nous nous trouvions en rase campagne, sans une maison en vue. Nous nous étions écartés des vagues de réfugiés. Nous avions dû faire demi-tour deux ou trois fois, égarés dans des culs-de-sac, au bout d'un chemin que les cailloux disputaient à la mauvaise herbe. Je ne disposais d'aucune carte routière et je me guidais au soleil. Durant ma vie passée, je n'avais guère eu l'occasion de visiter le pays. Les petites réclamaient à boire et nous ne pouvions rien leur offrir car depuis le matin, nous n'avions pas vu de fontaine dans cette région presque désertique, entre Champagne et Bourgogne. Par bonheur, nous aperçûmes quatre vaches qui meuglaient à l'ombre de noisetiers. Elles gémissaient de douleur, les mamelles pleines de lait. Personne pour les soulager de leur fardeau. Dès qu'elle les aperçut, Paule sauta de la remorque, un seau à la main. Les bêtes vinrent au-devant d'elle. Paule s'agenouilla à côté d'une belle rousse qui se laissa traire docilement, tandis que les autres attendaient sagement leur tour en file indienne. Le lait sonnait en frappant le fond du bidon et ce bruit familier me ramena quelques jours plus tôt, à une période encore heureuse où Marion et moi vivions ensemble sans nous douter de ce qui allait bouleverser notre vie. Le front posé contre le flanc de la vache, Paule travaillait sans hésiter, elle connaissait ces gestes par cœur et j'étais certain qu'elle y trouvait du réconfort. Sans doute se rappelait-elle aussi sa maison, son mari, les jours de miel. Je la voyais de dos mais je devinais son sourire, peut-être fermait-elle les yeux pour répéter ces mouvements que ses mains connaissaient par cœur… Quand elle eut rempli le récipient, elle entreprit de traire les autres bêtes, leur lait se perdait dans la terre. Mais elle finit consciencieusement sa tâche. Puis elle revint donner à boire à nos filles. Une crème épaisse s'accrochait aux lèvres des enfants qui s'en délectaient d'un coup de langue. Paule riait aux éclats en les regardant et je ne tardai pas à l'imiter malgré moi. Nous nous régalions de cette hilarité que nous prolongeâmes un peu plus que la normale car elle nous renforçait comme une eau claire puis soudain, gênés, nous nous tûmes comme si nos disparus nous reprochaient ce moment d'insouciance. Et le silence nous reprit dans son étau, plus dur qu'avant. Nous n'avions pas encore apprivoisé notre mutisme qui tantôt nous protégeait et tantôt nous isolait, nous emmurait dans un désert figé.

Je les aidai à grimper sur la remorque et je repris la route lentement. Craignant de me perdre encore, j'avais décidé de revenir sur une voie plus importante, à proximité de la route principale. Ces quelques heures de solitude avaient fini par nous inquiéter. N'importe quoi aurait pu nous arriver si nous étions tombés entre les mains d'une patrouille. Nous aurions fini tels ces corps disloqués que nous croisions sur le bord du chemin, nous détournions le regard mais ils étaient bien là et leur souffle interrompu prenait une place immense dans notre existence fébrile. En fermant les yeux, nous rendions leur absence plus envahissante, plus importante et le soir, à l'abri du plateau sous lequel nous cherchions un peu de repos, leurs bouches ouvertes sur un cri muet nous interdisaient de dormir.

Je découvris les autres fuyards derrière une rangée d'arbres. Ils n'étaient pas loin, j'avais zigzagué autour des cultures, j'avais perdu du temps mais comme je n'avais aucune idée de l'endroit précis où je voulais me rendre, cette idée ne m'encombra pas longtemps. Je réussis à me glisser derrière un chariot tiré par deux robustes mulets bruns. La charrette était chargée d'un énorme fatras de matelas, de bassines, de chaises, de cages où grouillaient des lapins et des poulets avec, trônant sur les hauteurs de l'entassement, quatre adolescents. Une fille et trois garçons. Après un moment passé à les suivre, j'aperçus une petite vieille à la face parcheminée qu'on avait calée entre des couvertures. Elle m'observait gravement et ne répondit pas au geste de la main que je lui adressai. Elle semblait stupéfiée par l'idée de se retrouver dans cette étrange situation, sur ce chemin inconnu pour elle. Elle serait restée chez elle si on lui avait demandé son avis, au risque de finir sous une bombe mais cela, elle l'aurait accepté plus naturellement que cet exode épuisant où ses enfants l'avaient entraînée. Pendant l'une des nombreuses stations que nous imposaient les croisements, les virages et les encombrements, le conducteur de l'attelage et son épouse descendirent de leur siège. Jusqu'alors, ils nous étaient dissimulés par la masse des affaires qu'ils transportaient. C'était un solide gaillard portant un pantalon de velours brun tenu par de larges bretelles sur une chemise blanche à fines rayures bleues. De son visage, je ne distinguais qu'une épaisse moustache rousse parallèle au bord de son chapeau de feutre. Son épouse était faite sur le même gabarit, ronde, grande, rebondie devant et derrière. Elle avait enroulé ses cheveux en chignon sous un foulard qui avait été blanc. Ainsi accoutrée, elle ressemblait à une boule de meringue. Pendant l'arrêt, ils retendaient les cordes qui assuraient la montagne de matériel. De part et d'autre de leur véhicule, ils hurlaient des ordres contradictoires, tirant quand il fallait pousser, poussant quand il fallait hisser. Soudain, ils suspendirent leurs efforts. Une vibration du sol s'amplifia. Les tremblements secouaient la terre et remontaient jusque dans notre ventre. Cela tressautait comme un lointain séisme qui s'amplifiait rapidement. Alors, devant nous, le convoi s'ouvrit de part et d'autre de la chaussée. Les fugitifs sautaient pour se mettre à l'abri des arbres. Par chance, je dirigeai mon tracteur dans l'entrée d'un champ de blé tendre, juste à temps pour apercevoir le premier tank qui remontait la colonne, suivi par une vingtaine d'autres blindés. La tourelle était soulevée et deux têtes casquées dépassaient. Les Allemands portaient des lunettes rondes et un cache-nez sur le bas du visage. On aurait dit qu'ils faisaient corps avec leur char, taillés dans le même acier. Les chenilles mâchaient les pierres de la chaussée, projetant des étincelles de part et d'autre. Ils roulaient vite, trop vite, dans l'axe de la route. Ils ne ralentirent pas en heurtant la charrette qui bascula dans le fossé, entraînant les mulets et tout ce qu'ils charriaient. La grand-mère disparut sous les monceaux de meubles, tout comme les quatre jeunes gens de cette famille. Par miracle, le père de famille et son épouse avaient pu s'écarter avant le choc. Il leur fallait attendre la fin du long défilé de tanks dont chacun cognait la voiture renversée. Quand le dernier monstre grondant dépassa l'accident, l'homme trancha les amarres et dégagea un à un ses enfants qui émergèrent, hébétés et titubants, mais sains et saufs. Il déchargea les clapiers, les édredons, la table de chêne qu'il aligna contre le talus et l'aïeule apparut enfin. Ses membres dessinaient des angles incongrus et un filet de sang coulait de sa tempe. Sa robe grise avait été déchirée et sa poitrine sèche montrait la peau bleuâtre d'un sein. Son thorax marquait un creux épouvantable. Paule ramassa une couverture qu'elle jeta sur le corps de la vieille femme.

Je proposai mon aide pour redresser l'attelage mais le propriétaire me dit de ne pas me soucier, il allait s'en occuper avec ses garçons.

—Voulez-vous de l'aide pour creuser ? demandai-je.

—Creuser quoi ? répliqua-t-il trop vivement.

—La tombe pour la mémé, dis-je.

—Ne vous inquiétez pas, nous allons nous en arranger.

Paule posa sa main sur mon dos.

—Viens, n'insiste pas, ils veulent rester entre eux. Ils n'ont pas besoin de nous, murmura-t-elle.

Pour la première fois, elle me tutoyait. L'émotion sans doute.

Je m'extirpai avec peine de l'endroit où j'avais réussi à me garer et je repris la route. De part et d'autre, à droite et à gauche, dans le fossé, des vélos écrasés, des blessés étendus sur le sol, des brouettes, des abat-jour froissés, des remorques démantibulées et des gens harassés et résignés à la fois, qui tentaient de faire face. Je n'entendais pas leurs plaintes ni leurs malédictions et peut-être ne gémissaient-ils pas. Le silence. Le silence sidéral peuplé de spectres qui semblaient flotter doucement dans ce grand désordre et la poussière, cet anéantissement d'un monde civilisé. L'humanité livrée à l'extrême bestialité des soldats qui se revendiquaient de la race supérieure, l'élite parmi les créatures terrestres. Ils s'arrogeaient tous les droits, nous n'étions plus rien, nous n'avions plus rien, nous ne comptions pas et nous quittions le monde des vivants pour regagner l'autre monde dans l'indifférence générale.

Nous progressâmes vaille que vaille durant toute l'après-midi. J'avais l'impression d'être une fourmi anonyme dans le convoi de milliers de mes semblables, occupé par la quête obstinée de ma survie. Enfant, je m'amusais à interrompre leur pèlerinage en posant des obstacles qu'elles contournaient aussitôt ou qu'elles franchissaient. Je voulais m'arrêter dans un emplacement sûr, un peu à l'écart de la circulation, pour ne pas connaître le même sort que cette famille frappée quelques heures plus tôt. Je trouvai un terrain plat devant une ferme brûlée dont les ruines dressaient des cierges noirs vers le ciel rouge. Je rangeai mon tracteur au pied du mur de clôture et je glissai une bâche sous la remorque en prévision de la nuit. Pendant que je vérifiais les niveaux d'eau et d'huile du moteur, Paule alluma un feu pour préparer une soupe avec les quelques légumes glanés dans des jardins abandonnés. Une volaille s'approcha de nous, elle devait errer dans les environs depuis l'incendie. Quand elles l'aperçurent, les petites se levèrent d'un bond et le jeune coq détala. Je recommandai aux petites de ne plus bouger et, après dix minutes passées à le guetter du coin de l'œil, l'oiseau revint gratter la terre près de nous. Je vis Paule empoigner lentement un bout de bois qu'elle tira du fagot prévu pour alimenter le feu et son bras jaillit comme un serpent. D'un coup sec, elle assomma l'infortuné animal qu'elle pluma et vida immédiatement. Ce soir-là, nous dégustâmes un poulet rôti sur une broche bricolée et je crois bien que ce fut le meilleur repas que j'avais mangé depuis bien des jours. Les flammes et la chair succulente aidant, nous oubliâmes la désolation et nous ne pensâmes qu'à jouir de ces instants. Après le dîner, repus, nous regagnâmes notre couchage sous le plateau de la remorque. Les fillettes dormaient entre Paule et moi, ma Jeannette appuyée contre ma poitrine et Thérèse contre sa maman. Cette nuit-là, je m'entendis ronfler entre deux sommeils. Mon raclement m'empêchait de dormir sans m'éveiller complètement. J'étais épuisé, un gros caillou blessait mon dos et je ne parvenais pas à trouver une position plus confortable. Je finis par sombrer de fatigue, bercé par ma respiration. Je rêvais avec la désagréable sensation de me noyer. Je me réveillai brutalement, au bord de l'asphyxie. Paule me pinçait le nez entre le pouce et l'index. Elle pouffait tandis que les petites étouffaient un rire, leurs mains sur leur bouche, leurs yeux brillant de malice.

—On a cru que les Allemands revenaient avec leurs chars, déclara Paule, hilare.

—Sacrées bonnes femmes, grommelai-je, leur tournant le dos, un peu vexé.

Elles continuaient d'exprimer leur joie irrésistible par des petits couinements contagieux. Je ne pus réfréner une allégresse soudaine et, au milieu de la nuit, nous nous abandonnâmes à notre gaieté inattendue. Cependant, le calme recouvré, une culpabilité insidieuse nous assaillit. Paule ne cessait pas de s'agiter et de renifler en pensant à son Frédéric. Marion me semblait perdue dans un rêve trop ancien, irréelle dans la terre du cimetière inconnu, si loin dans mon passé que je peinais à me souvenir de la douceur de son visage. Elle appartenait déjà à une époque définitivement révolue et je m'en désolais. J'avais dû affronter tant d'épreuves depuis son décès… Je voulais garder en moi son empreinte vivace car elle représentait ce que j'avais connu de plus heureux. C'est avec elle que je m'étais senti un homme. Mais les événements qui déferlaient sur moi chaque jour bousculaient l'ordre des choses, ils prenaient toute la place. L'urgence de protéger ce qui restait de ma famille. Jeannette qui me rappelait que j'avais vécu autrement, que tout n'avait pas commencé sur cette route. Et cette femme et sa fillette démunies que je ne pouvais pas abandonner sur le bord du chemin. Elles me rappelaient trop Marion et Jeanne qui, si elles s'étaient trouvées dans la même situation, moi mort à la place de Frédéric, auraient apprécié une main charitable.

C'est ce matin que, juché sur le siège de mon tracteur, je vis une silhouette familière sur la route. La grande carcasse de l'Antoine, mon ami de toujours. Penché sur le guidon de sa bicyclette, il luttait contre le vent du Sud qui remontait la vallée du Rhône. Je l'appelai de toutes mes forces et, en m'entendant, il mit le pied à terre. Il jeta son vélo sur le bas-côté et se précipita vers nous. Paule faisait chauffer le lait et le café qui était passé déjà trois fois dans la chaussette, nous nous apprêtions à prendre notre petit déjeuner.

—Je te présente Paule, elle vient d'Alsace avec sa fille, son mari a été tué à une centaine de kilomètres d'ici.

Il la salua d'un hochement du front.

—Où est Marion ? demanda-t-il, inquiet.

—Elle aussi a été touchée par les mitrailleuses des avions allemands. Nous l'avons enterrée dans la tombe voisine de celle de notre ami Frédéric… Et toi, où as-tu laissé ton épouse et ton fils ?

Il m'expliqua que sa famille le précédait. Sa femme et son garçon de onze ans étaient partis avec son frère, sa belle-sœur et leur fille en voiture. Ils étaient trop nombreux avec trop de bagages. Il avait décidé de les suivre en pédalant jusqu'au Péage-du-Roussillon, au sud de Vienne.

—Si tu veux, tu pourras voyager avec nous, il reste un peu de place pour toi.

—J'irai plus vite avec mon clou. C'est plus facile de se faufiler à vélo.

Je le voyais gêné, heureux de m'avoir trouvé mais inquiet. Je compris la raison de ce qui l'empêchait de profiter de mon tracteur. Il ne voulait pas m'apprendre ce qui était arrivé à mes parents. Il redoutait mes questions, que je lui posai pourtant.

Il baissa la tête et posa sa grosse main sur mon bras.

—Le lendemain de ton départ, au matin, les premiers chars se sont présentés à l'entrée de l'allée. Ils ont pointé leurs canons sur l'habitation et ont tiré six obus, comme à l'entraînement. Ils n'ont pas raté leur cible. Pas un projectile n'est tombé à côté. Ils se sont acharnés tant qu'une brique tenait sur l'autre. Tes parents et ceux de Marion dormaient encore au début de l'attaque et ils ne se sont pas réveillés. Quand les Schleus sont partis, nous sommes allés nous rendre compte. Il ne restait rien de ta famille, rien de ta maison. Rien du tout, pas de cadavre, tout avait été volatilisé, en cendres. Nous n'avons même pas pu leur donner une sépulture décente. J'aurais préféré t'annoncer qu'ils se portent bien, murmura-t-il.

—Tu n'y es pour rien.

Il me serra contre sa poitrine et enfourcha son engin, impatient de rejoindre les siens, pressé de laisser mon malheur derrière lui. Sa roue avant n'avait plus de pneu ni de chambre à air. La jante mâchait les graviers de la chaussée et y laissait deux rainures parallèles.

Les filles et Paule étaient restées un peu retrait. Elles me considéraient gravement, en silence. Elles n'avaient trouvé que le silence pour répondre à leur trop grande douleur. En quelques jours, ma petite Jeanne avait perdu sa maman et tous ses grands-parents. Je me dis que je n'avais pas le droit de mourir maintenant. Je ne voulais pas que mon enfant grandisse dans un orphelinat. Cette idée m'encouragea. Je ne devais pas m'attendrir sur mon sort mais filer le plus vite possible nous mettre à l'abri.

Nous roulâmes sans embarras jusqu'à treize heures environ. Nous nous arrêtâmes sur la place d'un hameau, où coulait une fontaine car les enfants réclamaient à manger et à boire. Paule distribua les restes du poulet et un morceau de pain que nous avions trouvé dans une Citroën noire abandonnée depuis peu dans le fossé.

—Je voudrais te dire : Jacques, tu n'es pas obligé de t'encombrer de nous, tu le sais. Je ne t'en voudrais pas de nous laisser quelque part, où tu voudras. Tu en as assez fait et je comprendrais ta décision. Après tout, nous ne sommes rien pour toi, tu ne nous connais pas. Si tu penses que…

—Tais-toi, s'il te plaît, répliquai-je en regrettant aussitôt ma vivacité. Je ne sais pas grand-chose de vous mais ton Frédéric est mort en même temps que Marion. Ça compte, ça compte beaucoup plus que si tu étais née à côté de ma ferme. La peine que nous avons partagée nous lie plus sûrement que si nous avions fréquenté la même école. Je sais ce que tu as ressenti parce que j'ai souffert de la même douleur. Je ne pourrais plus me voir dans le miroir si je vous abandonnais ici, au milieu de nulle part. Comprends-tu cela ?

Elle s'efforça de cacher un sourire maladroit.

—Quoi ? Qu'est-ce qu'il y a de drôle dans ce que je viens de te dire ?

—Rien, ce n'est pas rigolo, répondit-elle, les épaules secouées par un rire irrépressible.

—J'aimerais bien que tu me fasses partager ce qui te passe par la tête et qui te rend si joyeuse.

—Excuse-moi, je pensais que je ne sais pas où tu pourrais trouver un miroir. Nous n'en avons pas. Aucun risque que tu te retrouves devant un miroir.

—C'est vrai, approuva sournoisement Jeannette. Maman n'en a pas mis dans la valise.

—Moi non plus, conclut Paule sans chercher à contenir son fou rire.

—Tu m'accompagneras jusqu'au bout du voyage, dis-je, dussé-je vous porter sur mes épaules, toi et Thérèse. Quand nous serons à l'abri des nazis, quand nous n'aurons plus rien à redouter, tu pourras partir où tu voudras, mais en attendant, tu resteras à côté de moi. Et je t'en prie, ne remets pas ça en question à tout instant. Nous avons mieux à faire.

Trois types tournaient autour de nous, les mains enfoncées dans leurs poches. Nous étions appuyés à l'arrière de la remorque pour y déposer une réserve d'eau mais les individus nous ignoraient ostensiblement. Seul le tracteur les intéressait, ils le considéraient avec une attention extrême. L'un d'entre eux se permit de soulever le capot pour examiner le moteur, bougeant sans gêne les fils des bougies et secouant la batterie. Paule me lança un regard inquiet. Je glissai une grosse clé à molette dans la poche arrière de ma salopette et m'approchai des curieux. Je tentai de paraître aimable en leur présentant un sourire.

—Combien demandes-tu pour cette ferraille ? me lança celui qui semblait commander aux autres, sans prendre la peine de se tourner vers moi.

—Mon tracteur n'est pas à vendre. J'en ai besoin, je ne veux pas m'en défaire.

Il se gratta le bas de sa nuque, avec une moue embarrassée.

—C'est qu'on en a besoin pour le travail. Avec tous ces morts qu'on doit ramasser dans les fossés et dans les maisons bombardées, un engin pareil nous rendrait bien service, surtout avec sa *prolonge*. On peut même t'embaucher, si tu veux. Ça paye bien et il y a de l'argent à se faire. On récupère des meubles anciens, des pendules comtoises, des armoires pleines. Qui va réclamer tout ce bric-à-brac ? Là où ils se trouvent en ce moment, les propriétaires ont d'autres soucis. Ça fait que nous, on rend service en enlevant les corps abandonnés et en protégeant les affaires des intempéries et des voleurs. C'est pourquoi je te demande de me céder ton engin, pour le bien de tous, sans faire d'histoires. Si tu refuses, on le prendra quand même. Nous nous passerons de ta permission, menaça-t-il en me faisant face.

Il m'observait par-dessous la visière de sa casquette. Il évaluait ma détermination et ses petits yeux bleus et son nez pointu lui donnaient l'air d'un rat.

Ses deux comparses vinrent dans mon dos pour me tenir en étau. Un nabot et une grande tige qui me dépassait d'une bonne quinzaine de centimètres. Dans ma main, je serrai fermement le manche de la lourde clé à molette pour la lever à hauteur du nez du brigand.

—Essayez un peu, pour voir. Vous finirez peut-être par me neutraliser mais il n'y a rien de moins certain. Songez qu'avant de me rendre, je vous aurai fracassé le crâne et j'en aurai estourbi un ou deux. Croyez-vous que ça vaille le coup ? Remontez la file vers le nord, c'est bien le diable si vous ne trouvez pas un tracteur abandonné sur le côté de la chaussée sans risquer d'y laisser la vie.

— Nous sommes trois, ne l'oublie pas.

—On en vaut quatre quand on doit protéger sa famille, dis-je en faisant un pas en avant.

—Laissez-les aller, ordonna-t-il à ses complices, avec une moue de dépit. Tant pis pour eux. Il n'est pas dit qu'ils iront bien loin. Il est probable qu'on les ramasse aussi sur la route, avant la nuit, lui, sa bourgeoise et ses gosses. Alors son tracteur, devinez qui s'en servira…

Ils s'éloignèrent en traînant les pieds. J'eus besoin de plusieurs minutes pour calmer la fureur qui galopait dans ma poitrine. Je restai là, planté, mon arme brandie, le torse en avant, prêt à bondir à la première alerte. La main de Paule dans mon dos me ramena sur terre.

—Viens, murmura-t-elle, il vaut mieux ne pas moisir dans les parages. Allons dormir plus loin. Ils sont capables de nous guetter pour nous assommer pendant notre sommeil. Pour que tu n'imagines pas que nous pouvions faire autrement, me dit Paule tandis que nous avancions péniblement, perdus dans le convoi, je te répète que si nous étions restés un jour de plus, les Allemands auraient emmené Frédéric. Ils raflent tous les jeunes hommes et les moins jeunes pour les envoyer vers l'est. Ils savent que la plupart des Alsaciens veulent rester français. Il est hors de question pour les Boches de voir se former une armée de résistants alsaciens. Le Reich doit durer mille ans, selon Hitler, aussi, les gamins de dix ans doivent intégrer les mouvements de jeunesse nazis pour servir le *Führer.* Dès leur arrivée chez nous, ils ont pris des dizaines d'adolescents et les ont déguisés en soldats. Deux de mes neveux ont été incorporés de force, pour faire du sport, pour assister au déblaiement, pour aider la population, pour évacuer les gravats provoqués par leurs bombardements. En réalité, on veut nous juguler, nous contrôler et laver le cerveau de nos enfants pour faire d'eux des robots de leur sale idéologie. Frédéric aurait préféré mourir plutôt que d'aller tuer des Polonais, des Tchèques ou des Juifs d'Europe. Il se faisait une autre opinion de son rôle sur cette terre.

—T'ai-je reproché votre décision ? Si je suis sur cette route avec toi, c'est que Marion et moi, nous avons suivi un raisonnement similaire au vôtre, répondis-je doucement car je voyais bien que ces justifications ne s'adressaient pas à moi mais à elle-même.

Il lui eût été trop dur de vivre avec ce sentiment de culpabilité dont elle se débarrassait en y posant des mots. Combien de fois moi-même m'étais-je posé ces mêmes questions ? Et les « si » meurtriers s'insinuaient en moi comme un venin. Si j'étais resté dans ma ferme, chez moi, là où j'avais toujours vécu, j'aurais peut-être su garder Marion auprès de moi. Ma Jeannette aurait encore les bras de sa maman pour dissiper ses frayeurs. La vie que je lui avais ménagée en quittant notre maison méritait-elle de porter le nom de vie ? Nous vivions comme des chiens errants, sans savoir où dormir, sans deviner la fin de notre migration, nous naviguions entre des heures incertaines et des lendemains hostiles. Nos préoccupations demeuraient animales, manger, boire, avancer coûte que coûte, nous abriter des pluies d'acier, fuir, fuir encore les soldats ennemis, fuir les bandits qui convoitaient notre tracteur, qui en voulaient à Paule, à nos petites aussi peut-être. Étions-nous nés pour cela ? Avions-nous fait tout ce chemin pour aboutir à cela ? À cette misère, à cette désespérance ?

J'entendis Paule qui reniflait derrière moi. Elle posa son front sur mon omoplate et sembla s'endormir ainsi, debout comme un cheval fatigué. Non, nous n'avions pas d'existence humaine. Cette guerre brutale nous avait relégués à la condition de bêtes pitoyables.

Depuis notre départ, la température n'avait pas cessé de grimper. Heureusement, nous étions motorisés et équipés pour transporter nos quelques affaires. Mais la majeure partie de ceux qu'on appelait les *évacués* voyageaient à pied et trimbalaient toute leur fortune.

En ce début de l'été, ils portaient plusieurs couches de vêtements par manque de valises. Chaque membre de la famille charriait un drap roulé en bandoulière en travers de sa poitrine. Dès que nous le pouvions, nous hissions une vieille dame prête à rendre l'âme, terrassée par la chaleur, ou une jeune maman avec un bébé. La sueur traversait les épaisseurs de laine et souvent, ces pauvres gens souffraient de déshydratation. Ainsi, nous retrouvions régulièrement des visages que nous aidions l'espace de quelques kilomètres. À force, certains nous devenaient familiers, nous apprenions à les reconnaître, à nommer les enfants par leurs prénoms. Ils nous racontaient comment ils avaient quitté leurs maisons, comment ils avaient été reçus dans tel ou tel patelin, comment on leur avait refusé l'accès à une gare, comment un camion allemand les avait éclaboussés de boue alors qu'ils marchaient sur une départementale, après Abbeville. Comment on leur faisait payer un verre d'eau ou une pomme véreuse. Les massifs du Jura et du Morvan formaient un goulot d'étranglement où se retrouvaient ceux qui fuyaient les nazis : des Parisiens qui fuyaient la capitale, Paris aux mains des troupes ennemies, des Belges, Flamands et Wallons, ceux qui vivaient près des frontières du Nord, de Calais à Strasbourg, des Français au parler guttural, à peine compréhensible pour moi, des Lorrains, des Alsaciens comme Frédéric et Paule, des Francs-Comtois qui fuyaient vers le Sud, sans destination précise. Certains tentaient d'atteindre l'Espagne car, disaient-ils, c'était un pays neutre et nous avions accueilli de nombreux Espagnols pendant leur guerre civile. Peu au fait de la politique étrangère, ils ignoraient les alliances qui unissaient les Allemands, les Italiens et le gouvernement de Franco. Ils abandonnaient leur terre, ils voulaient se mettre à l'abri, ils se disaient prêts à mourir sur les chemins pour ne pas subir le fascisme. Par-dessus tout, ils craignaient que l'envahisseur les précédât. De plus en plus souvent, nous devions nous serrer sur le bas-côté pour permettre le passage des convois de la Wehrmacht qui remontaient la vallée du Rhône ou qui la dévalaient pour établir leur contrôle des villes conquises. Des colonnes de prisonniers en loques repartaient vers le Nord, encadrés par les troupes du Rhin. Après la première semaine d'affluence, nos rangs commençaient à s'éclaircir, les familles rebroussaient chemin. Celles qui ne savaient pas où se diriger choisissaient de revenir sur leurs pas. Pourquoi risquer de finir en terre inconnue alors que nous avions perdu la guerre et que l'ennemi avait pris possession de la totalité de notre territoire ? Autant mourir chez soi. Il se disait que le sauveur de la France en 1918, le maréchal Pétain avait entamé une âpre négociation avec l'envahisseur et qu'il saurait lui faire entendre raison. Pourquoi ne pas faire confiance à ce maréchal Pétain qui s'était imposé en dernier recours pour tirer notre pays de la mauvaise passe où des gouvernants incompétents l'avaient conduit ?

Pour ma part, je ne me posais plus de questions, j'avais été chassé de chez moi, je n'avais plus de toit ni de parents. Ma seule chance était de commencer une vie nouvelle sous des cieux plus cléments où je pourrais prendre soin de ma Jeannette. Oublier cet exode épuisant où la nature humaine se montrait sous un jour détestable. Je voulais proposer un avenir plus sain à ma fille, je voulais combler autant que possible le vide qu'avait laissé sa maman dans son cœur d'enfant. J'espérais secrètement que Jeanne me dise enfin un mot sur sa douleur, je comptais sur cela pour le voir affronter sa peine au lieu de la subir en silence. Qu'elle puisse se l'approprier, l'apprivoiser pour s'en faire une amie. Elle posait parfois son regard bleu sur moi, comme prête à la confidence… mais rien ne venait. Ce vide immense qu'elle cachait sous ses paupières, dans sa poitrine, le vide partout autour d'elle et en elle. Elle finissait toujours pas baisser le front et détourner les yeux. La mort avait balayé les mots, comme une tempête dévastatrice, elle était passée et avait tout emporté, Marion, la confiance en elle et aux autres, l'aptitude à s'émerveiller, la soif de savoir. Ma fille n'avait plus de mère, plus de maison, elle avait fermé les volets de sa courte existence et j'espérais la voir bientôt repousser les battants pour faire entrer un peu de soleil dans son cœur d'enfant. Son enfance avait péri sous les balles des Stukas.

Depuis l'inquiétante confrontation avec les crapules qui en voulaient à mon tracteur, je redoublais de prudence. Il me semblait les distinguer dans chaque attroupement qui se formait autour d'une voiture renversée. La nervosité et la frustration rendaient les gens irascibles, les coups de poing partaient pour un rien, pour un regard, pour un soupçon. Je les voyais au sein de toutes les bagarres qui ponctuaient notre route. Leurs faces de voyous s'étaient gravées dans ma mémoire mais je les savais capables de tous les méfaits, déguisés, les cheveux teints, travestis en curés, en bonnes sœurs, en notables pour se fondre dans la foule et mieux dépouiller les malheureux de ce qu'ils avaient pu sauver de leur ancienne vie. Paule devinait mon inquiétude et tentait de me calmer.

—Ils n'ont pas besoin de te chercher, des centaines de victimes défilent devant eux. Ils n'ont que l'embarras du choix. Crois-tu qu'ils prendraient le risque d'affronter ton casse-tête alors qu'ils peuvent s'attaquer à des femmes seules ou à des couples de vieillards inoffensifs qui cachent leurs économies dans leurs bas ?

—Sais-tu à quoi ils sont prêts ? Ces bandits ne raisonnent pas comme toi et moi ! Je les ai humiliés et pour se venger, ils me suivraient en enfer…

—Si tu redoutes de les voir surgir, peut-être devrions-nous prendre les petites routes, nous éloigner de la colonne, suggéra-t-elle. J'avais envie de t'en parler depuis plusieurs jours. Nous croisons de plus en plus d'Allemands qui remontent vers le nord. Nous devons nous attendre au pire avec eux car ils sont imprévisibles. Certains nous respectent, mais les autres nous assassinent. Ils laissent derrière eux une traînée de morts. J'ai peur pour nos filles, je tremble pour nous aussi, pour toi et pour moi. Que deviendraient nos petites si les nazis nous exécutaient, par folie ou par caprice ?

En nous isolant, nous nous exposerions davantage. Sans témoins, ils céderont plus facilement à leur instinct sanguinaire. L'abjection se nourrit des guerres. L'agneau se transforme en loup. Il trouve des justifications à sa cruauté. L'histoire a si vite fait de transformer le bourreau en héros. Celui que l'on massacre porte le masque de l'ennemi cruel qu'il faut abattre sommairement, sans jugement.

Nous n'étions pas différents de tous ceux avec qui nous bavardions dans les files improvisées devant les distributions d'eau ou de soupe. Il fallait bien meubler le silence… Ça n'allait jamais bien loin mais cela commençait toujours de la même façon.

—Et vous, avez-vous décidé de votre point de chute ? Avez-vous un parent qui pourrait vous accueillir ? Vous ne pensez pas qu'on devrait rentrer chez nous ? À quoi bon se donner tant de mal si c'est pour voir les Boches au bout de la route ? Ils sont plus rapides que nous, avec leurs camions, leurs trains et leurs tanks. Il est possible que nous arrivions sur un champ de ruines.

Suivant l'humeur du moment, nous balancions pour le Sud ou nous étions à deux doigts de revenir sur nos pas. Si nous devions mourir, alors pourquoi ne pas finir chez nous ?

—Ils ont déjà avancé vers Paris et au-delà. Quel est leur intérêt de rester dans un Nord anéanti, rasé et déserté par ses habitants ? Les Belges ont abdiqué, les Américains ne veulent pas s'engager comme ils l'ont fait pendant la Grande Guerre… Que voulez-vous, à force de tourner le dos aux exactions d'Hitler en Europe, plus personne ne s'apitoie sur notre sort. Nous sommes restés les mains dans les poches quand il était encore temps d'écraser l'aigle dans son œuf. Nous ne devons attendre l'aide de personne. Notre indifférence passée nous coûte cher car nous voilà bien seuls aujourd'hui.

Nous n'avions presque plus rien à manger, les paysans préféraient vendre leurs légumes et leurs fromages dans leurs fermes sans passer par les boutiques où les clients s'alignaient par dizaines sur le trottoir. En public, ils ne pouvaient pas négocier librement, le chaland suspicieux veillait à obtenir la meilleure tranche de lard, il gardait l'œil sur le morceau douteux tiré de dessous le comptoir. Alors qu'à domicile, on prenait le temps de bavarder avant de servir et le quidam venu acheter une douzaine d'œufs repartait avec le panier plein de victuailles et le porte-monnaie vide.

—Profitez tant qu'il y en a, qui sait combien cela durera ? Les Allemands ont commencé à ratisser la région, ils réquisitionnent tout, il faut bien nourrir leur armée ! Ils ne laissent rien derrière eux, ils emportent des troupeaux entiers, morts ou sur pied. Pour ça, ils ne font pas la fine bouche. Il est vrai qu'ils seraient idiots, au prix qu'ils payent ! Pas question de leur réclamer un sou, tout leur est dû ! Ils auraient tort de se gêner. Quand on a gagné la guerre en une semaine, on a le droit de ne pas s'encombrer de scrupules, c'est l'apanage des vainqueurs.

J'avais repéré une petite exploitation à quelques centaines de mètres de la sortie du village. Une masure de pierre brute avec un toit d'ardoises moussues et des volets délabrés. La porte coulissante de l'étable était ouverte et je distinguais une rangée de vaches charolaises et abondances. Avec un peu de chance, j'y trouverais du lait, du fromage et peut-être aussi de la viande salée que je pourrais transporter. La bâtisse était cachée par un rideau de marronniers fournis et il fallait avancer résolument sur l'allée pour la distinguer. Sur le chemin, je perçus un tintement bizarre sous le tracteur et je décidai d'en avoir le cœur net avant une panne plus grave. Cela faisait comme si une tige cognait sous le moteur. Je garai l'engin sur un petit pont qui enjambait le fossé pour permettre à une charrue de pénétrer dans les cultures. Le dos tourné à la route, devant cette ferme, je pouvais imaginer que la guerre avait préservé l'endroit, que la paix régnait encore en ce lieu.

Une pancarte de carton était clouée au tronc d'un arbre, au croisement : « Pour la famille Hardouin : Simone et Albert se portent bien. À bientôt à Saint-Raphaël. » Je m'interrogeai, perplexe devant ce message improbable. Nous étions témoins de tant de bizarreries…

Paule me proposa d'aller chercher des provisions tandis que je réparais la machine. Elle ne voulait pas perdre de temps. Les filles resteraient avec moi pour ne pas indisposer les propriétaires qui, souvent, n'aimaient pas voir les enfants courir derrière les bêtes. Les bombardements et les avions énervaient déjà trop les animaux pour qu'ils supportent les gesticulations et les cris des gosses.

Tandis que je passais sous le tracteur, je la vis se diriger vers le bâtiment d'un pas agile. Au bout de ses bras se balançaient un bidon de lait et un sac de toile. Je ne pus réprimer le souvenir douloureux de Marion à qui elle ressemblait par bien des aspects. Elles possédaient la même volonté d'aplanir les difficultés, elles ne cédaient pas devant les épreuves qu'elles considéraient comme un mal incontournable. Chaque problème a sa solution, il suffit de l'affronter avec calme et confiance.

En de rares occasions, Paule avait évoqué son mari. Jamais pour se plaindre de son absence mais pour me dire comment Frédéric s'était débrouillé en telle circonstance précise. Elle ne me le citait pas en exemple et elle ne cherchait pas à établir une comparaison entre lui et moi. Elles étaient de la terre et il en fallait beaucoup pour les émouvoir. Même la mort faisait partie de leur univers, elles savaient que c'était un passage obligé et, à force de voir mourir les animaux, elles avaient admis cette fatalité depuis leur enfance. Moi-même, je ne parlais jamais de Marion, ni à Paule, ni à Jeanne. C'était un trésor que je gardais en moi, un cadeau qui m'avait été accordé pour m'être repris trop tôt. J'y songeais cependant sans cesse. La nuit, je me réveillais en sursaut et je devais rassembler mes idées pour me rendre compte que je n'avais pas fait un cauchemar, que les Allemands me l'avait tuée et qu'elle ne reviendrait jamais plus. Et je mesurais le poids immense du mot « jamais ».

Le bruit sous le capot n'était pas difficile à supprimer. Les ressauts sur les pavés avaient défait une vis du carter dont une aile battait sous le bas de caisse. Cela ne présentait aucune gravité, à condition de réparer sans tarder. Heureusement, je possédais une boîte avec un assortiment de boulonnerie. Je cherchais la bonne vis, au diamètre approprié, à la longueur adéquate, quand j'entendis un cri désespéré de Paule. La terreur d'une bête prise au piège. J'étais partagé entre le besoin d'aller la secourir, car cet appel ne présageait rien de bon et la prudence qui me commandait de ne pas laisser seules les fillettes. Je les poussai derrière la haie en leur commandant de ne pas bouger jusqu'à mon retour, puis je me lançai au secours de ma compagne de voyage. Au passage, je raflai un démonte-pneu qui était posé au-dessus de la caisse à outils. En arrivant dans l'étable d'où provenaient des éclats de voix et le tintamarre de bidons bousculés, je compris immédiatement le drame qui se jouait : un homme en bleu de chauffe serrait le cou de Paule qu'il tentait d'embrasser violemment. Étranglée, la malheureuse se débattait de toutes ses forces et hurlait dès que ses poumons aspiraient un peu d'air. Il l'avait adossée au mur et pesait sur elle pour l'immobiliser. Elle commençait à défaillir et ses yeux se révulsaient. En trois enjambées, je fus sur lui. Je le saisis par l'épaule et le fis pivoter brutalement vers moi.

—Eh l'ami, que fais-tu ? Tu n'as pas honte ?

Sa masse impressionnante se dressait devant moi. Avec une rapidité étonnante, il me prit à la gorge dans l'étau de ses pognes, tandis que Paule glissait sur le sol, la bouche ouverte. Je n'avais pas le choix, je sentais plier mes genoux. Je le frappai avec la barre de fer. Un seul coup, terrible. Sans retenir mon bras. Le crâne de l'individu éclata comme une grenade mûre et une bouillie rouge éclaboussa mon visage et mon torse. Il s'effondra à mes pieds et je dus l'enjamber pour remettre Paule debout. Elle portait une trace de coup sur sa joue gauche, un bleu large de cinq centimètres qui empiétait sur sa paupière inférieure et annonçait un beau coquard. Je venais de tuer un homme, sûrement. Un Français que je ne connaissais pas, un paysan comme moi…

—Vite ! Il ne faut pas traîner ici !

Nous nous précipitâmes vers le tracteur. En nous apercevant, Jeanne et Thérèse coururent au-devant de nous, sans pouvoir dissimuler leur frayeur. Après avoir entendu les plaintes de Paule, elles me découvraient maculé de sang. Nous sautâmes sur l'engin et regagnâmes la route. J'ôtai ma chemise et la roulai en boule. Nous ne prononçâmes pas un mot pendant une bonne heure. Nous avions laissé ce maudit hameau loin derrière nous.

—Arrête-toi une seconde, m'ordonna soudain Paule.

Elle décrocha la pelle qui me servait à désembourber les roues et creusa un trou entre les racines d'un hêtre, sur la rive d'une grande mare, un peu à l'écart de la chaussée. Elle y enfouit ma chemise avant de la recouvrir de terre. Elle me tendit ensuite un linge pour que je lave mon torse.

—Voilà, il ne reste plus rien de l'affaire, dit-elle, satisfaite.

—Crois-tu ? Tu penses vraiment que tu as tout effacé en ensevelissant ce chiffon souillé de son sang ?

Je n'avais pas pu contenir une colère fébrile qui faisait trembler ma voix.

—Pardonne-moi, murmura-t-elle après un moment de stupéfaction. Je me suis mal exprimée. Bien sûr, ni toi ni moi n'oublierons avant longtemps. C'est une horrible vision qui restera toujours gravée dans notre mémoire. J'aurais préféré ne jamais avoir franchi le seuil de cette étable, ne jamais avoir parlé à ce monstre. Je lui ai simplement demandé du lait et il s'est jeté sur moi comme une bête. J'ai tenté de lui échapper mais il me tenait captive. Il m'aurait étouffée entre ses doigts et je serais morte si tu avais attendu avant d'intervenir.

—Cette guerre, répondis-je, elle réveille les plus mauvais instincts des êtres. Je prie pour ne pas devenir un monstre, un assassin, il y a assez de morts sur cette route. Tu n'y es pour rien. Tu étais là, fragile dans son antre, la proie idéale devant la gueule d'un fauve.

Je remis le contact et me laissai bercer par le ronronnement rassurant du moteur. Je conduisais, apaisé, quand Paule s'agrippa à mon bras.

—Sais-tu, dit-elle, si on m'avait demandé mon avis, j'aurais choisi de partir en même temps que Frédéric. J'aurais préféré que les avions me tuent à la place de Marion. Mais me voilà ici, avec toi qui n'es rien pour moi et te voilà avec moi qui suis un fardeau pour toi. J'ai fait de toi un meurtrier. Mon Dieu, pourquoi m'avez-vous laissée en vie, pourquoi avez-vous pris l'épouse de cet homme ?

Un frisson de désarroi courait dans sa gorge et cela me bouleversa.

—Ne dis plus rien, s'il te plaît. Je ne pouvais pas le laisser abuser de toi. Je devais t'arracher à ses griffes et il n'était pas prêt à entendre raison. Je n'ai pas pu choisir une autre solution. Tu n'es pas fautive. On ne force pas une faible femme qui demande du lait pour ses enfants. Et que serait devenue Thérèse sans toi ? Dieu t'a épargnée pour que tu puisses remplir ton rôle de mère. Quant à moi, j'aurais donné un bras pour sauver ton mari et mon épouse, mais le sort en a décidé autrement. Maintenant, il nous faut agir au mieux avec ce que Dieu nous a laissé. Notre vie et nos petites…

—Ainsi, tu ne m'en veux pas ?

—Pourquoi t'en voudrais-je ? Tu n'as pas demandé à subir cette épreuve, que je sache…

Sa main effleura le rond de mon épaule.

—Merci, murmura-t-elle. Merci pour tout ce que tu fais pour moi et ma petite. Tu es un brave, tu es gentil et Marion avait beaucoup de chance de t'avoir épousé.

Je ne répondis pas. Je ne me voyais pas tel qu'elle me décrivait. Je me débrouillais avec le présent, c'était tout. Je tentais de rester tel que mes parents et Marion voulaient que je fusse.

Après cette horrible expérience, nous évitions les maisons retirées, nous ne cherchions plus les ruines pour y dormir. Nous fuyions la foule mais nous ne voulions pas non plus nous tenir trop à l'écart. La multitude attirait les voyous tels que ceux qui s'intéressaient à mon tracteur, elle formait une cible facile pour les Stukas. Les gens énervés par la faim, la soif et le dénuement étaient prêts à s'écharper pour un morceau de pain, une place dans la file, ou un mot de travers. Nous redoutions qu'un fou ne s'en prenne à nos petites, nous nous croyions entourés de malades mentaux. Les pires rumeurs circulaient à propos de cadavres dénudés charriés par les rivières, victimes des Allemands ou des villageois qui se débarrassaient des morts pour économiser les frais d'enterrement. Avec une certaine délectation malsaine, on nous décrivait les granges où s'alignaient les pendus, les désespérés ou les otages exécutés par l'occupant. Même si nous nous répétions que tout cela était exagéré, il nous restait toujours un réflexe de prudence. En menant ma machine, je scrutais les rangées d'arbres pour vérifier que personne ne se dissimilait derrière les troncs. J'avais tendance à demeurer sur la défensive quand quelqu'un m'adressait la parole. Je gardais perpétuellement un outil pesant ou pointu à portée de main. Un burin, un tournevis. Je me méfiais particulièrement des inconnus en groupe. Il se trouvait toujours quelqu'un qui nous demandait de lui ménager un coin de la remorque, jusqu'au prochain village, ou de lui fournir de l'eau, ou une couverture pour la nuit, ou un quignon de pain. Si j'accédais à sa demande, il exigeait autre chose, et encore, et encore. Si je refusais net, les menaces fusaient. Pourquoi nous croyait-on plus nantis que les autres ? Notre tracteur avançait encore mais pour combien de temps ? Les véhicules abandonnés encombraient les bas-côtés. Certains avaient été démontés, les roues et les moteurs, volés, d'autres paraissaient neufs, laissés là par manque de carburant ou après une panne anodine. Beaucoup avaient pris feu après une surchauffe. Et puis il y avait ceux qui avaient subi un bombardement ou un mitraillage. Où se trouvaient leurs propriétaires ? Erraient-ils sur quelque chemin à la recherche d'un mécanicien, avaient-ils trouvé un train pour poursuivre leur migration, étaient-ils morts comme Marion et Frédéric ? Pendant cette randonnée initiatique où une femme inconnue et sa fillette avaient accroché leur destin au mien, j'avançais à vue. Je découvrais un monde hostile et misérable qui, jusque-là, s'était tenu au large. Les violeurs, les bandits de grand chemin, les malhonnêtes étaient pour moi des créatures qui ne quittaient pas les pages des journaux nationaux. Je n'en avais jamais rencontré. Il avait fallu m'éloigner de ma ferme pour en croiser les spécimens. Dans cet alignement confus qui me précédait et dans celui qui me suivait, je nous pensais anonymes, trop communs pour susciter la convoitise ou l'envie de nos pareils. Le même dénuement qui nous avait obligés à enfouir notre bien dans deux sacs, la même misère qui nous habituait déjà à la faim et à la soif, la même saleté qui maculait notre peau, la même douleur d'avoir perdu un être cher et de l'avoir laissé derrière nous, dans un trou où nous ne reviendrions probablement jamais déposer des fleurs, que possédions-nous qui nous désignât comme des privilégiés qu'il fallait dépouiller ?

Je réfléchissais à tout cela, un peu engourdi par le coup que le ciel venait de nous infliger. Paule revint derrière moi et me toucha le dos pour attirer mon attention.

—Il n'était peut-être pas seul, il avait peut-être une épouse, des enfants, des parents dont il prenait soin. Que vont devenir ces gens ? C'était sans doute un bon père de famille…

—Peut-être. Mais ce n'est pas à toi d'y penser maintenant, cela lui incombait avant de poser ses sales pattes sur toi. Ses père et mère, sa femme et ses petits ne l'autorisaient aucunement à se comporter comme un porc. S'il avait tenté de te forcer en présence des siens, l'aurais-tu laissé faire ? Il nous était impossible d'éviter ce qui est arrivé. C'était écrit à l'instant où j'ai engagé le tracteur sur le chemin de cette maudite ferme. Ce bruit sous le capot, les petites sur la remorque pour que je ne puisse pas t'accompagner, toi, obligée d'y aller seule, on dirait que tout était combiné pour nous frapper. Le diable s'est servi de nous pour se jouer de nous. Sûr que tu n'as pas voulu cela.

—Non, bien sûr...

—Alors n'y pense plus, ne te pose pas des énigmes auxquelles tu ne peux pas répondre. Ce n'est pas sa famille qui fait la valeur d'un homme. Si j'avais pu agir autrement, j'aurais évité de le tuer. Mais je n'ai pas eu le choix. J'ai écrasé un monstre malfaisant et c'est lui qui a fait de moi son meurtrier. S'il s'était comporté en être humain, s'il t'avait vendu un peu de lait comme tu le lui demandais, il serait encore vivant, occupé à soigner ses vaches.

—Tu as raison, murmura-t-elle. Tu as raison mais je ne peux pas m'empêcher de m'interroger...

—C'est ainsi, grondai-je en l'interrompant. Nous avons poussé la porte d'une nouvelle ère. Désormais, nous devrons apprendre à nous défendre contre tout, les avions, les fantassins allemands, nos concitoyens, le ciel et la terre. Il n'est pas question de nous changer en prédateurs, à notre tour. Mais nous devons nous préparer au pire, à toute heure du jour ou de la nuit. N'espérons aucune aide, mais sachons reconnaître l'innocent quand il nous tend la main.

Elle m'écoutait, tête baissée comme une enfant prise en faute, et cela me remua.

—Notre univers se limite désormais à nos filles et nous-mêmes. Nous sommes les derniers survivants. Nous ne pouvons plus rien pour les autres et nous pouvons si peu pour nous...

Les petites n'avaient rien mangé depuis le matin, elles réclamaient du lait, une tranche de pain, n'importe quoi pour apaiser leur estomac vide. Paule chercha quelque nourriture au fond de son sac. Elle ne trouva rien, pas la moindre pomme, pas le plus petit quignon. Elle leur tendit une bouteille d'eau tiède puisée deux jours auparavant à une fontaine.

—Prenez cela en attendant mieux. Nous achèterons à manger dès que nous verrons une ferme.

—Pourquoi une ferme ? demanda Thérèse, ravagée par l'inquiétude.

—Parce que c'est le seul lieu où on nous vendra du lait, des légumes et un bout de lard pour cuire la soupe de ce soir, répondit sa maman, d'une voix assurée.

Sa fille ne protesta pas. Paule me lança un regard confiant et je pus rouler jusqu'à une petite exploitation où reconstituer nos provisions pour plusieurs jours. Une vieille femme et sa bru nous vendirent des œufs, des poireaux et des carottes, un chou-fleur, des patates, du lait, de la crème. Ces denrées nous apparurent comme un miracle, nous qui avions passé notre vie à les cultiver. Elles nous désignèrent le puits, derrière l'habitation, pour faire un brin de toilette. Nous payâmes un prix qui nous sembla dérisoire et nous le leur fîmes remarquer.

—Mon fils est parti à la conscription une semaine avant l'arrivée des Boches. Son unité a été envoyée du côté de Dunkerque. Nous n'avons plus de nouvelles de lui depuis la débâcle. Nous attendons son retour avec impatience. Nous deux, nous avons de quoi tenir. Par chance, nous n'avons pas subi les bombes, mais vous, vous avez dû vous enfuir. Qui serions-nous si nous profitions de votre faiblesse ? Nous n'avons pas été éduquées dans l'idée que les temps difficiles nous autorisent à déroger aux Commandements écrits dans la Bible.

—Comment savez-vous que notre ferme a été bombardée ? demandai-je.

—Vous êtes des gens de la terre, n'est-ce pas ? Or seul un grand malheur peut chasser un paysan de ses champs. Vous avez l'air d'un gentil couple, bien courageux avec vos deux petites. Que vous est-il arrivé pour que vous préfériez la route de l'aventure à la sécurité d'un bon toit ?

Nous ne la détrompâmes pas. L'un après l'autre, nous allâmes à la fontaine pour nous débarbouiller et laver un peu de linge. La jeune maîtresse de maison s'occupa de Jeanne et de Thérèse. Dans ses yeux se lisait l'envie de materner. On eût dit qu'elle avait huit ans et qu'elle jouait à la poupée avec nos enfants. Quand j'eus fini de charger nos emplettes sur la remorque, nous saluâmes nos hôtesses.

—Prenez bien soin de vous et des petites, nous recommandèrent-elles. Dieu vous garde !

—Que votre homme revienne vite, dit Paule. Il n'y a rien de bon à gagner par là-haut.

—Le Seigneur vous entende !

Elles restèrent sur le seuil, à agiter leur bras comme des sémaphores, jusqu'à ce que nous disparaissions à l'angle de la route.

—Pourquoi n'est-on pas restés avec elles ? regretta Jeannette. Elles sont gentilles, ces dames.

Je ne répondis pas. J'avoue que j'avais déjà songé à cette éventualité. Mais la région était lourdement frappée par les bombardements. Rares étaient les bâtiments qui n'avaient pas été visés par les Stukas ou les chars. Des pans entiers de murs étaient effondrés, les habitants protégeaient ce qui pouvait l'être en fermant les volets. Dans le village, les façades béantes montraient des chambres éventrées, des lits couverts de gravats, des meubles bousculés. Des cadavres alignés sur les trottoirs attendaient la charrette des morts.

Non, nous ne pouvions pas nous réfugier ici jusqu'à la fin de cette guerre alors que nous avions déjà payé un si lourd tribut à la barbarie. Nous devions gagner le Sud, poursuivre cette route de l'espoir jonchée de tant de désespoir !

Il se disait que les Allemands avaient séparé la France en deux territoires, une zone qu'ils occupaient au Nord et le long de l'Atlantique, et une zone dite libre qui englobait le Massif central, l'est de la France à l'exception d'une mince bande des Alpes dévolue aux Italiens, la côte méditerranéenne et les Pyrénées jusqu'à Saint-Jean-Pied-de-Port. L'ennemi maîtrisait le pays, nous devions très vite parvenir en terre libre, avant que la ligne de démarcation ne devînt une vraie frontière hermétique. Au gré de la stratégie, les convois militaires nous croisaient ou nous dépassaient, provoquant des scènes de panique. Mais peu à peu, ils se faisaient tantôt moins respectueux de nous pour ceux qui avaient reçu la consigne de montrer un visage vainqueur, et tantôt moins brutaux pour les autres qui avaient pour tâche d'organiser leur conquête. Leurs raids aériens s'espaçaient quelque peu à mesure que nous nous éloignions de Paris. Cependant, quand la colonne bloquait, nous savions qu'un contrôle de papiers filtrait les *évacués*. La chasse aux Juifs était ouverte, conformément aux directives données par le chancelier qui les tenait pour responsables de tous les maux endurés par le monde. J'ignorais ce qu'Hitler reprochait exactement à ces gens. J'avais eu l'occasion de côtoyer quelques Israélites à propos desquels il se murmurait des propos assez confus qui tenaient plus de rumeurs que de réalités. À la sortie de la messe, alors que je tenais mon étal au marché, on me répéta deux ou trois fois qu'ils avaient crucifié Jésus. Je ne comprenais pas ce reproche car les images saintes de la croix montraient le panonceau « INRI » qui, selon le curé, signifiait « Jésus de Nazareth roi des Juifs ». Comment accuser les Juifs d'avoir assassiné Jésus qui était lui-même un Juif ? Le raisonnement comportait une faille que je détectais bien que je ne fus pas au fait de la théologie ou de la philosophie. J'avais appris mon catéchisme comme la majorité de mes camarades et les travaux des champs m'avaient vite éloigné des bancs de l'église. Cependant, quand j'entendais des Français reprocher les Israélites d'avoir assassiné l'un des leurs, naturellement, je restais sur mes gardes. Même si cela était vrai, on ne pouvait pas condamner un peuple entier pour le crime d'un seul homme ! Ravaillac ne représentait pas les Français, comme Judas n'était pas Israël. Nous aussi, pendant la Révolution, nous avions supprimé notre roi et personne ne nous en tenait rigueur au point de nous bannir pendant des siècles !

Près du barrage de contrôle, je sortis de ma chemise la croix d'argent suspendue à la chaîne autour de mon cou. Mon parrain me l'avait offerte à l'occasion de ma communion solennelle. Je présentais mes papiers d'identité aux sentinelles aux postes de contrôle, ainsi que ceux de Paule. On me demandait à chaque fois pourquoi je voyageais avec une femme avec qui je n'étais pas marié. J'expliquais que son mari et mon épouse avaient été tués le même jour par les Stukas, que je n'avais plus de ferme ni de parents et que la guerre m'avait chassé de ma maison. Les soldats acquiesçaient sans insister et me faisaient signe de poursuivre mon chemin. Peut-être se trouvait-il parmi eux des paysans qui me ressemblaient et qu'on avait arrachés à leurs terres pour aller tuer d'autres cultivateurs de l'autre côté de leurs frontières. Un jeune soldat blond s'approcha de Jeannette et posa sa main sur les tresses de ma fille. Il souriait, visiblement ravi de la couleur dorée de ses cheveux. Il lui caressa la joue et lui tendit une barre de chocolat qu'il tira de sa poche. La petite s'en saisit avec joie. L'homme à peine sorti de l'adolescence se pencha pour recueillir un baiser. Avec un sourire attendri, il retourna à sa tâche, satisfait. Dès qu'il eut le dos tourné, Paule saisit la main de ma fille pour l'entraîner vers le tracteur. Là, elle s'empara du morceau de friandise qu'elle jeta par terre pour le piétiner rageusement. Stupéfaite par cet accès de violence inattendue, ma Jeannette s'apprêtait à fondre en larmes. Paule la serra contre elle, le menton appuyé sur le crâne de l'enfant.

—Ne mange jamais ce que les soldats te donnent. Ils sont très méchants et tuent les gens par tous les moyens. Ils nous empoisonnent parce qu'ils ne nous aiment pas.

Jeanne se tourna alors vers moi, les yeux remplis de doute.

—C'est vrai, papa ?

J'acquiesçai de la tête, inquiet de cette méfiance que nous étions en train d'instiller dans le cerveau de nos enfants. Quel regard porteraient-ils sur leur prochain quand cette horreur aurait pris fin ? Notre suspicion permanente n'allait-elle pas les ronger comme une lèpre ? Mais comment agir autrement ? Thérèse vint réconforter son amie qui oublia très vite l'incident. Elles s'écartèrent de quelques pas pour entamer un jeu mais Jeanne revint vers Paule.

—Ne crois pas que j'ignore qu'ils ont tué ma maman et Frédéric. Je sais ce que tu as raison.

2

Aux portes de l'espoir

Nous approchions de Dijon, nous commencions à semer les réfugiés sur notre route. Certains rejoignaient un frère ou un cousin, d'autres, épuisés par le voyage, avaient profité d'une halte pour chercher un emploi dans une ferme. Ils y avaient posé leurs valises sans savoir si c'était pour longtemps ou le temps d'une tâche. Nombreux aussi étaient ceux qui avaient réussi à trouver une place dans le train en s'éloignant de la capitale. Quant à moi, je me voyais contraint de continuer sur mon tracteur. Il représentait mon dernier lien avec le monde agricole, un atout pour travailler dans une ferme, prétendre à une métairie. Je n'avais pas pu m'encombrer de mes outils, de la herse, du soc, des disques de déchaumage et d'émottage, tout un trésor d'accessoires que j'avais constitué pendant dix ans et auquel j'avais dû renoncer. Je me promettais de consacrer mes prochains salaires à sa recomposition. J'avais été mon propre maître et je tenais à le redevenir le plus tôt possible.

Quasiment seuls sur cette route secondaire, au petit matin doré, fatigués, nous nous laissions bercer par le ronronnement du moteur. Les petites prolongeaient leur nuit sur le plateau de la remorque, enveloppées dans une épaisse couverture et protégées par la bâche. Nous ne distinguions personne devant ni derrière notre attelage. Le silence de la nature était interrompu ponctuellement par le cri d'un oiseau, ou le meuglement d'un bovin, au loin. Les mains accrochées au dossier métallique de mon siège, Paule scrutait les abords. Je devinais son inquiétude, nous nous étions trop écartés des autres et nous nous retrouvions isolés. Non pas perdus car les bornes kilométriques annonçaient la ville à une quinzaine de kilomètres, mais loin de toute vie. La voie filait, rectiligne, en direction du sud. Des haies de ronces découpaient les champs. La pluie avait semé de grandes étendues d'argent dans les creux du relief où venaient flotter quelques mouettes indolentes. On aurait pu nous détrousser en toute quiétude, à l'insu du reste de l'humanité. Je n'aurais rien pu faire contre une bande de malandrins ou une poignée de soldats bien armés.

Une grosse masse sombre gisait au pied du talus et quatre ou cinq monticules obstruaient le passage au point de fuite de la perspective. Je levai le pied de l'accélérateur. Paule s'appuya à mon épaule. Elle n'osait pas prononcer une parole mais je sentais son souffle s'accélérer.

—Je devrais aller voir ça, dis-je.

Je compris aussitôt que jamais je n'aurais laissé Paule et les filles seules sur le tracteur, au milieu de ce nulle part.

—On va avec toi, ne nous abandonne pas ici… On dirait que ça ne bouge pas. Ça ressemble à quelque chargement qui serait tombé d'un camion. Avance lentement, murmura-t-elle.

Je tournai la tête. Les petites sommeillaient toujours dans leur litière de fortune. Prudemment, je m'approchai jusqu'à une centaine de mètres de l'obstacle.

—C'est un animal mort… et des gens autour de lui.

—Prends garde, me dit-elle, des hommes se cachent peut-être derrière les haies.

J'avançai lentement jusqu'au cadavre d'un lourd cheval de trait. Sans descendre du véhicule, je fouillai attentivement la végétation, l'œil et l'oreille aux aguets.

—C'est en travers, je dois débarrasser la chaussée.

Le comtois à la robe baie présentait une ligne d'impacts sur son corps. Le sang n'avait pas encore noirci et les plaies suintaient. Çà et là, un couple d'adultes et deux garçons dix ans à peine. Le massacre venait de se produire. Les auteurs devaient nous précéder et filaient vers Dijon… ou c'était peut-être l'œuvre de la Luftwaffe et de ses maudits Stukas. Cette seconde éventualité semblait la plus probable car si les soldats nazis avaient tiré sur ces malheureux, ils auraient été obligés de les pousser dans le fossé pour progresser. Paule sauta du véhicule pour m'aider à ranger les dépouilles sur le bas-côté. Je tentai sans succès de traîner la bête seul. Je m'épuisais vainement, elle semblait plantée en terre. Ma sœur de misère s'arrima à une patte avant pour la tracter. Elle s'arrêta soudain.

—Jacques, un enfant est coincé dessous, murmura-t-elle, décomposée.

Je contournai la carcasse du cheval pour vérifier. Une petite main fermée dépassait de l'amas de chair. Comment libérer ce gosse sans l'abîmer ?

—Saurais-tu conduire le tracteur, reculer pendant que je soulève le poids avec une poutre ?

—Je pense que oui, répondit-elle sans hésitation. Montre-moi seulement comment engager la vitesse. J'ai déjà conduit une moissonneuse et une machine pareille pour cueillir le houblon.

Je reconnus la fille de la campagne, vaillante et efficace. Jamais je n'aurais réussi la manœuvre sans son aide. J'attachai l'extrémité d'une corde aux paturons et l'autre bout à l'anneau avant du tracteur. J'indiquai à Paule comment engager la marche arrière puis, avec un madrier glissé sous les reins du gros mâle et une bûche en guise d'appui, je fis levier pour dégager un gamin étouffé par l'animal. Paule put manœuvrer l'engin et nous halâmes le cheval dans le fossé.

—Que faisons-nous de ces pauvres gens ? me demanda-t-elle. Si nous les chargeons sur la remorque, les petites seront épouvantées en se réveillant.

—Rangés contre le talus, ils ne risquent pas de se faire écraser par un convoi de camions. Nous avertirons les gendarmes au prochain village.

Alors que j'allais m'installer à mon poste derrière le volant, elle me retint par le coude.

—Les petites sont épuisées, elles ne se nourrissent que de légumes glanés et d'herbes sauvages. —Crois-tu que tu pourrais prélever un bon morceau de viande sur ce bestiau ? Cela fera le plus grand bien à nos filles.

Je n'avais jamais mangé de cheval et je rechignais à m'y mettre. Pour moi, cela équivalait à manger du chien. Cela m'était un interdit infranchissable que de découper un compagnon de travail. Je le dis à Paule qui me répliqua aussitôt :

—Ce sont des scrupules qui ne doivent pas avoir cours de nos jours. La seule obligation est de préserver nos fillettes. Regarde autour de toi, vois-tu une trace d'humanité ? Une miette de morale, de décence, de respect de quelque règle ?

Je devais avouer qu'elle avait raison.

—Rien ne nous contraint à leur dire que nous leur servons du cheval. Elles ne s'en apercevront même pas. Elles seront trop heureuses de se nourrir et de récupérer des vitamines.

Je tranchai alors deux bons kilos de viande bien rouge dans la cuisse du hongre. Nous reprîmes la route en silence. J'avais à me départir de mes remords. Cette guerre nous avilissait chaque jour un peu plus. Elle nous prenait ceux que nous aimions, elle nous ôtait tout ce en quoi nous croyions, elle nous transformait en monstres d'égoïsme dont la seule loi était la survie.

Aux abords de Flacey, nous aperçûmes deux gendarmes postés de part et d'autre de la chaussée. Je m'arrêtai à leur hauteur pour leur relater notre sinistre découverte.

—Que pouvons-nous y faire ? me répondit celui qui était le chef. Il y en a plein d'autres et ce ne sont pas les derniers. Il faudra vous y faire.

—On ne peut pas laisser ces gens pourrir dans le fossé avec leurs trois enfants. Il faudrait les enterrer dignement plutôt que de les abandonner aux corbeaux et aux chiens errants, intervint Paule assez vivement pour tirer les pandores de leur torpeur. Pensez que ce pourrait être vous. Que diraient vos épouses, vos mères si elles apprenaient que vous vous êtes conduits pareillement ?

—C'est bon, dit le gendarme en enfourchant son vélo. Nous allons chercher quelqu'un pour les conduire à l'église… Les connaissiez-vous ?

—Nous ne les avions jamais vus auparavant.

—Ça ne sera pas facile de découvrir d'où ils viennent. Allez savoir depuis combien de temps ils sont sur la route. Si vous n'avez pas remarqué de sac auprès d'eux, c'est que d'autres se sont servis avant votre passage. Et dans ce grand bazar qu'est devenue la France, allez enquêter sur quoi que ce soit !

—Ah ! Prévoyez une benne, avec eux un énorme cheval a été tué. Un simple corbillard ne suffira pas.

—Il ne manquait plus que cela, soupira le gendarme, écrasé par la fatalité… Un bourrin, sans charrette, sans attelage, cela ne me dit rien de bon…

—Saloperie de guerre ! maugréa son collègue, accablé sur sa bicyclette qui peinait à trouver son équilibre.

Dans un bosquet, près d'un croisement, nous braisâmes les morceaux au-dessus de trois pierres et un petit fagot de branches sèches. Paule les accompagna d'une patate cuite sous la cendre pour chacun. Les petites n'avaient rien vu de ce que nous avions affronté au cours de la matinée. Ni les cadavres, ni les gendarmes. Épuisées, elles avaient dormi pendant que Paule et moi nous nous débattions avec le mastodonte. Elles se réveillèrent quand je coupai le contact du tracteur pour organiser ce pique-nique en cet endroit. Elles s'étaient reposées, le soleil brillait et, pendant que le feu prenait, elles avaient suivi les évolutions d'un chardonneret dans les branches. Leur rire se mêlait au pépiement de l'oiseau et pendant un instant, nous crûmes que la paix revenait en terre de France. Là-bas, sur notre droite, nous distinguions la longue chenille des migrants que nous envisagions de rejoindre. Ils étaient trop loin pour que nous entendions le bruit des moteurs et les cris des gens. Ils n'étaient pour nous qu'un mince fil de vie, dérisoire, presque étranger. La bonne odeur des tranches de grillade attira les enfants qui, leur serviette nouée à leur cou, attendaient patiemment leur part. Elles se jetèrent sur la nourriture et leur appétit nous remplit de plaisir.

—Jamais je n'ai goûté de meilleure viande, dit Jeannette, aussitôt approuvée par Thérèse.

L'estomac plein, nous repartîmes vers la nationale. Quand j'y pense aujourd'hui, malgré l'horreur de notre rencontre avec ces cadavres, cette journée reste dans ma mémoire comme un moment agréable de notre exode. Nous avions mangé, que demander de plus ? Le reste n'était que la contrepartie à payer au sort. Normal. L'innommable avait envahi notre quotidien. Désormais, le pire ne nous surprenait plus.

Le souvenir de Marion me tenaillait, j'y pensais tout le temps mais je ne m'accordais pas le droit de montrer ma peine. Elle revenait à moi en toute occasion, un rayon de soleil doré, et je la voyais dans nos champs, participant vaillamment aux travaux, sans se plaindre de la dureté de l'ouvrage. Je me répétais ma honte de l'avoir inhumée à toute vitesse dans ce cimetière inconnu où aucune tombe ne portait le nom de sa famille. Je l'avais condamnée à une solitude éternelle. Je n'étais pas le seul à remâcher des regrets. Paule aussi flanchait quelquefois. Frédéric se rappelait à elle aussi souvent que mon épouse m'interpellait. Le tintement d'une enclume dans le lointain, la silhouette d'un jeune homme devant nous, un géranium carmin dans une jardinière suspendue à un balcon. Comment notre mémoire se réveille-t-elle ? Ses yeux s'embuaient à tout instant. Elle essuyait une larme furtivement et, si elle constatait que je l'avais surprise, elle dirigeait son regard du côté opposé. Si j'insistais, elle tentait une explication dérisoire.

—C'est la poussière de la route qui s'est glissée sous ma paupière, c'est ce maudit soleil qui joue à m'éblouir, c'est le vent qui finit par m'irriter.

Elle se serait déconsidérée en admettant sa douleur. La nuit, quand nos filles dormaient, nous laissions notre peine s'exprimer un peu. Je l'entendais qui reniflait et moi-même, je ne pouvais pas toujours contenir une plainte aiguë, comme celle d'un chien agité par un cauchemar.

Les fillettes accordaient leur attitude à la nôtre. Elles ne se lamentaient pas, elles n'appelaient pas leur maman ou leur papa, ou très rarement et si elles l'évoquaient quelquefois, c'était dans le fil de leur conversation. Je m'étonnais de ne pas les entendre parler de leurs morts. Cependant, au moins une fois par jour, leurs nerfs les lâchaient. Si peu en considération de leur douleur… Elles sombraient dans de subites crises de colère ou de désarroi. Secouées, comme prises d'hystérie, elles poussaient des hurlements ou des gémissements sans raison particulière. Quand Paule ou moi leur demandions ce qui motivait ces accès de violence, elles nous fixaient, les pupilles dilatées, le menton tremblant et la bave dégoulinant de leur bouche ouverte. Nous les prenions dans nos bras, nous les serrions sur notre cœur jusqu'au retour du calme. Alors, elles reprenaient leurs jeux comme s'il ne s'était rien passé. Avions-nous tort de ne pas les inciter à la confidence ? Peut-être aurions-nous dû recueillir leurs explications, leur permettre de poser des mots sur leur peine pour qu'elles évacuent leur accablante détresse ? Mais nous craignions trop, nous-mêmes qu'elles nous entraînent dans leur mal-être, qu'elles mettent nos plaies à vif et que nous ne puissions plus faire face aux montagnes de problèmes qui nous attendaient. Ne pas ouvrir la moindre brèche, ne pas céder. Paule et moi, nous formions un barrage qui devait tenir coûte que coûte, nos quatre existences en dépendaient.

Peu à peu, mon regard sur Paule évoluait. Souvent, je me félicitais de ce que le sort qui m'avait infligé tant d'épreuves ait mis cette femme sur mon chemin. Parce qu'elle se comportait bravement, elle me donnait la force de lutter encore. Je l'avoue, après avoir enseveli son mari et mon épouse, j'avais eu peur de l'étrange situation où le destin m'avait placé. Je me sentais dans l'obligation de ne pas abandonner cette malheureuse avec son enfant, or je ne la connaissais pas autrement que comme une passagère occasionnelle sur ma remorque. Rien ne me liait à elle que la similitude de nos conditions. Deux paysans, jeunes veufs frappés par la guerre, parents de fillettes orphelines, jetés dans une France inconnue, dans un monde hostile. Autour de nous, il s'en trouvait des milliers pareils à nous, sur cette route de l'espoir où nous ne connaissions que le désespoir.

Et voilà que j'avais tué un homme pour la sauver de l'infamie, voilà que je me souciais de son bien-être, voilà qu'en quelques jours, elle était devenue pour moi aussi importante que l'était ma Jeannette. C'était comme si, avant de mourir, Marion me l'avait confiée afin qu'elle veille sur notre fille. Quelque concordance confuse la reliait à mon épouse qu'elle devait remplacer, non pas dans mon cœur, de cela il n'était pas question, mais dans l'ordre bouleversé de ma famille. Je voyais cette quasi-étrangère prendre une importance à laquelle ni elle ni moi n'étions préparés. Mille raisons me dictaient de l'éloigner de moi, mille autres raisons me commandaient de la garder à mes côtés. Était-ce décent de passer mes jours et mes nuits en sa compagnie alors que la terre qui recouvrait ma défunte femme n'avait pas encore séché ? Ma fille ne me reprocherait-elle pas un jour de lui avoir imposé si vite une maman de substitution ? Si, pour l'instant, ma Jeannette n'avait jamais repoussé la douce autorité de l'Alsacienne, il n'était pas impossible qu'elle se révoltât bientôt. Elle avait le droit de ne pas courber l'échine devant les épreuves injustes que Dieu lui infligeait.

J'attendais comme des dizaines d'autres dans la file qui s'allongeait devant la fontaine du village où j'étais venu remplir mes bidons. Je le remarquai immédiatement, quelques mètres devant moi. Son crâne dépassant par-dessus la rangée, il ne cessait pas de lancer des regards inquiets à droite et à gauche. Je le reconnus immédiatement : le grand échalas qui avait voulu m'intimider pour me voler mon tracteur. Mon cœur s'affola. Et si les deux autres le suivaient ? S'ils profitaient de l'exode pour continuer de dépouiller les pauvres gens ? Allaient-ils me reconnaître et me tendre une embuscade ? Je rentrai le cou dans mes épaules pour me dissimuler autant que je le pouvais dans la foule alignée devant la vasque. Je fus tenté de faire demi-tour pour rejoindre Paule et les filles car je craignais qu'ils s'en prennent à elles. Il remplit un tonnelet d'eau et remonta le cordon de fugitifs. Il m'aperçut et s'arrêta à ma hauteur, souriant.

—Bonjour l'ami, me lança-t-il, tu en as fait, du chemin…

—Je t'avertis, que je ne te prenne pas à tourner autour de mon tracteur. Il pourrait t'en cuire.

Il acquiesça comme s'il venait de peser mon courage.

—Que veux-tu que je fasse de cet engin ? Je n'ai pas l'intention de me transformer en paysan.

—Je te parle car tu es en face de moi, mais tu pourras transmettre le message à tes amis.

—J'aurais bien du mal, répondit-il. Là où ils se trouvent désormais, ils n'ont pas besoin de remorque. Ils visitaient une ferme pour leur négoce et les Boches ont bombardé justement à ce moment. Ils n'auraient pas dû y aller, il faut croire qu'ils ont été punis.

—Alors que toi, remarquai-je, amer, tu n'as jamais mangé de ce pain-là. Tu ne fréquentais pas ces fripouilles, ils t'ont obligé à les suivre…

—Je suis allé à l'école avec eux, je les connaissais depuis toujours. Dans mon village, celui qui fait la fine bouche se retrouve seul. On n'a pas trop le choix quand on cherche des amis, on prend ce qui est disponible. C'est ainsi qu'on est amené à poser des actes qu'on ne commettrait pas seul ou ailleurs, avec d'autres compagnons. Ceux-là se laissaient toujours glisser vers le bas de la pente, l'argent vite gagné ou vite volé, des coups à boire et à donner. S'ils en avaient eu besoin, ils auraient défoncé les troncs de l'église. Ça ne leur a pas porté bonheur. Maintenant, je suis comme toi, je me sauve et je me vois obligé de me débrouiller seul, sans aucune aide, et je vois ça comme une chance de commencer une histoire plus propre.

—Alors bonne chance à toi, conclus-je.

—Tu ne veux pas qu'on fasse la route ensemble ?

Je secouai la tête en affichant un air désolé. Je ne me voyais pas me charger de cet énergumène habitué aux larcins. À l'instant, il était peut-être sincère mais je ne voulais pas exposer les petites et Paule à un garçon qui risquait de retomber dans le sillon qu'il avait creusé et d'où il ne pouvait pas se dégager. En ces temps où la morale n'avait plus de sens, je n'allais pas faire entrer le loup dans la bergerie. Même repenti, un loup reste un loup et ses instincts de prédateur ne s'endorment jamais

—Ce serait volontiers, dis-je, mais j'ai déjà la responsabilité de trois âmes et cela suffit à occuper mes journées. Je parviens à survivre seul, comme tu as pu le vérifier. Nous sommes déjà quatre sous la remorque chaque nuit, à cinq nous serions un peu à l'étroit avec un grand costaud tel que toi.

Il n'insista pas. Il assura son tonnelet d'eau sur le porte-bagage d'un vieux vélo et pédala en zigzaguant avant de retrouver son équilibre en prenant un peu de vitesse.

Je remplis mon bidon d'eau et je revins vers le tracteur. En voyant Paule qui rangeait les affaires dans les sacs, je souris intérieurement. Elle m'aidait grandement. J'ignore comment j'aurais pu m'arranger sans elle pour veiller sur Jeannette quand j'étais contraint de m'absenter pour les provisions. Il m'eût été très compliqué de l'emmener partout où j'allais alors que je m'exposais aux chiens errants devant les exploitations, aux brigands qui accompagnaient l'exode, aux trafiquants de toute espèce qui se montraient souvent hargneux quand je discutais leurs prix.

—Te souviens-tu des trois arsouilles qui voulaient me prendre mon tracteur ?

Elle blêmit aussitôt, portant ses mains sur sa poitrine comme si elle se protégeait.

—Mon Dieu, sont-ils dans les parages ? Ne me dis pas qu'ils nous ont pistés jusqu'ici.

—Rassure-toi, je n'ai vu que le grand sifflet. Un pauvre bougre qui se retrouve seul depuis que ses complices sont morts dans un bombardement. Il m'a demandé de le prendre avec nous.

—Tu n'as pas accepté, j'espère, dit-elle vivement.

—Ne t'inquiète pas, il a compris sans que j'aie besoin de lui faire un dessin. Je crois qu'il regrettait ses fréquentations. Il n'a pas choisi cette voie, il l'a subie… c'est ce que j'ai cru comprendre.

Elle me fixa un long moment, perplexe.

—Oublie-le vite, je t'en prie. Tu ne peux pas guérir ce monde, pense à nos enfants, souffla-t-elle. Je ne te connais pas depuis longtemps mais je sais que tu es gentil, peut-être trop brave, et que ton cœur peut t'entraîner à commettre des imprudences.

—Ou des crimes, répliquai-je trop sèchement.

Seul le hasard nous avait placés sur le même chemin, mais je ne l'avais pas choisie et l'intimité forcée que nous partagions ne l'autorisait pas à régler mes faits et gestes. Elle se comportait comme une épouse jalouse qui voyait son homme détourner son attention vers quelqu'un d'autre.

—Pardonne-moi, dit-elle. Tu es assez grand pour décider de tes actes. Je ne vois pas ce qui m'accorderait le droit de te donner des conseils.

—C'est à toi de m'excuser. Ta réaction est normale, tu t'inquiètes pour ton enfant et pour la mienne. Mais rassure-toi, il est parti, il a compris que je ne voulais pas le voir s'agripper à nous. Je ne suis pas idiot, je serais fou de m'acoquiner avec un individu qui, trois jours avant, voulait me voler mon tracteur. Chat échaudé craint l'eau froide. Même sans toi je n'aurais pas commis cette imprudence.

Nous installâmes Thérèse et Jeanne puis nous reprîmes la route, pressés de quitter la foule de ce village. Nous redoutions toujours les attroupements qui attiraient les Stukas ou les obus. Peur de nous voir isolés sur un sentier écarté, terrorisés au milieu de la multitude, jamais de paix.

Paule s'était tue pendant une bonne heure sans que je sache si c'était sa maladresse ou la mienne qui l'avait embarrassée.

—Ils cherchent des Juifs, ils contrôlent tout le monde !

Le murmure remontait la longue colonne des fugitifs dont certains se mirent à râler immédiatement tandis que d'autres, que la fatalité avait déjà écrasés, se résignaient en silence. Je savais qu'il était inutile de se révolter. Il était préférable d'économiser son énergie plutôt que de jeter ses bras en tous sens et de brailler pour se taire devant les uniformes. Après une attente qui dura deux bonnes heures, je parvins au bout du goulot d'étranglement que formaient une vingtaine de gendarmes et de soldats allemands accompagnés de chiens effrayants. Les bêtes montraient les dents et tiraient sur leur laisse pour se jeter à la gorge des braves gens. Leurs maîtres jouaient de l'angoisse qu'ils inspiraient et ne cherchaient pas à les calmer.

On vérifiait nos papiers, on fouillait nos vêtements et nos valises. Ceux qui ne pouvaient pas prouver leur identité étaient mis à l'écart immédiatement et embarqués dans des camions bâchés dont le moteur ronronnait. Des hommes, des femmes, des enfants et des vieillards voyaient ainsi leurs espoirs de salut anéantis en un instant. On les poussait sans ménagement dans les véhicules, on leur arrachait les balluchons des mains, et ces pauvres gens obéissaient, hagards comme des vaches menées à l'abattoir. Et nous, nous les observions sans protester. Nous ne comprenions pas que la grande barbarie commençait. Chaque jour, nous assistions à la destruction systématique de nos valeurs : *Liberté, Égalité, Fraternité*. Ces mots ne signifiaient plus rien. Sans ces repères fondateurs de notre démocratie, nous restions désemparés. Nous ne comprenions plus rien.

Qu'espérions-nous ? Que leurs bourreaux libérassent ces misérables après le premier virage ? Que cette opération policière ne fût qu'une mise en scène sans conséquence sérieuse pour tenter de nous humilier et nous installer dans la peur ?

Nous étions parvenus à une dizaine de mètres des sentinelles qui nous contrôlaient quand une maman se retourna vers nous. Elle serrait contre elle son petit d'un an à peine. Paule était assise sur la remorque, les jambes dans le vide. La dame lui remit son nourrisson d'un geste vif.

—Je vous en supplie, gardez-le. Sauvez-le. Je sais ce qu'ils font aux Juifs d'Europe.

Stupéfaite, Paule prit le bébé mais un gendarme sortit du rang pour se saisir de cette petite vie. Quatre de ses collègues qui surveillaient les fourgons le suivirent pour encadrer la famille de fuyards et la livrer aux Boches. L'homme, la jeune maman et son enfant. Ils chassèrent devant eux la malheureuse qui réclamait qu'on lui rendît son fils, à force de cris et de gémissements. Trois ou quatre fois, elle se lança contre celui qui portait le gosse, les ongles en avant, prête à le lacérer. Il fallut la ceinturer et la hisser dans le camion. Là, enfin, on lui rendit la chair de sa chair et elle se calma. Elle savait le sort qui l'attendait, cependant elle souriait béatement.

Nous franchîmes le barrage sans ennui. J'étais abasourdi par la scène qui venait de nous être infligée. J'avais du mal à m'en libérer. Vidé, je conduisais comme un automate, un somnambule, quand j'entendis dans mon dos un hoquet douloureux. C'était le réflexe désespéré de quelqu'un qui se noie, qui tente d'aspirer une bouffée d'air. J'arrêtai mon tracteur pour secourir

Paule qui s'étouffait. Elle se tenait toujours assise sur le plateau, elle se dandinait de droite à gauche, mécanique au menton tremblant, à la bouche ouverte. Je lui secouai doucement les épaules pour la tirer de son état de sidération. Elle me fixa comme on sort d'un cauchemar.

—Que t'arrive-t-il ? Qu'est-ce que tu as vu ?

—Elle m'a donné son enfant, dit-elle. Elle était prête à confier son bébé à une inconnue…

Elle se tut longuement, elle se demandait s'il lui fallait formuler ce qu'elle avait à me dire. Et ses yeux se transformèrent en incendie en une seconde.

—Et toi, me lança-t-elle avec une force insoupçonnée, et toi, tu as laissé faire ces gens, tu n'as pas bougé le petit doigt, tu ne l'as pas défendue alors qu'on l'emmenait ! Pourquoi ? Pourquoi ?

—Parce que moi aussi, je dois veiller sur mon enfant et sur le tien. Je ne veux qu'ils subissent le même sort alors, il m'a fallu faire un choix. Si j'avais pensé une seconde qu'il m'était possible d'aider cette pauvre mère sans mettre en danger nos filles, je l'aurais fait. Me crois-tu capable de faire entendre raison à ces monstres ? Les crois-tu accessibles à la pitié ? Réponds-moi, s'il te plaît… Réponds ! Si tu ne trouves rien à ajouter, je te prie de te taire !

Elle baissa la tête, elle ramena les filles contre ses flancs et garda le silence.

—Ce que tu viens de me reprocher, je l'ai envisagé avant toi, murmurai-je encore…

—Excuse-moi, bafouilla-t-elle en fuyant mon regard.

—Ce n'est rien, conclus-je, la main sur son avant-bras.

Je remontai sur mon siège et je repris la route. Devant et derrière nous, la foule avançait d'un pas traînant. Nulle protestation, nulle révolte, nul regret formulé à haute voix. La multitude écrasée par l'évidence de sa déchéance. La France était sur la route, dépenaillée, sans toit, sans intention sinon le vague espoir d'une destination encore inconnue et maintenant avec la certitude qu'elle entrait dans le temps du déshonneur. Et moi, je faisais partie de cette horde désemparée. Ma faiblesse pointée par Paule m'avait placé devant le dilemme qui se présentait à moi trop tardivement pour me permettre d'y répondre : combien d'affronts devrais-je encore subir avant de lever le poing ? Devais-je priver mon enfant des enseignements livrés par mon père ? Quand elle serait grande, comment Jeanne me regarderait-elle ? Que resterait-il de l'admiration que je lisais dans ses yeux levés sur moi ? Le mal était fait. Quelle que fût mon attitude, j'avais laissé un peu de moi dans l'affaire. Ma passivité m'avait marqué à vie et si j'avais agi, j'aurais dû en assumer les représailles sur les miens. Ce fardeau posé sur mes épaules en une minute avait volatilisé mes certitudes, ma confiance en moi. Je savais désormais que je pouvais rendre les armes à tout instant. J'avais quitté ma maison pour protéger les miens, quand on m'avait pris Marion, j'avais assez de ressources pour lutter encore, pour me dresser en rempart entre la guerre et ma Jeannette, pour la tenir à l'écart de l'horreur. Désormais, je savais que mes efforts fébriles ne servaient à rien. Je me sentais irrémédiablement inutile. Quand l'abomination s'empare de l'humanité, il est vain de se cacher, de se figer, car il devient impossible de n'être qu'un témoin passif. Ce à quoi nous assistons nous engage à jamais, nous marque plus sûrement qu'un fer rouge. Ce que nous refusons de faire nous souille, ce que nous faisons emporte ce que nous aimons.

Par bonheur, les petites n'avaient pas exigé d'explication sur le drame qui s'était joué devant elles. Par bonheur, Paule s'est murée dans le mutisme. Par bonheur, j'avais repoussé vingt fois la tentation de revenir sur le sujet. Le silence, le silence comme un baume sur nos plaies vives.

Nous atteignîmes un village désert dans ces contreforts du Morvan, qui se recroquevillait derrière la moindre langue d'ombre couchée devant l'aube. La vie se concentrait sur la chaussée. Quelques chiens erraient dans les ruelles adjacentes désertes, étonnés et craintifs. Les cloches de la petite église se taisaient à l'heure des vêpres. Un vieillard avait installé une chaise devant sa porte ouverte, il assistait à la lente migration comme au défilé du 14 juillet. Les distractions étaient devenues rares pour lui. Un seul habitant dans cette agglomération plus que modeste. Un homme qui paraissait indifférent, qui avait sans doute combattu vingt-deux ans auparavant. Il avait le cœur poli comme un silex des torrents. Il en avait trop vu pour s'émouvoir. Et cette humanité s'écoulait devant lui comme son sang que le temps asséchait.

Le ronronnement du moteur, le raclement des semelles sur les pavés, le gémissement des grands-mères épuisées, cela remplaçait l'air immobile comme un souffle monstrueux. En approchant les dernières maisons, une valse joyeuse se mêla aux bruits du convoi qui, attiré irrésistiblement, dévia vers une sorte de square où une dizaine de platanes abritaient autant de bancs. Assis sur l'un des sièges, un musicien laissait courir ses doigts sur le clavier d'un accordéon. Des couples et des enfants tournoyaient devant lui.

—Papa, on veut voir, s'il te plaît, me supplia Jeannette.

Un regard à Paule qui haussa les épaules en souriant.

—Laisse-les donc, Dieu sait quand elles auront de nouveau l'occasion de danser.

—Accompagne les petites pendant que je range la machine.

Elle ne se fit pas prier. Elle entraîna les filles tandis que je dirigeais mon tracteur dans un renfoncement entre deux maisons. J'enveloppai nos affaires dans la bâche et j'assurai le tout avec des cordes tendues. J'espérais dissuader les chapardeurs mais je savais que ces dispositions ne constituaient qu'une protection dérisoire. Un voyou muni d'un couteau nous dépouillerait en moins de trente secondes. Enfin, je décidai de rejoindre Paule et les enfants.

Paule se tenait près de l'artiste tandis que Jeannette et Thérèse, enlacées, se dandinaient maladroitement. Un homme aborda Paule et lui demanda de lui accorder cette danse. Elle s'accrocha à mon bras et répondit qu'elle était déjà avec moi. L'individu souleva sa casquette pour me saluer.

—Faites excuse, je ne vous avais pas vu... Vous feriez bien de la faire tourner, si vous ne voulez pas qu'on vous la prenne, ajouta-t-il en souriant.

—C'est ce que nous nous apprêtions à faire, lança ma compagne de route en me tirant vers la piste.

Je me retrouvai contre elle au milieu du groupe de valseurs.

—Ne crois-tu pas que c'est un peu indécent ? demandai-je à ma cavalière.

—Je voulais que ce type nous fiche la paix avant que tu ne te mettes en colère.

—Que diraient Marion et Frédéric, s'ils nous voyaient de là-haut ? De quoi avons-nous l'air ?

Elle s'arrêta, sans relâcher son étreinte. Elle posa son front contre mon menton.

—Tu as raison, souffla-t-elle. Mais à quoi tout ça ressemble ? Vois-tu la moindre logique là-dedans ? Ouvre les yeux, vois nos petites qui ont perdu un parent, vois ces gens jetés sur les chemins, peux-tu me dire ce que tu y vois de bienséant, de correct, de moral ? Quel mal y a-t-il à profiter un moment de ce seul petit cadeau que nous accorde le sort ? Un petit sourire dans cette marée d'épreuves ? Pense que tu danses avec Marion et laisse-moi rêver que mon mari est encore vivant. Ils ne nous en voudront pas. Allez, force-toi un peu et valsons sans penser à notre tristesse.

Nous avions tant besoin d'une miette d'optimisme que je n'osai pas nous priver de quelques minutes de joie, loin des avions de chasse, loin de la fatigue. Nous nous abandonnâmes à ces airs de musette. Paule virevoltait, légère, la tête penchée vers l'arrière comme si elle voulait happer les nuages. Je ne l'avais jamais vue rire ainsi et pendant cette valse, je crus que la paix s'intéressait de nouveau à nous.

Le musicien entonna alors *Le Temps des cerises* et Paule se figea, bouleversée par un souvenir. Doucement, elle se sépara de moi et prit les mains de nos filles.

—Allons-y, dit-elle, nous avons encore un peu de route à faire avant de trouver un abri pour la nuit.

En revenant, j'aperçus de loin un attroupement dans l'impasse où j'avais garé mon tracteur. Je pressai le pas, inquiet, et rompis le rempart de badauds qui en masquait l'entrée. Deux jeunes gens soulevaient la bâche pour en tirer les provisions que j'y avais cachées. Les patates roulaient sur la remorque pour s'écraser sur le sol. Des mains lestes les subtilisaient aussitôt. Un des voyous mordait à pleines dents dans une tranche de lard que j'avais achetée à prix d'or à un rat de commerçant. Je saisis le duo de maraudeurs par le col et les jetai au bas du plateau. Ceux que je prenais pour des hommes n'étaient que des grands adolescents déguisés en adultes : des jumeaux, à l'évidence, casquettes enfoncées laissant s'échapper des touffes de cheveux roux, gilets à pinces, pantalons larges, et vestes à carreaux. Des paysans habillés en élégants citadins ou ce qu'ils imaginaient tels. Ils ne résistèrent pas, levant les coudes pour se protéger d'une imminente raclée. Je les secouai un peu, leurs poches laissèrent échapper une pluie d'objets dérobés : de la boulonnerie, des outils, des noix, des pièces de monnaie, des pommes de terre, du sel et du sucre. Tout ne provenait pas de ma réserve.

Paule en agrippa un par le bras et l'agita comme un drapeau dans le vent. L'émotion accumulée pendant la danse surgissait d'un coup avec une force inouïe qui me stupéfia.

—Pourquoi dépouillez-vous des gens plus démunis que vous ? Où vivez-vous ?

—À la ferme Morin, un peu plus loin, bredouilla celui qui paraissait le plus jeune.

—À la ferme ? Il n'y a pas de patates chez vous ? Pourquoi prendre les nôtres ?

—Les vôtres sont déjà ramassées, répondit-il piteusement.

Plus vive que l'épervier fondant sur sa proie, la main de Paule s'écrasa sur la joue du garçon, y imprimant son dessin en rouge vif. Le malheureux ramassa aussitôt son butin et le posa sur le bois de la remorque, sans quitter des yeux Paule, prête à lui sauter à la gorge au premier geste imprudent.

Enfin calmée, elle les guida par les oreilles au-delà du cercle de curieux et les poussa dans le dos. Ils détalèrent à toutes jambes sous les huées de l'assistance. Les frères eurent tôt fait de s'esquiver et nous réinstallâmes notre chargement.

—On ne pourra plus laisser le tracteur sans surveillance, dis-je, un peu énervé, comme si Paule portait la responsabilité de cette mésaventure.

En réalité, je lui en voulais de m'avoir persuadé de danser et je me reprochais aussi de n'avoir pas su lui résister. Nous nous en tirions à bon compte car des voleurs plus expérimentés, plus audacieux, auraient su se défendre et que serait-il advenu de nos petites si Paule avait été blessée ou si j'avais reçu un mauvais coup ? Nous n'étions pas sur cette route pour courir les bals et passer du bon temps. Je ne sais pourquoi, cela jaillit de ma bouche :

—Tu pourras aller valser avec tous les gigolos que tu voudras quand j'aurai trouvé un lieu sûr pour ma

Jeannette. N'oublie pas que nos filles n'ont plus que nous, alors, plus d'imprudence s'il te plaît !

Elle ouvrit la bouche pour me lancer quelque riposte bien acérée mais elle se tut et je lui en fus reconnaissant. La nuit commençait à noircir la campagne. Nous roulâmes encore quelques hectomètres pour dissimuler notre machine derrière une meule de foin odorant. Les flonflons nous parvenaient aux oreilles tandis que nous dînions d'une soupe de légumes et d'un bout de fromage. La musique se prolongeait quand je préparai le couchage sous la remorque et quand je demandai à Jeanne de se mettre au lit, elle me supplia de lui accorder quelques minutes de jeu avec Thérèse. Les petites grimpèrent sur la remorque et, enlacées, elles se dandinèrent au rythme d'une java dont nous percevions les notes au loin. Cela dissipa ma mauvaise humeur et mes scrupules. Nous nous glissâmes alors sous notre abri pour un repos ponctué par les cris des animaux nocturnes. Entre les planches du plateau, les étoiles piquetaient le ciel. Après deux ou trois heures de sommeil agité, je me réveillai. Les fillettes avaient glissé vers le bas de la bâche et je me retrouvais le front presque touchant celui de Paule et son bras tendu s'appuyait sur mon torse. Je me dégageai doucement de cette situation embarrassante. Troublé, je décidai de m'allonger sur la remorque où, après avoir tourné et retourné, je finis par m'endormir. Au matin, les bruits de casserole me tirèrent de mon sommeil. Paule préparait le petit déjeuner. Une longue vague rouge courait sur l'horizon, du côté du levant, tandis que la voûte céleste hésitait entre l'orange, le bleu et le gris à l'ouest.

Les oiseaux menaient grand tapage dans la prairie, ils chassaient les insectes. Les filles entrouvrirent les yeux, surprises comme chaque jour de s'éveiller à un endroit différent de la veille. Une nouvelle étape commençait. Au centre de cette nature, avec autour de moi l'herbe coupée qui diffusait ses senteurs épaisses, l'innocence des enfants et Paule qui s'affairait avec opiniâtreté pour nous ménager une vie tolérable malgré la guerre, je me sentis presque heureux.

Sous la remorque du tracteur où nous attendions vainement le sommeil, nos filles murmuraient. Je ne parvenais pas à saisir ce qu'elles se racontaient. De temps un temps, leur petit rire courait tel un ruisseau dans la nuit. Un bref instant, cela m'énerva et j'étais prêt à les réprimander pour les ramener à un peu plus de décence mais, devinant mon impatience, Paule me retint fermement par le bras et me contraignit à rester allongé.

—Laisse, m'ordonna-t-elle. Ce ne sont que des enfants, ne vois-tu pas ? Tu préfères peut-être les voir mourir de chagrin ? En quoi sont-elles responsables de ce qui leur arrive ? Pour ma part, j'aimerais les entendre rire plus souvent. Si tu veux savoir ma pensée, je ne crois pas qu'elles rient parce qu'elles sont joyeuses, mais pour cacher leur douleur. Prends-en de la graine.

Elle avait raison, je me calmai immédiatement.

Imperceptiblement, en abordant Lyon, le paysage devenait plus conforme au visage que proposait la France du début de l'année. Il semblait que peu à peu, les Allemands avaient frappé un grand coup en franchissant nos frontières et que leurs munitions s'épuisaient. Si parfois nous apercevions encore des ruines, nous n'aurions su dire si elles étaient l'œuvre de l'envahisseur ou du temps qui passe. Les villages avaient subi moins de bombardements, nous croisions davantage de clochers encore dressés vers le ciel, les paysans continuaient de sarcler leurs champs et, de loin en loin, nous rencontrions des éleveurs qui ramenaient à l'étable leurs troupeaux de bovins. Devant ces scènes, Paule m'adressait un sourire et nos filles s'extasiaient en voyant les veaux gambader autour de leur mère. Je ménageai des haltes pour cueillir les coquelicots et les marguerites qui poussaient sur les talus. Nous en faisions des bouquets qui flétrissaient immédiatement et les filles me demandaient d'acheter un vase pour les conserver. Pauvres chéries, nous avions d'autres préoccupations autrement plus importantes : survivre, trouver de la nourriture, de l'eau et du carburant. Les colonnes de réfugiés s'effilochaient, nombreux étaient ceux avaient décidé de continuer le chemin en train. Les convois militaires allemands montaient vers le nord et descendaient vers le sud au gré des affectations. À l'arrière des camions bâchés, les soldats en uniformes vert-de-gris nous adressaient des signes amicaux mais sur les barrages qu'ils formaient pour intercepter les Juifs ou les étrangers espagnols ou italiens, leurs visages se fermaient. Nous ne comprenions pas cette obsession qui était la leur : emprisonner les Israélites d'Europe. Parmi les évacués, certains leur donnaient raison en affirmant que, sans les enfants de David, les Boches n'auraient jamais osé s'emparer de notre pays. Selon eux, il fallait que quelqu'un s'attelât à la tâche et ce n'était pas plus mal qu'Hitler se portât volontaire. J'écoutais ces divagations avec consternation, je ne comprenais pas cette haine qui se concentrait sur ces malheureux persécutés.

Après Villefranche-sur-Saône, la circulation des troupes germaniques se fit plus dense. Toutes sortes d'engins affluaient vers la capitale des Gaules comme si cette ville allait devenir un grand centre stratégique destiné à contrôler la vallée du Rhône. Ces allées et venues m'inquiétaient et je craignais un nouveau massacre. On parlait d'exactions, de violences, de représailles et de prises d'otages qui semaient la panique dans la population au moindre incident. Il se disait que, depuis Londres où il s'était replié, un général avait lancé un appel à la résistance. Personne ne l'avait entendu mais ses propos se répétaient à voix basse. Nul ne pouvait dire s'il s'agissait d'une réalité ou d'une rumeur. Le pays commençait à rêver de résistance. Des intrépides isolés avaient pris l'initiative d'attaquer des officiers de la Wehrmacht. Trois coups de feu et ils se fondaient dans les ruelles. Pour un soldat abattu, des dizaines de Français étaient jetés en prison, pendus ou fusillés si les auteurs des embuscades n'étaient pas dénoncés. Nous assistions à de furieuses discussions entre ceux qui approuvaient ces actions d'éclat et ceux qui les rejetaient car des innocents payaient pour les autres. Cela ne méritait pas la mort de pères de famille, de jeunes gens arrachés à leurs foyers. Une existence de Français était plus précieuse que celle d'un Allemand. Il fallait économiser des vies pour participer à la reconquête de notre pays, à l'heure venue. Ces débats se terminaient toujours par des bagarres inutiles. Des inconnus tournaient autour de nous, ils écoutaient et notaient discrètement dissimulés derrière un angle de mur. Paule et moi, nous décidâmes de contourner largement Lyon par l'ouest en traversant la Saône à Belleville, et de longer la rivière puis le Rhône vers le Midi. Nous avions déjà versé un lourd tribut à cette guerre et, si nous avions la possibilité d'éviter un nouveau drame, nous ne voulions pas prendre de risques inutiles.

À Villié-Morgon, nous engageâmes notre tracteur dans le chemin des vignes qui formaient déjà leurs grappes de raisins minuscules. Dans les travées, des viticulteurs épampraient joyeusement, leurs chants parvenaient jusqu'à la route et nous apportaient un peu d'optimisme. Je me dis qu'ici comme ailleurs, les paysans nourrissaient la même confiance en la nature qui, indifférente aux tourments de la guerre, ne cesserait d'apporter ses bienfaits aux hommes, saison après saison. Aucun conflit ne peut arrêter la force de la sève et même la mort de l'agriculteur n'a jamais empêché le blé de germer. Le vert tendre du Beaujolais recouvrait les collines. Nous étions seuls sur cette route écartée et un grand sentiment de paix nous gagna pour la première fois depuis notre départ. C'était comme si le grand soleil éblouissant et ces couleurs joyeuses de la campagne estompaient notre tristesse d'avoir perdu les êtres qui nous étaient précieux. Dans ce cadre bucolique, rien de fâcheux n'altérerait notre sérénité retrouvée. La charpente de la passerelle qui enjambait la rivière à Belleville représentait un porche vers un autre monde plus accueillant. Nous franchîmes l'affluent avec la certitude de laisser les tourments derrière nous. Les vignerons nous adressaient des signes amicaux, les employées en jupes rouges et blanches fleurissaient entre les ceps. Aucun avion ne maculait l'horizon, aucun char ne souillait le panorama.

Notre euphorie ne dura guère. Arrivant en sens inverse, un groupe d'hommes que je pris pour des journaliers marchaient sur le milieu de la chaussée. Ils avançaient d'un pas tranquille et rien ne me laissait suspecter que de mauvaises intentions les animaient. Ils portaient sur leur épaule des bêches et des faucilles comme s'ils se rendaient à quelque tâche de désherbage. Quand nous fûmes à leur hauteur, ils s'écartèrent de part et d'autre du chemin pour nous céder le passage. C'est ce que je crus et je les en remerciai en levant la main mais je me trouvai au centre d'une nasse humaine qui se referma. Des mains immobilisèrent mes jambes pour m'interdire de descendre, d'autres se saisirent de Paule et des petites pour les jeter dans le fossé. Je me débattis violemment, je cognai de toutes mes forces mais très vite, assommé par un manche d'outil, je m'affalai sur le sol. L'affaire ne prit pas plus d'une minute. Quand je repris mes esprits, mon tracteur filait vers le Nord, trop loin, hors d'atteinte, la meute sur la remorque. Paule avait réussi à arracher de sous la bâche un sac qui contenait nos papiers et ce qui restait de nos économies. Nous avions perdu notre linge, nos provisions, notre véhicule et une bonne partie de nos espoirs. En traînant le pas, nous nous dirigeâmes vers la prochaine agglomération que nous distinguions à l'horizon. La tour des Minimes se dressait au-dessus des toits de Montmerle et j'espérais y trouver une gendarmerie pour déposer une plainte. Un brave garde champêtre représentait l'autorité communale. Il semblait nous attendre devant l'église. Il lut notre désarroi sur notre visage bien avant que nous l'abordions. En nous voyant, il s'avança vers nous pour s'informer. Je lui relatai de quelle façon une horde de prétendus journaliers nous avaient délestés de tous nos biens et de notre véhicule pour nous laisser sur la route avec nos petites qui n'en pouvaient plus d'avoir marché près de six kilomètres. Je me proposais d'en avertir les gendarmes. Sa rondeur de citrouille, son teint rubicond et sa moustache carrée inspiraient confiance. Il se présenta immédiatement comme Amédée Toussaint, né dans ce village, baptisé dans cette maison de Dieu et destiné à y mourir.

—Les gendarmes ? Malheureux, vous perdriez votre temps car les forces de l'ordre ont d'autres chats à fouetter. Considérez-vous comme chanceux de n'avoir pas été tués ou blessés, qu'ils n'aient pas battu vos enfants ou votre dame. Je vous aiderai si vous me dites où vous comptez vous rendre.

—Nous avons quitté notre ferme bombardée par les Allemands. Nous avons roulé de Sedan jusqu'ici. En chemin, ma femme a été tuée par l'aviation et l'époux de madame a péri lors du même mitraillage. Nous voyagions ensemble. Nous envisagions de descendre vers le Sud pour trouver un toit… Du côté de Valence ou plus bas encore. Mais maintenant, nous ne savons que faire, sans argent, sans moyen de transport. Nous voilà perdus dans une région que nous ne connaissons pas.

Nous ne pouvons pas imposer une marche aussi longue à nos filles, elles n'ont que six ans à peine…

Le brave fonctionnaire nous demanda de le suivre chez lui où il posa sur la table une boule de pain blanc, des œufs, des légumes, une bouteille de vin, une belle tranche de lard.

—C'est pour vous, voilà qui vous tiendra au ventre un ou deux jours.

—Nous vous remercions, mais comment transporter tout cela ? Nous ne possédons pas même un panier, bredouilla Paule sans pouvoir contenir les larmes qui affluaient à ses yeux.

Je me sentais démuni, impuissant à secourir ma famille. J'avais du mal à me retenir d'éclater en sanglots comme un gosse. Je m'en voulais d'avoir si facilement été berné par les malandrins. J'aurais dû me méfier, m'armer de la barre de fer déjà utilisée pour assommer le sale type qui avait agressé ma compagne de route.

—Ne désespérez pas, dit le garde, cela doit pouvoir s'arranger. Je ne remplacerai certes pas votre tracteur, mais je vous dégoterai de quoi vous déplacer et transporter vos affaires.

Nous le suivîmes jusqu'à un appentis, derrière sa maison. Il ouvrit un cadenas plus gros qu'une clarine et nous fit entrer dans sa caverne d'Ali Baba.

—Quand on passe comme moi ses journées à marcher le long des routes, vous n'imaginez pas ce que l'on peut trouver. Voyez cette remorque, elle est presque neuve, avec ses roues gonflables. Elle est assez grande pour recevoir vos petites et vos affaires. Vous l'accrocherez à votre vélo.

—Nous n'en avons pas, remarquai-je.

—Vous ne connaissez pas Amédée Toussaint, ma parole ! Vous n'aviez pas de clou jusqu'à ce jour, mais en voici deux : un pour vous et un pour la jeune dame. Savez-vous tenir en équilibre là-dessus ?

—Je crois que oui, dis-je, aussitôt imité par Paule.

—Les gens se débarrassent d'affaires qui serviraient encore, ou ils n'osent pas se servir des affaires de morts. La France est trop riche, il faut croire. Dans ce tas, choisissez les poêles et les casseroles qui vous intéressent. J'ai trié tout cela dans la benne de la poubelle. Un coup de savon et c'est reparti pour une seconde vie. J'ai aussi une bâche. Dans ce coin que je prête à la paroisse, ce sera bien le diable si vous ne trouvez pas de quoi vous vêtir, vous et vos petites. Tout est propre pour la distribution. Qui d'autre que vous en profiterait mieux ? N'oubliez pas les pompes à vélo et les outils pour réparer en cas de crevaison. Vous me direz que ce sont probablement des bicyclettes de défunts, mais elles avancent plus vite que leurs anciens propriétaires ! Si elles peuvent rendre service à de braves gens tels que vous, qui s'en plaindra ?

L'homme se réjouissait du réconfort qu'il nous apportait. Il courait dans la remise comme un enfant au pied du sapin de Noël, mais là, c'était lui qui distribuait les cadeaux. Il remplit la remorque de ces trésors qu'il avait accumulés au cours de ses balades en campagne.

—Je crois que vous nous avez bien dépannés. Nous avions emporté moins de matériel quand nous avions le tracteur. Laissons un peu de place pour les fillettes.

—Je ne peux pas vous rendre l'argent que les voleurs vous ont dérobé, mais si vous disposez de quelques jours, je pourrais vous conseiller de vous présenter à la ferme Berthon de ma part. Je sais que le patron cherche des ouvriers pour l'entretien de ses pommiers. Avec cette fichue guerre, les jeunes ont quitté la région pour l'armée. Ils ne sont pasencore revenus. Peut-être vous embauchera-t-il ? C'est un honnête homme et il ne paye pas trop mal. Jules a de quoi vous nourrir et vous coucher. Si vous vous constituez un petit pécule par-dessus le marché, que demander de plus ?

—Après notre mésaventure de ce matin, je croyais haïr définitivement cette partie de la France pour la vilenie de ses habitants, mais après vous avoir rencontré, je la bénirai, dit Paule. Nous avons des scrupules à vous priver de cela. Êtes-vous sûr que vous ne le regretterez pas ?

—Pensez-vous ! Cela ne m'a rien coûté. Je me suis contenté de ramasser ce qui traînait sur le chemin, je l'ai réparé quand c'était nécessaire et je vous parie qu'avec ces colonnes de pauvres gens qui errent, dans trois mois j'aurai reconstitué mon stock... Allez voir l'horticulteur que je vous ai indiqué, ne perdez pas un temps précieux.

Je serrai la main de ce saint homme avec reconnaissance, Paule et les petites l'embrassèrent sur les joues. Nous attelâmes la remorque, nous y installâmes les filles, ravies, et nous enfourchâmes nos vélos pour nous rendre chez les Berthon. L'exploitation se situait à moins de deux kilomètres après la sortie du bourg, en direction du Sud. Le maître travaillait au milieu de la cour, il chargeait des paniers sur le plateau de son tracteur. C'était un grand échalas vêtu d'un bleu de chauffe passé à même la peau. Ses joues et ses bras secs couverts de poils accrochaient le soleil de midi. En nous voyant arriver, juchés sur nos vélos, tirant notre chargement d'enfants, il passa la main sous sa casquette pour se gratter le crâne. Il sourit à nos petites qui sautèrent de leur siège pour suivre deux chatons de quinze jours à peine. Nous nous présentâmes à lui de la part du garde champêtre et nous lui proposâmes de travailler pour lui.

—Vous vous y connaissez en travaux des champs ?

—Nous sommes nés là-dedans. Il semble que vous avez besoin de gens pour pincer vos fruitiers.

Il acquiesça, visiblement soulagé. Il s'écarta de deux pas pour évaluer nos muscles et hocha la tête, satisfait. Il avait assez d'ouvrage pour nous occuper au moins un mois à soigner les pommiers, les poiriers, les ceps et les bovins. Je répondis que je saurais faire face à tout cela, sauf pour la vigne.

—Moi, j'ai appris à tailler la vigne, on en produit dans ma région, en Alsace. On y élève d'excellents vins blancs et du pinot noir. Mon mari et moi, nous possédions de belles parcelles, assura Paule.

—Votre mari ? Qui est celui-ci ? interrogea le patron en me désignant du pouce.

Paule relata une nouvelle fois notre périple et comment j'avais perdu Marion pendant que les Allemands lui tuaient son mari. Elle ajouta que le sort nous avait réunis dans cette épreuve que nous n'avions pas choisie et que nous nous trouvions contraints de continuer ensemble.

—Après, conclut-elle, quand nous serons arrivés à destination, chacun ira de son côté.

—Ce sont les circonstances de la guerre qui ont décidé de notre sort, crus-je bon d'expliquer.

—C'est ainsi, murmura-t-il. Cette histoire vous a rapprochés, à l'inverse, elle m'a séparé de mon fils et je crois bien que ma femme n'y survivra pas…

Il s'ébroua comme s'il émergeait d'un cauchemar.

—Au moins, avez-vous mangé aujourd'hui ? Non ? On n'a pas le droit d'affamer des enfants. Entrez dans l'habitation, Odette trouvera bien quelque chose de chaud.

Mme Berthon était aussi ronde que son époux était long. Elle nous reçut sans nous poser de questions, elle gratifia les fillettes d'une caresse sur la joue. Nous comprîmes immédiatement que nous avions affaire à une taiseuse dure à l'ouvrage qui devait retourner cent fois ses mots dans sa tête avant de se résoudre à parler. Elle était vêtue d'une blouse grise à fines rayures blanches et d'un tablier noir. Ses cheveux gris rassemblés en chignon sur sa nuque ajoutaient une sphère à toutes celles qui la composaient. Elle posa quatre couverts sur la table et repoussa du coude Paule qui se proposait de l'aider. Ses manières rugueuses dissimulaient une timidité et une pudeur qui nous rappelaient celles de nos propres parents, et nous étions prêts à lui ouvrir notre affection.

—Tu auras bien le temps d'exercer ta bonne volonté. Pour l'instant, ce que tu as de mieux à faire est de goûter à cette soupe de légumes et de saucisse fumée. Il ne sera pas dit que sous mon toit on fait travailler les invités avec l'estomac vide, lança-t-elle en cachant son sourire.

Les mains croisées dans son dos, elle veilla à ce que nous ne chipotions pas sur la nourriture. Les gamines dévorèrent leur potage et ne refusèrent pas une ration supplémentaire. Quand nous eûmes essuyé nos assiettes avec une mie de pain gris, la maîtresse de maison demanda aux petites si elles préféraient faire une petite sieste ou aller jouer avec les animaux à condition de ne pas déranger les couveuses et de ne pas laisser la porte du clapier ouverte. Elles eurent vite fait leur choix pour se précipiter comme des boules de feu vers le poulailler.

—Ce n'est pas tout, conclut la brave femme. Je veux bien accepter un coup de main pour préparer vos chambres. Dans l'autre aile du bâtiment, il y a de quoi coucher un régiment. Ça fera l'affaire quand nous aurons aéré un peu. Il suffit de passer le balai et de changer les draps. Vous trouverez aussi le mobilier de ma belle-mère : une armoire pleine de linge de maison, une commode, une table, des chaises et une cuvette pour la toilette. Un bon lit pour les grands et un autre pour les filles.

—Un lit pour Jacques et sa fille et l'autre pour ma petite et moi, rectifia Paule.

Odette Berthon ouvrit la bouche mais résolut de se taire après un haussement d'épaules. Elle renonça à en savoir davantage. Les femmes sortirent, les bras chargés de draps et de taies.

—Ce n'est pas tout, ça, déclara Jules Berthon, il serait bien de te mettre à l'ouvrage si tu veux gagner un peu de sous. Tu ne quitteras pas cette ferme avant d'en avoir terminé avec les vergers.

Sur la remorque où je le vis en arrivant dans l'exploitation, il ajouta deux escabeaux de bois et un cageot contenant deux sécateurs, une petite scie d'élagage, une pierre à affûter et deux couteaux à greffer. Il sauta sur le siège du tracteur et nous conduisit dans la première allée entre les pommiers hérissés de gourmands qui anémiaient les futurs fruits. Il immobilisa le véhicule sur le chemin en bout du champ et installa son escabeau. Je l'imitai et je posai le mien de l'autre côté du même arbre. Ainsi, nous allions passer notre après-midi face à face. Afin de ne pas commettre d'erreur, j'observai la façon dont il s'y prenait. J'y reconnus mes gestes et très vite, les surgeons tombèrent à nos pieds. Contrairement à son épouse, il aimait parler. Il me décrivit comment il l'avait rencontrée, elle était descendue du Jura pour travailler aux vendanges.

—Elle suivait ses parents qui, à l'automne, offraient leurs services comme journaliers. À la fin de la saison, son père et sa mère étaient repartis et elle était restée. Alors, elle ne pesait pas une tonne et ils étaient nombreux, les jeunes de Montmerle qui me lançaient des regards envieux. Je l'avais vue le premier et gare à celui qui l'approchait un peu trop. Elle m'a donné un beau garçon, j'y étais attaché car, tu le verras, ce n'est pas une méchante femme et elle ne fuit pas le labeur. L'âge nous a transformés ensemble. Il lui a ajouté les kilos que je perdais, ce qui fait que le poids de notre couple est resté pareil sur la balance. Telle qu'elle est, elle me convient et je ne changerais pour rien au monde. Si seulement mon fils nous revenait… Tu ne peux pas imaginer la peine de ne plus rien savoir de son enfant. Est-il mort, est-il encore vivant, prisonnier, perdu dans la bataille ? C'est comme si Odette et moi, nous avions donné le jour à un rêve. Je voudrais m'éveiller sans me souvenir de lui car souffrir de son absence est pire que de le savoir mort. Où me recueillir pour le pleurer ? D'ailleurs, m'abandonner aux larmes me donnerait mauvaise conscience si, par bonheur, je le voyais de retour chez nous. Je me reprocherais d'avoir voulu l'enterrer trop vite…

—Je connais cette douleur de voir disparaître ceux qu'on aime, qui n'est pas moins grande que la vôtre. Ces derniers quinze jours, j'ai dit adieu à mon épouse, à mes parents et à mes beaux-parents tués dans les ruines de ma ferme, à Sedan. Savez-vous que Paule et moi, nous avons inhumé nos conjoints à la sauvette, dans le petit cimetière du Pailly, en Haute-Marne, un village dont nous n'avions jamais entendu parler ? Quand pourrons-nous nous incliner sur leurs tombes ? Saurons-nous retrouver le chemin de ce lieu, plus tard, quand la paix sera revenue ? Comment reconnaître cet endroit alors que nous étions bouleversés, atterrés, que nos yeux aveuglés par l'horreur refusaient de voir ce que nous regardions ? Là où je vais, aurai-je un jour la force de refaire le chemin à l'envers pour lui dire le grand vide qu'elle m'a laissé dans l'âme ? Elle est morte dans mes bras, tandis que je l'enlaçais pour la préserver des balles des Stukas. Je maudis le sort qui l'a frappée à ma place, elle que je voulais protéger de mon corps. J'aurais donné cent vies pour qu'elle survive ! J'ai failli et je ne me pardonnerai jamais cette faute d'avoir laissé mourir la mère de mon enfant.

Puis nous gardâmes le silence. Le *clic-clic* de nos sécateurs se mêlait au discret sifflet d'une grive alors que les scions coupés jonchaient le sol. Quand nous avions pincé trois ou quatre arbres, nous réunissions les débris avec le râteau et remplissions les corbeilles. Nous avancions rapidement et m'absorber dans mon ouvrage me redonnait ma légitimité de paysan. Je redevenais un homme utile. Mes doigts avaient été faits pour manier les outils et les résultats de mes efforts apparaissaient immédiatement. Le soleil entrait dans le cœur des pommiers pour y dispenser sa force, sa vie, sa sève. Pendant cette après-midi, nous traitâmes quatre rangées alors que le verger en comptait une bonne quinzaine.

—En continuant à cette cadence, nous en aurons fini avant la fin de la semaine. Je suis satisfait, garçon. Je constate avec plaisir qu'on sait travailler, dans le Nord de la France.

Nous entassâmes les branches dans un creux de terrain isolé du vent. Après quelques jours, elles seraient assez sèches pour être brûlées.

Dans la cour de la ferme, Paule et Odette étendaient le linge qu'elles venaient de laver. À leurs pieds, dans un baquet, des draps attendaient d'être suspendus aux fils de fer. Les filles jouaient avec un chiot noir et blanc que nous n'avions pas vu à notre arrivée. Le petit bâtard d'épagneul et de braque exécutait des bonds de cabri pour leur échapper en poussant de joyeux jappements. Une image de bonheur et de sérénité. En m'apercevant, Paule m'adressa un signe de la main au-dessus de sa tête. Elle souriait, elle paraissait heureuse et je me réjouis de ce répit que nous accordait la vie.

—Il n'y a pas mieux que les enfants et les chiens pour mettre du bonheur dans une maison, me dit le patron, sa grosse pogne sur mon épaule.

—Vous avez oublié de citer une femme, ajoutai-je.

—J'attendais que tu rectifies, me répondit-il.

Une seconde, je pensai qu'il serait bon de vivre ici, avec ces maîtres qui nous avaient spontanément ouvert leur maison et leur générosité. Mais j'abandonnai aussitôt cette illusion. Si je m'étais arrêté là alors que Marion et moi, nous avions projeté d'atteindre le Sud pour nous abriter des nazis, j'aurais eu l'impression d'avoir trahi ceux que j'aimais. Il me fallait mener mes plans jusqu'à leur terme, avec ce qu'il restait de ma famille.

—On vous espérait pour passer à table, décréta Odette. On commençait à avoir faim.

—Bon appétit à vous, dis-je, nous allons préparer le frichti dans nos appartements…

—J'aimerais bien voir ça, se récria la maîtresse. On en a assez de manger face à face comme un serre-livres, sans se parler ou en remâchant notre solitude, ce qui n'est pas mieux. Vos petites sont des anges et j'avais perdu l'habitude des rires de gosses. Ça me fait un bien fou de les entendre de nouveau. Non, non et non, vous mangerez avec nous, ça nous comblera et ça nous fera économiser le bois du fourneau.

Paule me jeta un coup d'œil avec l'air de dire : « C'est comme ça, je n'y peux rien, que veux-tu que j'y fasse ? » Nous entrâmes dans la salle envahie pas des vapeurs de pot-au-feu. Les couverts étaient déjà répartis. Nous nous installâmes, Paule près de Mme Berthon, du côté des marmites qui bouillaient. Le patron me prit par le coude pour me faire asseoir à sa droite.

—Odette, affirma-t-il avec solennité, je crois que nous avons pêché là une bonne recrue. J'aurais voulu que tu le voies ébourgeonner. C'est quelque chose, j'ai eu du mal à le suivre. Il ne s'est même pas arrêté pour pisser !

Le repas fut plaisant, les gamines s'amusaient sans plus plonger dans ces silences terrifiants qui les envahissaient quand elles pensaient à Marion et à Frédéric. Je n'ignorais pas que cela ne pouvait pas durer et que, très vite, leur tristesse reviendrait avec l'habitude de cette ferme. Tout comme la blessure ouverte de nos patrons.

—Bien que je sache que tu nous quitteras toujours trop tôt, me dit-il, je vous propose 1 800 francs par mois, pour toi et ta femme.

—Ce n'est pas ma femme, répondis-je trop vivement.

—Pardonne-moi, pour toi et pour Paule. Avec le gîte et le couvert.

—Vous le méritez bien, sinon mieux, mais on ne sait pas de quoi demain sera fait. Ce ne sera pas de l'argent volé car, si nous nous fions au peu que nous avons vu de vous, nous ne le regretterons pas, dit Odette avec un sourire bienveillant. Et encore, nous devrions vous verser quelque chose pour la location de Thérèse et de Jeanne.

—Que voulez-vous dire ? demanda Paule. Nous ne vous louons pas nos enfants.

—Vous devriez car ces petites apportent la joie dans la baraque. Elles ne remplacent pas notre fils, bien sûr, mais leurs rires nous empêchent de sombrer dans le bourdon. Et puis un peu de jeunesse ne fait pas de mal dans cette habitation de vieux rassis.

Les Berthon nous abritaient depuis deux jours déjà. Nous organisions notre vie comme nous le souhaitions.

Nous n'avions pas besoin de nous répartir les tâches. Paule restait sur les talons d'Odette et l'aidait à tout moment, ce que la patronne acceptait volontiers car ses douleurs commençaient à lui tordre le dos. Pour ma part, je ne quittais pas le Jules, tel qu'il me demanda de l'appeler. Outre mon travail, je lui apportais l'agrément de la conversation. Je lui décrivais les particularités de notre exploitation près de Sedan, les blés, l'orge, les pâturages et les bêtes. L'entraide dans le milieu paysan, les veillées qui ponctuaient les soirées durant l'année, à chaque récolte, les bals en été pour fêter les saints. Les gens âpres à la peine, nos vieillards pleins de sagesse qui réglaient les conflits entre voisins et surveillaient les vaches. Le patron m'interrogeait à propos de ma famille : depuis combien de temps possédions-nous nos terres ? Ma mère était-elle aussi paysanne ? Mon père avait-il combattu pendant la précédente guerre ? Comment avions-nous traversé le premier conflit mondial ? Il me racontait que 14-18 n'avait rien changé au paysage de l'Ain sinon que beaucoup d'hommes étaient sous les drapeaux et que les femmes avaient dû les remplacer. Au retour des rescapés, les épouses étaient considérées avec un œil plus respectueux. Elles avaient pris du galon.

—Elles étaient bien vaillantes, elles ont su se retrousser les manches pour accomplir de front les travaux ménagers et le labeur des champs. C'est long, quatre ans, et certaines ont continué après car les maris avaient péri.

Je l'écoutais en me disant que leur vie n'était pas bien différente de la nôtre et que ma mère avait aussi tenu la place de mon père quand celui-ci luttait dans les tranchées. Fort heureusement pour elle, il avait pu venir la voir une ou deux fois par an car le gros de la bataille se déroulait dans la région. En contrepartie, il nous avait fallu subir les bombardements qui n'épargnaient pas les campagnes. Miraculeusement, notre ferme n'avait été que légèrement touchée et mon père avait eu vite fait de redresser le mur de la grange en ruines.

Un vélo zigzaguant se pointa à l'entrée de l'allée. Un gros bonhomme courbé sur le guidon tentait de maintenir son engin en équilibre.

—Te voilà, brigand, je me demandais quand tu allais te décider à nous rendre visite. Une bouteille de beaujolais s'ennuie de toi ! s'exclama Jules en accueillant le visiteur.

Le garde champêtre m'étreignit avec grande effusion avant de saluer maître Berthon. Je sentis qu'il avait déjà tété le rouge avant de venir.

—Alors, lança-t-il au patron, comment les trouves-tu, les Ardennais, cette saison ?

—Je te remercie de me les avoir envoyés. Si tu en as d'autres de cette valeur, présente-les-moi sans hésiter. Tu me rendras un grand service car ces fermiers en remontreraient à ceux de chez nous.

Amédée Toussaint éclata d'un rire tonitruant, ravi d'avoir eu du nez en nous repérant.

—C'eût été dommage de les laisser partir, d'autant plus qu'ils auraient gardé un mauvais souvenir de Montmerle. Est-ce qu'ils t'ont raconté leur mésaventure ?

—Eh oui ! C'est criminel d'agir ainsi avec les parents de fillettes si jeunes et si innocentes ! Je voudrais qu'on les prenne et qu'on les jette en prison jusqu'à la fin de la guerre !

Le garde champêtre posa son gros bras autour de mon épaule.

—Ce bougre est gentil, l'est-il avec toi ? J'espère qu'il te donne à manger !

—Il est généreux, tout se passe bien, c'est un vrai agriculteur, répondis-je.

—Et à part cela, tu n'as besoin de rien d'autre ? Tu ne cherches pas de bassine à confiture, de lessiveuse, de table avec deux allonges ? J'ai même trouvé une malle remplie de vêtements de bourgeois. Il y a là-dedans un manteau avec col de fourrure, des guêtres et des bottes de femme. Je ne sais pas de quelle limousine c'est tombé mais ce ne devait pas être celle d'un garde champêtre. Avec ces frusques sur le dos, beau comme tu l'es, tu en imposerais au président de la Banque de France. Si tu te présentais chez moi pareillement attifé, je t'assure que je ne te ferais pas ôter tes chaussures avant d'entrer. Je déboucherais une bouteille de crémant avant de savoir ton nom.

—C'est-à-dire que je n'ai pas prévu de soirée mondaine avant longtemps, objectai-je à son délire.

—Autrement, tu sais que tu ne dois pas te gêner avec moi. Comme l'État m'a donné pour mission de veiller à l'ordre public, j'ai mauvaise conscience d'avoir laissé filer les bandits qui t'ont dépouillé.

—Vous en avez trop fait pour que je vous tienne rigueur alors que les gendarmes préfèrent traquer les honnêtes citoyens chassés hors de leurs maisons par des nazis que notre armée n'a pas su arrêter, en dépit des promesses répétées par leurs généraux. Il regarda brusquement autour de nous comme si une nuée d'espions nous épiait et posa son index sur sa bouche.

—Sois prudent, malheureux : dorénavant, de telles remarques pourraient t'envoyer en prison dans le meilleur des cas et au poteau plus probablement.

Nous regagnâmes l'habitation où les femmes équeutaient des haricots verts tandis que les fillettes jouaient sous la table avec le chiot qu'elles ne quittaient plus. Jules tira une bouteille de la grande niche où il laissait mûrir le vin et le fromage.

—C'est du beaujolais-villages, je le fais venir du département voisin où un conscrit de mes amis exploite deux belles parcelles schisteuses idéalement exposées. Il produit un nectar qui ferait se prosterner un mécréant. Quoiqu'encore un peu jeune, il promet le paradis, vous m'en direz des nouvelles, déclara-t-il, les yeux scintillants comme des arbres de Noël.

—Tiens, remplis aussi deux verres pour nous, demanda Odette, on meurt de soif à force de travailler.

—Pas pour moi, s'il vous plaît, intervint Paule. Je n'ai pas l'habitude de boire à cette heure du jour.

—Mais qui te demande de boire ? Il s'agit simplement de te renforcer un peu le sang car tu es pâle comme un lys, ma pauvre. Tu verras, ça te mettra un peu de couleur aux joues, dit la propriétaire.

—Ça n'a jamais fait de mal à personne, renchérit Amédée Toussaint dont les coutures des vêtements menaçaient de craquer au moindre geste.

Après avoir fait claquer sa langue plusieurs fois, le garde champêtre m'annonça qu'il avait tenté d'informer les gendarmes du vol dont j'étais la victime. Comme il paraissait plus intéressé par ce qu'il dégustait que par mon affaire, je tentai de le presser quelque peu.

—Alors, que vous ont-ils répondu ?

—C'est comme je t'avais averti. Le tracteur d'un paysan des Ardennes traversant notre département, cela ne les intéresse pas beaucoup. Ils m'ont carrément conseillé de m'occuper de mes fesses.

—Et… ?

—Eh bien, j'ai suivi leur conseil sans perdre de vue ton affaire. J'ai questionné quelques Montmerlois dont certains ont été détroussés par la même équipe. Je sais d'où ils viennent et je garde un œil sur eux. Ils repasseront par notre village en rentrant chez eux. Ce ne sont que de misérables voyous qui, comme les chacals, n'ont de courage que lorsqu'ils travaillent en meute. Ils se dispersent au premier bâton brandi au-dessus de leurs têtes. Des pauvres types malheureusement capables de tuer quelqu'un pour conserver leur place au sein de la bande. Ne t'inquiète pas, il se peut que tu récupères ton bien sous peu, s'ils l'ont toujours.

—S'ils ne l'ont pas vendu avant, dis-je. S'ils sont connus dans les parages, ils n'iront pas parader dans les rues sur ma machine pendant le prochain corso.

Il se gratta le crâne sous sa casquette.

—Évidemment, dans ce cas, ça se compliquerait. Mais ils sont tellement couillons qu'ils pourraient se montrer sur ton tracteur. Ça n'a pas plus de cervelle qu'une souche.

Les femmes plaisantaient, les hommes trinquaient, les filles riaient. Pendant une heure trop courte, nous oubliâmes nos épreuves. La douceur du printemps annoncé nous avait gagnés et nous ne cherchâmes pas à lui résister. Le soleil se couchait devant la porte et se glissait à travers le rideau de roseaux comme un chien flairant le fumet du repas. Peu à peu, peut-être un peu engourdis par le beaujolais, nous nous tûmes et nous sortîmes pour nous adosser à la façade de la ferme. Un groupe d'évacués traînaient les pieds sur la route, trimballant leurs bagages, comme nous le faisions la veille encore. À l'abri, dans cette providentielle maison, entourés de la bienveillance de ces patrons généreux, nous soufflions un peu mais nos préoccupations ressemblaient à celles des fuyards. Où serions-nous dans une semaine, dans un mois, reverrions-nous un jour notre maison détruite par les bombes ? Les survivants d'aujourd'hui seront-ils encore présents à la fin de cette guerre ? Que restera-t-il de nous, de notre famille ? Combien de temps encore pourrons-nous veiller sur nos filles comme nos parents avaient pris soin de nous ? Je lisais dans le silence de Paule l'angoisse qui m'étreignait. Elle ferma les yeux, une larme coula sur sa joue et quand la colonne de chars secoua le sol, elle se mit à pâlir et ses lèvres tremblèrent comme celles d'une enfant prise de panique. Je posai ma main sur son bras et elle se calma lentement. Les blindés filaient vers Lyon. Ils s'apprêtaient à nous y accueillir. Je m'interrogeai sur l'efficacité de notre fuite : pourquoi nous imposer cette épreuve si nous allions retrouver nos bourreaux au bout du voyage ? Dans quel état mental

Jeannette et Thérèse sortiront-elles de cette aventure infligée à leur jeune âge ? Et Paule ? Et moi ? Car il faudrait bien qu'à un moment nous nous affranchissions l'un de l'autre ! Si les circonstances nous avaient jetés sur le même chemin, nous ne nous étions pas choisis, je ne connaissais d'elle que sa douleur et elle ne savait rien de moi, sinon que j'avais sympathisé avec Frédéric pour nous aider mutuellement. Un arrangement de convenances pour un temps limité.

Je sentis une vague de doute me submerger d'un coup. Les Berthon n'allaient pas nous garder pendant des années, je n'étais pas destiné à travailler dans cette région inconnue comme journalier après avoir été maître de mon exploitation, j'ignorais vers quoi je courais, je ne savais rien du Sud où je croyais trouver asile, je n'avais aucune idée de ce que j'allais faire de ces deux êtres dont j'avais pris la charge sans prendre le temps de réfléchir. Qu'est-ce que l'Alsacienne et sa petite espéraient de moi ? Jusqu'à quel point m'étais-je investi ? Nous n'avions pas eu l'occasion d'échanger nos projets à ce sujet. Nos conversations ne concernaient que les menus problèmes du présent. L'avenir se noyait dans un brouillard confus tandis que le passé avait disparu sous l'acier des bombes et des mitrailleuses. Je me félicitais seulement de son courage et de sa retenue. Elle ne se laissait pas dominer par ses nerfs, elle affrontait les obstacles avec une opiniâtreté admirable et si parfois je surprenais une larme au coin de son œil, j'aurais eu mauvaise grâce à le lui reprocher quand moi-même je devais lutter de toutes mes forces pour ne pas me mettre à hurler mon désarroi devant la poisse qui s'acharnait sur nous.

—Bien, déclara Amédée Toussaint, ce n'est pas tout, ça, mais je dois rentrer chez moi…

—D'autant plus que nous avons vu le cul de la bouteille, renchérit Jules Berthon. Des fois, tu ne partagerais pas notre frichti ?

—Non, sans façon. Je suis attendu quelque part.

—Une bonne amie, insinua Odette. Ne serais-tu pas en train de nous préparer une noce ?

—Ce serait la plus mauvaise idée qui soit. La situation de la France ne favorise pas les mariages. Déjà, en 1918, quand la moitié de la jeunesse avait disparu dans les tranchées, alors que j'avais vingt-trois ans à peine et un bel uniforme de fonctionnaire, aucune femme n'a osé me confier sa vie. Tu penses qu'aujourd'hui, avec vingt-deux ans de plus, mon gros ventre et mes habitudes de vieux garçon, je fais fuir les demoiselles… Non, c'est le conseil municipal qui m'appelle. Nous allons étudier les dispositions à prendre avec l'afflux de réfugiés, on dit qu'il faudra envisager de coopérer avec l'occupant pour rapatrier les populations dans leurs régions d'origine sur les territoires occupés. Dieu sait quelles sournoiseries se cachent derrière ces accords. J'ai l'impression que cela implique une politique honteuse : livrer aux nazis les soldats et les ressortissants allemands qui ont fui le Reich, faire la chasse aux Juifs, aux déserteurs Lorrains et Alsaciens, aux prisonniers et Dieu sait quoi encore. Il faudra bien appliquer les articles contenus dans le traité d'armistice. Le maire n'a pas très envie d'obéir à l'occupant. Je suis de son avis. On me paye pour aider les gens dans la peine, pas pour ajouter des tracas à leur misère. Mes amis, je n'ose pas vous dire ce dont demain sera fait, mais j'ai bien peur que ça ressemble à un cauchemar.

—Il ne faut pas tout voir en noir, tenta Jules pour détendre l'atmosphère soudain alourdie. Nous avons encore notre ferme, nos fruitiers, nos champs, nos vignes, et notre vin pour nous donner de l'audace. Certes, les Boches nous dépouillent mais ils ne pourront jamais emporter notre terre. Tout s'arrangera.

—Dieu t'entende, lança le garde champêtre en se hissant péniblement sur la selle de son vélo.

Nous restâmes un long moment silencieux, puis les femmes rentrèrent. Nous les suivîmes pour passer à table. J'avais hâte de me retrouver dans le verger, à épuiser mes forces dans le travail et ne plus ressasser mes idées sombres. Mon brave père m'avait répété cet enseignement : « Lorsque tu ne trouves plus d'issue à ton problème, cherche quelque tâche pour occuper tes mains. Rien de mieux pour vider ton esprit. Que ton mal-être te soit au moins utile car jamais personne n'a avancé d'un pas en mâchant et remâchant ses craintes. »

Après le repas, Jules plia sa serviette et son Opinel.

—On y va ? m'a-t-il lancé simplement.

Je reçus son invitation comme une bénédiction et à la nuit tombante, en revenant des fruitiers, je me sentais d'attaque pour affronter les calamités du siècle. Paule avait pris le temps de laver les enfants et en avait profité pour peigner et tresser ses longs cheveux blonds. Il me sembla alors que ses yeux étaient plus brillants et plus bleus que la veille.

Nous restâmes deux semaines entières à la ferme des Berthon. Je m'entendais au mieux avec le propriétaire tandis que Paule et Odette formaient une bonne équipe. La patronne semblait trouver en l'Alsacienne l'affection d'une fille qu'elle aurait sans doute voulu avoir. Elle ne la lâchait pas d'un pas pour le plaisir d'échanger ces futilités indispensables dont les femmes ont le secret. C'est ainsi que la société humaine s'harmonise. Elle confia à Paule qu'elle ne voulait pas tenter le sort après la naissance délicate de leur garçon. Celui-ci s'était présenté les pieds devant comme pour dévaler une meule de foin. Il avait failli mourir étouffé et sa maman avait cru voir sa fin arriver. En assistant aux affres de l'accouchement, aux cris, aux plaintes de la parturiente et aux ahanements de l'accoucheuse, Jules pensait devenir veuf ce jour-là et jura que jamais plus il ne ferait courir de nouveau ce risque à son épouse. Quand la commère qui aidait à faire naître les enfants partit, épuisée, il lui dit « adieu » et non « au revoir » car il comptait bien ne plus jamais réclamer ses bons offices. Il tint parole parce qu'il aimait tendrement Odette. Dans les inévitables moments d'affrontements communs à tous les foyers, il lui suffisait de se rappeler ce jour d'angoisse pour tout excuser, tout pardonner et devenir plus doux qu'un ange. Il n'oubliait pas que sa vaillante moitié avait frôlé le trépas pour lui donner un fils. La patronne n'usa pas de l'avantage que lui conférait cette épreuve, elle se montra toujours agréable comme du temps de leurs fiançailles.

—Et toi, que lui as-tu raconté ? demandai-je à Paule.

—Moi ? Je lui ai dit des choses…

—Quelles choses, s'il te plaît ?

—Ah ça, mais ! Le vilain curieux ! Des choses qui ne te concernent pas, de celles auxquelles seules les femmes s'intéressent. Je n'en ai même jamais parlé à Frédéric, puisque tu veux tout savoir…

Elle m'avait répondu sans méchanceté, avec un sourire mystérieux et joyeux qui m'avait ravi.

—Excuse mon indiscrétion, conclus-je assez piteusement.

—Par contre, ajouta-t-elle, il faudrait que l'on pense à partir. Nous ne sommes pas voués à cet endroit… à moins que tu veuilles définitivement t'installer ici comme journalier. Pourquoi pas si tu t'y sens bien ? Dans ce cas je continuerais la route avec Thérèse, puisque c'est ce que projetait mon mari. Je n'aimerais pas retourner dans les champs, non pas par manque de goût mais parce que, tu le sais, à notre niveau, la terre des autres nous nourrit mais ne nous enrichit pas.

Je ressentis un pincement au cœur. Ma réponse fusa comme une montée de colère :

—Nous poursuivrons ensemble, il n'est pas question que je vous laisse en chemin. Tu as vérifié les dangers encourus par une femme seule, cette expérience a fait de moi un meurtrier, ne l'oublie pas. Quand vous serez à l'abri dans une maison, protégée par une porte fermant à clé, alors tu décideras ce que tu voudras. En attendant, je dois à Frédéric et à Marion de vous protéger, toi et ta petite. Donc, si tu as quelque amitié pour moi, ne me parle plus de partir seule jusqu'à ce que nous posions nos bagages. Et d'ailleurs, la remorque est accrochée à mon vélo, tu ne pourrais pas la tracter. Tu vois ? Nul besoin de discuter plus longtemps d'une question qui ne se pose pas.

En cet instant, nous nous trouvions sous les fils d'étendage, je tenais pour elle le lourd baquet où s'amoncelaient les draps humides. Quand j'eus fini ma tirade, elle s'approcha de moi, se hissa sur la pointe des pieds pour me coller sur la joue un baiser léger comme un papillon. En une seconde elle m'avait rassuré avec la plus grande éloquence. Nous finîmes de suspendre le linge et nous revînmes vers l'habitation où les Berthon s'impatientaient.

En rentrant, je calmai les filles qui poussaient des piaillements stridents en poursuivant le chiot, dans la plus grande indifférence des patrons. Jules lisait un journal, accoudé à la table, tandis qu'Odette pelait des raves. J'étais encore tout tremblant de l'échange que nous avions eu avec Paule. Celle-ci me toucha le bras et dit tout haut :

—Je crois que Jacques voudrait vous annoncer quelque chose. Il nous faut reprendre la route.

Quatre cris simultanés remplirent la salle.

—Oh non !

Le jeu des petites se figea. Le maître posa ses paumes à plat sur le journal, comme pour assurer ses appuis, tandis qu'Odette laissa tomber son couteau dans la bassine.

—Qu'est-ce qui vous presse tant ? dit la maîtresse de maison. On vous attend quelque part ?

—Mais nous n'avons pas terminé l'ouvrage. Nous n'avons pas encore labouré les vignes pour aérer le sol et éliminer les mauvaises herbes, nous devons encore sarcler et biner les vergers. Odette vient à peine de commencer les grandes lessives d'été. Nous avons grand besoin de vous, ajouta-t-il avec une grimace de douleur. Sans vous ni notre garçon, comment ferons-nous pour tenir notre ferme ?

—Vous ferez comme avant notre arrivée. L'âge ne vous a pas encore privés de vos forces.

—Ce n'est pas tellement ça, expliqua Odette. La maison revit avec vous et vos petites. Seuls, nous tournerons en rond, à remuer notre peine. Les jours et les semaines n'en finiront pas sans vous.

—Vous nous payez pour vous divertir ? interrogea Paule.

—Vous ne pouvez pas penser cela. Vous nous apportez une aide considérable et votre salaire est amplement mérité. Nous ne sommes pas assez riches pour dépenser notre argent à nourrir la compagnie. Votre courage à la tâche, votre expertise au labeur et votre discrétion font de vous des personnes respectables que nous apprécions. Vous nous rendriez un grand service en retardant votre départ d'une ou deux semaines. Jusqu'aux vendanges, ce serait parfait. Le temps de soulager un peu Jules. Dans l'intervalle, peut-être reverrons-nous revenir notre fils… S'il vous plaît.

Je lançai un regard à Paule pour recueillir son avis. Jules en profita pour insister.

— Il nous faudrait rester jusqu'en septembre, fis-je observer. C'est bien plus qu'une ou deux semaines…

—Les Allemands vous ont devancés, ils sont déjà à Lyon et veulent partager la France en deux zones : la zone libre au Sud et la zone occupée au Nord. Je viens de le lire dans le journal. On nous prépare cela pour début juillet. Dieu sait comment tout cela sera organisé, qui contrôlera, qui assurera la police. N'allez pas vous jeter dans la gueule du loup car on rapporte que les Boches puisent dans les convois d'évacués les ouvriers pour leurs usines d'armement. Ils appellent cela notre *contribution à l'effort de guerre*. C'est la rançon à payer pour le perdant. Songez à ce que deviendront vos enfants si l'un de vous est envoyé en Allemagne. La prudence commande d'observer la tournure des événements sans vous exposer.

—C'est que, avança Paule, si nous attendons trop, nous ne trouverons ni de travail ni de toit. Nous avons pu évaluer l'importance de cette migration, un flot immense de malheureux affamés et épuisés se déverse au-dessous de la Loire. Une moitié de notre pays cherche refuge dans l'autre moitié. Tous n'y trouveront pas leur place. Les emplois et les logements se feront rares très rapidement. Si nous débarquons trop tard…

—Ne craignez rien, dit Jules, vous serez embauchés sans mal. Le Sud devra nourrir le Nord que les Boches dépouillent. Les nazis vont piller tout ce qui se produit dans les régions conquises. Le Midi procurera à manger à tous les Français. Pour l'instant, notre région est relativement épargnée comparée aux autres provinces. Les troupes ennemies ne font que passer. Il se dit que notre administration sera confiée aux Italiens de Mussolini. Ce sera alors une belle pagaille mais nous avons moins à craindre d'eux. Croyez-moi, ne vous pressez pas trop. Vous n'êtes pas à une semaine ou un mois près. D'accord, cette maison n'est pas la vôtre, Montmerle n'est qu'une étape mais vous y avez des amis et de quoi voir venir.

Paule haussa les épaules, résignée.

—Ce que vous décrivez n'est pas faux. Vous avez sans doute raison. Il est préférable de patienter.

—Ouiiii !

La viticulture restait anecdotique dans les Ardennes, elle balbutiait comme en Belgique. Certains curieux commençaient à s'y intéresser mais, pour ma part, jamais avant d'arriver à Montmerle je n'avais soigné de vigne. Cet apprentissage dans la propriété des Berthon enrichissait mon bagage professionnel. Je ne doutais pas qu'il me servirait un jour. La longue vallée du Rhône où je projetais de m'établir produisait une profusion de crus qui, s'ils n'excellaient pas toujours, étaient servis sur les comptoirs des bistrots et sur les tables de tous les banquets.

Quand je lui en parlai, Paule approuva notre décision de temporiser. Puisque les Berthon souhaitaient nous garder encore un peu avec eux, pourquoi les décevoir ? Elle rechignait à affronter une fois de plus les périls des routes incertaines.

Quant à lui, comme s'il craignait mon départ précipité, Jules se lança dans la taille au vert et la préparation du sol de ses vignes. Il m'apprit à trier les sarments, à repérer les bons rameaux, à couper les gourmands pour permettre le passage du soleil au cœur des ceps. Je me montrais bon élève et je compris rapidement car les exigences des arbres fruitiers sont communes : se nourrir des bienfaits de la lumière, ne pas s'épuiser en gardant des branches inutiles et des gourmands, respirer, résister aux infections par les parasites. Pour limiter la charge de personnel, le patron avait choisi de ne pas fabriquer son vin, il préférait confier ses raisins aux chais de la jeune coopérative. Cela rapportait moins mais coûtait moins aussi. De plus, cela permettait d'entretenir de saines relations avec les autres. Ainsi, les paysans s'entraidaient, se prêtaient du matériel et se soutenaient mutuellement pour affronter les aléas du métier. Ils mettaient leurs connaissances en commun, organisaient des réunions à la mairie ou dans les caves pour décider d'une politique commerciale. Ils s'informaient régulièrement de la vie du canton et de la santé des uns et des autres.

Ce vendredi soir, Jules me demanda de l'accompagner à la séance du 28 juin. Un panneau était fixé sur la porte de la bâtisse : « Michel, nous allons bien. Si tu passes par ici, sache que nous t'attendons à Aubagne. Claude et Charlotte. » Ce message avait autant de chances de trouver son destinataire qu'une bouteille confiée à l'océan. La lecture de cet appel dérisoire me bouleversa comme à chaque fois que j'en découvrais un. J'imaginais le désarroi de ces pauvres familles dispersées par la guerre, éparpillées sur des chemins dangereux.

Le patron me présenta comme un ami venu l'assister. Les autres ne posèrent pas de questions indiscrètes et nous nous installâmes autour de la grande table rectangulaire dressée devant les cuves sous le hangar. L'ambiance était grave et chacun s'interrogeait sur la tournure des événements. Le responsable de la confrérie déplora les vols perpétrés par les bandits de l'intendance de la Wehrmacht. Par deux fois, ils avaient emporté sur leurs camions des dizaines de barriques de deux cent vingt-huit litres de crus précédents. Ils avaient puisé dans les meilleures années et avaient négligé la dernière décennie jugée médiocre. Rien n'assurait qu'ils ne reviendraient pas et se contenteraient de leur butin.

—Ils se servent comme s'ils étaient chez eux. Ils pillent ce qui les intéresse, les vins, les récoltes de légumes, et nous n'avons pas le droit de protester. Ils ont passé par les armes un malheureux paysan qui avait sorti sa pétoire pour s'opposer. Il n'a pas eu le temps de s'en servir. Une rafale l'a coupé en deux.

—S'ils ne volaient que le fruit de notre travail, on pourrait accepter car après tout, ils nous ont vaincus, mais ils nous enlèvent aussi nos fils, déclara Jules. Il ne reste rien de notre armée et personne n'est fichu de nous dire ce qu'il est advenu de mon garçon Christophe. J'ai frappé à toutes les portes, j'ai réclamé l'aide du maire, du curé, de l'évêque, de tout ce qui porte l'écharpe ou la soutane. Personne ne peut me renseigner, même pas dans les bureaux de l'armée à Paris. C'est à se demander si nos généraux sont toujours là et si nos troupes existent encore.

—Tu ferais mieux de rechercher du côté des conscrits. Avec qui est-il parti ? A-t-il eu le temps de t'écrire une lettre pour te parler de ses camarades ? demanda un grand type aussi rond que ses tonneaux.

—Tu as raison, il m'a parlé d'un certain Perron de Corcelles et d'un Briquet de Peyzieux avec qui il avait sympathisé sur la foire de Belleville. Comme je ne connais pas leurs familles ni leurs adresses, je n'ai pas osé leur écrire... et puis je m'en sors mieux avec une pioche qu'avec un porte-plume. C'est un instrument trop petit pour mes gros doigts. Je sais pourtant lire et compter mais pour ce qui est de remplir une page, j'aime autant que quelqu'un s'en charge à ma place. Il en a toujours été ainsi et ça ne risque pas de changer aujourd'hui.

—Je vais téléphoner aux maires de ces deux bourgs, ce sera bien le diable si je n'obtiens pas une réponse. Jacques t'aidera à rédiger ta lettre, il est plus jeune et il doit savoir son alphabet, proposa un conseiller municipal en notant le nom des connaissances de Christophe.

Jules quitta l'assemblée avec une petite lueur d'espoir. Nous n'avions rien résolu contre l'envahisseur mais nous avions trouvé un moyen d'aider les Berthon.

Dès le lendemain matin, j'écrivis les deux courriers. Passant par là pour s'humecter la glotte, Amédée Toussaint se chargea des enveloppes qu'il promit de compléter avec l'adresse de ses destinataires. Il avait prévu de se rendre à la mairie dès le lundi matin pour vérifier l'état civil d'un paroissien qu'il avait surpris à bousculer une pauvre fille dans le convoi des évacués.

—Ne bois pas trop, tu risquerais de perdre ces plis, recommanda Odette. Je sais que tu tiens le coup mais même les barriques finissent par déborder quand on veut trop les remplir.

—Pas de danger, je perdrais plutôt la tête avant d'égarer ces enveloppes.

—Hélas, c'est bien ce que je dis, dit la patronne.

Le vendredi suivant, le facteur nous apporta les deux réponses : le René Perron de Corcelles-en-Beaujolais avait péri sur la frontière belge et son corps avait été rendu à sa famille. Bien que blessé gravement au ventre, Claude Briquet de Peyzieux-sur-Saône avait tenu à renseigner les parents inquiets. Selon lui, leur fils vivait encore lors de leur dernière rencontre aux abords d'Abbeville. Leur section avait volé en éclats sous la poussée des chars ennemis et le feu de l'artillerie. Les soldats avaient perdu leurs officiers et ils erraient, livrés à eux-mêmes. Dispersés dans les campagnes, pendant une pause des bombardements, les hommes de troupe cherchaient à se mettre à l'abri et se fondaient parmi les civils. Le jeune Berthon s'était glissé dans une colonne de Picards qui fuyaient les pilonnages. Ils projetaient de descendre vers Rouen, Évreux et Chartres en contournant largement Paris par l'ouest car les convois allemands fondaient sur la capitale. Il rapporta que ce chemin de l'exode subissait moins de mitraillages que ceux qui évacuaient la Somme, l'Alsace et la Lorraine. L'ennemi en voulait moins aux habitants de la France occidentale qu'à ceux de l'Est qu'il considérait comme des renégats et des déserteurs. Christophe devait avoir échappé aux tirs et conservait toutes ses chances de revenir chez lui. Cependant, dans la grande cohue de notre armée, les ordres contradictoires, les initiatives individuelles des petits chefs, les intimidations et les contrôles de gendarmerie, tout cela compliquait le repli en désordre des soldats vaincus. Il suffisait d'attendre sagement le retour imminent de Christophe.

Le soldat Briquet, lui, avait été rapatrié en ambulance militaire et effectua le voyage en trois jours. En dépit de la précarité de son état, on lui ordonna de rentrer chez lui car les hôpitaux étaient bondés et on ne savait plus où caser les impotents.

Dès lors, mes patrons se mirent à voir la vie avec optimisme. Ils souriaient davantage. Il ne s'écoulait pas d'heure sans qu'Odette tirât les rideaux pour observer l'allée et, trop souvent, hissé sur l'escabeau, Jules jetait un coup d'œil rapide vers la route sans interrompre la taille des pommiers. Et puis un matin de la même semaine, Christophe poussa la porte alors que je prenais le solide petit déjeuner et que Paule habillait les petites dans la chambre. En voyant son fils, la patronne s'affala sur une chaise, ses jambes tremblantes ne la soutenant plus. Jules resta figé derrière sa tranche de pain et son verre de vin, comme s'il assistait à un miracle. Après ce moment de stupeur, ils s'élancèrent l'un vers l'autre et s'étreignirent, formant un bloc de trois corps secoués de sanglots. Je restai à l'écart pour laisser s'accomplir ce dont les Berthon rêvaient depuis près d'un mois. Christophe me remarqua enfin. Il prit le temps de me détailler des pieds à la tête.

—Qui est-ce ? demanda-t-il à son père.

—C'est Jacques, il vient de Sedan. Il s'est arrêté ici pour m'aider à tailler les fruitiers. Après, il compte regagner le Sud.

Je lui serrai la main qu'il avait franche et large. De véritables pognes de paysan.

—Si tu savais le mauvais sang que l'on s'est fait… dit Odette en caressant le bras de son fils, les yeux pleins d'étoiles comme ceux d'une enfant devant un arbre de Noël.

—Alors comme ça, vous descendez des Ardennes. Ça a tapé sévèrement, là-haut, affirma le fils du fermier, compatissant. Plus on monte, plus on traverse de ruines. C'est pitoyable.

—Ils ont détruit ma ferme à coups d'obus, j'y ai perdu mes parents et mes beaux-parents.

—Les Boches ont bombardé plus bas aussi, sur la route. Son épouse a été tuée en Haute-Marne, en même temps que leur ami qui voyageait avec eux. Ils ont traversé de pénibles épreuves, on leur a volé leur argent et leur tracteur. Ils n'ont plus rien que leurs bras et leur courage, expliqua Jules.

Paule entra à ce moment dans la salle, accompagnée de Thérèse et de Jeanne.

—Voilà justement Paule, la veuve de Frédéric dont on vient de te parler. Elle continue avec Jacques. Ils voudraient se réfugier dans le Midi. Ce n'est pas une mauvaise idée mais ils ne seront pas les seuls avec cette intention-là. Malheureusement, ils ne connaissent personne en vallée du Rhône.

—Ils ont raison. À Montmerle, ça va encore mais rien n'indique que ça va durer. Il suffit qu'un Boche se fasse tuer dans les parages pour que des dizaines d'otages pris au hasard soient fusillés pour exemple. Notre commune n'est pas grande, on aura vite épuisé le stock d'otages. Vous avez peut-être assisté à une exécution ? demanda Christophe.

Paule écoutait en silence devant la porte de la chambre.

—Oui, dit-elle, nous avons été témoins de celle de Marion et de mon époux. Eux aussi ont été victimes du hasard car ils étaient innocents de tout.

Le rescapé de la guerre hocha la tête, évaluant la douleur de l'Alsacienne.

—Je comprends, finit-il par murmurer. Et vous voilà réunis par le malheur. Heureusement que la guerre n'a pas pourri tous les cœurs. Il reste des braves gens toujours prêts à porter secours à leur prochain.

—Par chance, le sort qui s'acharnait sur nous a guidé nos pas vers cette ferme. Cela nous a un peu rassurés sur le genre humain, dis-je.

—On leur a volé leur tracteur, répéta Jules, comme s'il s'agissait du pire outrage que l'on pouvait infliger à un paysan.

—Mais Amédée Toussaint nous a fourni des vélos et une remorque. Maintenant que vous êtes ici pour aider votre père, nous allons reprendre notre exode, dis-je pour détendre l'ambiance lourde.

—De quoi ? Il n'en est pas question, s'insurgea le patron. Nous avons assez de tâches pour trois paires de bras supplémentaires !

—Je ne crois pas, nous avons déjà abattu le plus gros de l'ouvrage. Vous accomplirez le reste tranquillement. Il ne reste que le labour entre les ceps. Vous êtes très gentils mais ce serait abuser que de vous demander de nous nourrir à nous tourner les pouces en regardant grossir les grappes.

—Nos balluchons sont déjà prêts, annonça Paule. Nous partirons après le petit déjeuner des filles.

Les enfants n'étaient pas pressées de quitter la ferme et le petit chien. Elles traînaient les pieds pour s'installer devant leur bol tandis qu'Odette les servait, pleine d'attention. Elle leur caressait les cheveux à chaque instant et murmurait tout bas :

—Mes pauvres petites, qu'allez-vous devenir ? Que va-t-il advenir de vous ? Si vous pouviez rester ici, avec nous, je prendrais bien soin de vous, mes anges chéris. Vous allez endurer la faim alors que je pourrais vous nourrir comme des princesses.

Pour échapper à cette mélancolie pesante, je me rendis dans la grange pour vérifier l'état de nos bicyclettes, je regonflai les pneus, j'arrimai la remorque au bas de ma selle. Je graissai les chaînes et tâtai la fermeté des freins. Puis j'entassai les quelques paquets préparés par Paule. Jules m'attendait devant la porte, accompagné par son épouse. Il me tendit quelques billets pliés en quatre et une poignée de pièces. Il voulait me dire quelques mots qui restaient au fond de sa gorge. Je l'enlaçai et le remerciai pour son aide et sa bienveillance. Je fus étonné de surprendre une larme coulant sur sa joue parcheminée. Odette, elle, ne retenait pas ses sanglots.

—Et on dit que les paysans ont le cœur dur comme la corne, dis-je, faussement enjoué.

Les petites s'installèrent dans la remorque, Paule enfourcha son vélo et nous pédalâmes vers la route. Au bout de l'allée, nous posâmes le pied à terre pour nous retourner vers nos hôtes qui attendaient que nous disparaissions de leur vue. Ils nous adressèrent des signes de la main. Il fallait nous résoudre à la séparation, quoi qu'il nous en coûtât. Nous n'avions pas parcouru cent mètres vers Messimy-sur-Saône que le garde champêtre nous rattrapa. Il avait dû se presser car il suait toute l'eau de son corps.

—Ça y est, nous déclara-t-il, nous les avons pincés ! Ils se sont fait prendre sur la départementale, en train de siphonner le réservoir de camions allemands. Les imbéciles ! Les Boches les ont embarqués et à cette heure, je ne saurais vous dire s'ils sont encore vivants… et encore moins ce qu'ils ont fait du tracteur. Mais où allez-vous ainsi ? ajouta-t-il en s'essuyant les joues.

Paule lui désigna la route, vers le Midi.

—Bien. Bon voyage, les amis, Dieu vous garde en bonne santé. Ça me fait de la peine de vous quitter.

Nous le remerciâmes pour l'aide désintéressée qu'il nous avait apportée et nous appuyâmes résolument sur les pédales. La route de l'espoir nous accueillait encore une fois. Les Berthon avaient glissé dans nos affaires un panier contenant de quoi nous nourrir pendant une bonne semaine, de l'eau de source et trois bouteilles du même vin que nous avions dégusté avec Amédée. La confiance nous revenait pendant que nous nous éloignons du Nord qui nous avait tant meurtris. Il ne pouvait désormais nous arriver que du meilleur après avoir souffert le pire.

Ce fut un déchirement que de quitter cette ferme qui m'avait fait comprendre qu'en dépit du grand malheur qui frappait le pays, il restait encore des havres de paix. La guerre ne quittait pas la route, comme si elle n'avait pas le droit de s'engager sur le chemin d'accès de la propriété de Jules. Tout n'était pas irrémédiablement détruit, la joie de vivre et l'amitié survivaient, cachées dans la terre, comme une racine prometteuse qui ne demandait qu'à voir le jour et à porter ses fruits. En tournant le dos aux Berthon, je pensais à Marion qui, elle aussi, m'avait donné le goût des jours heureux. Elle aurait aimé cette famille, elle qui savait voir la beauté des choses et des êtres. Peut-être m'aurait-elle incité à rester à Montmerle, auprès de ces gens ? Je l'aurais voulue à mes côtés pour entendre son avis. Et je me sentais seul, trop seul avec ces deux enfants et Paule qui se contentait de me suivre en silence, acceptant mes décisions sans les discuter.

Marion, qu'es-tu allée te perdre dans l'autre monde alors qu'ici-bas nous avions tant besoin de toi ? C'est ici que ta présence s'imposait et non pas auprès de ce Dieu ingrat et barbare !

Je laissais derrière moi des gens aimables et je me demandais si ce n'était pas là mon sort désormais : abandonner ceux que j'aimais, me séparer de ce qui me rendait heureux, comme si tout espoir me fermait la porte.

Marion, que fais-tu là-haut alors que je te voudrais près de moi, maintenant, ici…

En descendant vers Lyon, à chaque croisement de route, de nouveaux évacués s'ajoutaient à la colonne. De kilomètre en kilomètre, nous retrouvions la même foule que nous avons cru abandonner définitivement avant notre étape chez les Berthon. Les vélos, les tandems et les voitures affluaient de toutes parts. Lors d'un bouchon dû à une trop grande affluence, un grand gaillard qui transportait son épouse derrière sa moto et son fils de sept ans assis sur le réservoir nous expliqua que les habitants fuyaient les bourgs investis par les Allemands. La Wehrmacht installait ses casernes dans les écoles et les bâtiments communaux, elle réquisitionnait les maisons de maître pour loger les officiers et prenait en main l'administration où les fonctionnaires français étaient relégués aux rôles subalternes ou d'aides à l'intendance dans le meilleur des cas. Privés de domicile, chassés de leur emploi, à force de subir des brutalités répétées, les citoyens excédés entassaient leurs affaires sur le porte-bagages de leur vélo et prenaient la route, au hasard. Ainsi, les premières victimes étaient les paysans qui voyaient leurs champs de légumes ravagés, leurs étables et leurs poulaillers vidés pour assurer l'ordinaire des Allemands. Malheur à celui qui protestait ou tentait de dissimuler ses réserves, il était battu sans pitié et finissait souvent contre un mur. Nous ne savions pas trier le vrai de la part d'affabulation. Un bruit de char jetait les Français à l'intérieur de leurs maisons, une rumeur vidait une bourgade en quelques heures. Le temps de la déraison s'imposait à notre pays.

—Avez-vous été témoin de tout cela ? demandai-je au motard.

—Et comment ! J'habitais encore Lons-le-Saunier, dans le Jura. À mes moments perdus, je retapais une petite maison un peu à l'écart de la ville et je travaillais à l'usine de meubles. J'étais représentant et je vendais notre production sur les foires commerciales de Lausanne jusqu'à Paris. Ça tournait bien et, avant l'arrivée des nazis, je n'avais pas de souci à me faire.

Les Allemands ont fait main basse sur notre région en un clin d'œil. Ils défonçaient les portes, à la recherche des Alsaciens et des Lorrains qui avaient déserté, selon eux. Ils ne se gênaient pas pour s'approprier ce qui leur plaisait. Nous n'étions plus chez nous et quand, de retour d'une tournée, je me suis retrouvé au milieu de centaines de soldats qui avaient établi leur cantonnement dans la ferme voisine, je n'ai fait ni une ni deux, j'ai mis ce que je possédais dans cette valise et j'ai fui. J'ai fermé ma porte et j'ai gardé la clé, sait-on jamais, mais je ne me fais guère d'illusions, la meilleure serrure n'arrête pas un char d'assaut. Je roule depuis quatre jours et j'en ai vu, des fermes en ruines ! Je n'ose pas penser à ce que je retrouverai de ma baraque quand cette saloperie de guerre sera finie. Je n'ai pas fini de rembourser les emprunts. M'appartiendra-t-elle à mon retour, si par bonheur je survis à cette histoire ?

—Savez-vous où vous allez ? lui demandai-je.

Du menton, il m'indiqua le Sud.

—Il paraît que les fascistes sont à Lyon et s'y comportent correctement. Il n'y a pas eu de bombardement, j'ai envie d'aller me rendre compte de quoi il en retourne. Je m'interroge. Je n'ai pas très envie de laisser les Boches décider de ma vie, même s'ils se tiennent à carreau. Comment pourraient-ils nous respecter à Lyon et nous écraser ailleurs ? Aussi, si ce que je vois me déplaît, je filerai plus loin. Et vous, qu'avez-vous décidé ?

—Je redoute que Lyon se transforme en nasse, que la police allemande nous interdise d'en sortir. C'est ma plus grande crainte ; ils nous laissent venir pour mieux nous piéger entre la Saône et le Rhône.

—Pour éviter le bain de sang, le maire et le préfet ont déclaré Lyon ville ouverte le 18 juin. Normalement, tout risque de sévices est écarté, mais vous avez raison, on ne sait jamais avec les Fridolins. Depuis sa prise de pouvoir en 1933, Hitler a piétiné tous les traités signés, tous les engagements de paix. Il veut devenir le grand maître de l'Europe et du monde et il se donne les moyens de réussir au prix de la paix, de la morale et de la justice internationale. Pourquoi se gêner quand aucun pays ne lève le petit doigt ? Allez, bonne route et soyez prudents, prenez bien soin des vôtres ! Depuis une semaine, vous ne pouvez imaginer le nombre de destins détruits en un instant…

Il fit gémir le moteur de son engin et démarra en trombe, zigzagant entre les carrioles, les brouettes et les marcheurs de la route de l'exode. En quelques secondes nous le perdîmes de vue, nous qui peinions sur nos vieux clous. Paule soupira si fort que je l'entendis malgré le tumulte.

—Te sens-tu mal ? m'inquiétai-je.

—Je regrette ton tracteur, il nous aurait rendu service, répondit-elle.

—Bien sûr, mais personne ne nous attend. Ainsi, nous n'avons pas à chercher de l'essence. Imagine que nous traversons la France comme si nous partions en vacances sous le Front populaire. Grâce au ciel, le soleil brille, la campagne est peuplée d'oiseaux, les coquelicots et les marguerites fleurissent les champs de blé. De quoi as-tu à te plaindre ? dis-je aussitôt, me mordant les lèvres.

Elle me lança un long regard consterné et eut le bon goût d'ignorer ma gaucherie. En effet, qu'aurait à déplorer une jeune maman dont on a tué le mari, jetée sur les chemins avec son enfant, qui se voit obligée de confier sa survie à un rustre tel que moi ? Pourtant, j'étais mieux placé que quiconque pour comprendre son désarroi, moi qui me retrouvais dans la même situation, sans épouse, avec une fillette de six ans, à la recherche désespérée d'un hypothétique refuge à l'autre extrémité de la France, plus démuni que jamais après trois semaines de voyage.

—Pardonne-moi, je me comporte comme un imbécile. Toutes ces épreuves et cette incertitude me font perdre la tête. Qu'allons-nous devenir, que vont devenir nos petites ?

C'est elle qui me réconforta, elle me conseilla de prendre patience, de faire confiance au sort qui ne pouvait pas nous persécuter éternellement, me dit qu'il fallait bien qu'un jour nous vivions plus sereinement. Je voyais cette femme debout devant moi, forte et stoïque comme une vraie paysanne. Je ne savais rien d'elle sinon qu'elle venait d'Alsace. Qu'avait été son enfance ? Qu'espérait-elle désormais de l'existence après ce malheur qui s'était abattu sur elle ? Quel instinct de survie la poussait à marcher sur ce chemin de misère ? Je me promis de l'interroger un peu plus tard, quand l'émotion de l'instant se serait apaisée. Moi aussi, j'avais besoin de m'intéresser à elle pour la mieux connaître. Je gardais à l'esprit cent questions la concernant. Si je ne les avais pas encore posées, c'était parce que j'attendais l'occasion, le moment favorable, et parce qu'en me montrant trop pressé, je craignais de briser entre nous quelque lien qui nous unissait par une mécanique confuse que je ne m'expliquais pas clairement. J'imaginais qu'elle voyait en moi le reflet de sa propre image. J'étais ce qu'elle était, je ressentais ce qu'elle ressentait et mon visage portait les stigmates de sa propre souffrance. Le fait que je sois un homme ne changeait rien à l'affaire. Je résistais aux coups avec un peu plus d'endurance qu'elle, mais la souffrance était la même et m'affectait pareillement. Elle et moi, nous avions grandi sur le même terreau de paysannerie, son éducation ressemblait à la mienne et si nos accents différaient, nous parlions des mêmes sujets : les semailles, les récoltes, la pluie, le gel, le cycle des saisons et nous regardions nos arbres et nos enfants grandir avec la même satisfaction et la même appréhension. L'avenir capricieux nourrissait nos craintes et nos espoirs.

Mais la conduite d'un vélo ne favorisait pas la conversation et il me fallait attendre les pauses de midi ou du soir pour en trouver l'occasion, à condition de ne pas être terrassé par la fatigue ou le découragement. Quand nous avions le tracteur, nous pouvions bavarder côte à côte plus aisément. Quand elle se tenait derrière moi, nous échangions quelques avis sur la direction à prendre, sur les possibilités de trouver de la nourriture ou du carburant. Cependant, nous n'étions pas assez familiers pour nous livrer à des confidences. Il nous avait fallu partager un quotidien plus normal chez les Berthon pour nous découvrir davantage. Ainsi, malgré la gravité de mon acte, jamais nous n'avions examiné les conséquences sur elle et sur moi du meurtre du monstre qui avait tenté d'abuser de Paule. Parfois, je surprenais son regard lourd posé sur moi comme si elle voulait lire mes pensées au fond de mes yeux. Mais la pudeur m'empêchait de l'encourager à me parler. Je me jurai de rompre la paroi de glace qui nous séparait. Même s'il était écrit que nous devions nous séparer à la fin de la route, dans quinze jours, dans un mois ou dans un an, je devais découvrir ce que cet être admirable avait au fond du cœur et garder son souvenir en moi, comme la plus grande douleur et le plus grand bienfait que le hasard me donna.

« Papa, maman. René, les enfants et moi avons fait bonne route. Nous nous dirigeons vers Montélimar. Rendez-vous chez Christiane. Votre fille Chantal. »

En les écoutant jouer, je mesurais la souffrance des petites. Les tâches de chaque jour m'avaient éloigné de ma fille au moment où elle avait le plus urgent besoin de moi. Heureusement, Thérèse l'aidait à tenir, tout comme Paule maintenait ma force de lutter. Les filles s'entendaient bien et elles nous épargnaient les querelles habituelles aux gamines de leur âge. Ce soir-là, j'avais étendu la bâche sous un bouquet de noisetiers, à l'abri du vent. Le crépuscule rouge maculait l'horizon de larges coups de pinceau brunâtres. Des avions volaient quelques mètres au-dessus de nos têtes. Jouaient-ils à nous effrayer ou vérifiaient-ils que nous ne constituions pas un danger, que nous ne transportions pas d'armes ? Ils filaient par vagues vers le Nord dans un grand fracas de moteurs. Nous, ignorants de l'actualité, nous espérions assister au repli de la Luftwaffe. Un récent traité de paix avait-il été signé après de secrètes négociations ? Allions-nous retrouver notre vie d'avant, peut-être rentrer chez nous pour enterrer les nôtres et reconstruire nos maisons ?

Jeannette et Thérèse jouaient au papa et à la maman avec des poupées que Paule leur avait confectionnées en nouant des bouts de chiffon trouvés sur la route et des épis de maïs. Thérèse tenait le rôle du chef de famille qui s'appelait Frédéric, tandis que Jeanne s'appelait Marion. Leur idée me semblait curieuse car elle ne reflétait aucune réalité. Marier son père à mon épouse ne semblait pas gêner Thérèse. Jeannette ne s'en émouvait pas davantage. Par contre, cette idée saugrenue me mettait mal à l'aise. Je m'en ouvris à Paule qui ne s'étonna pas.

—C'est leur façon de faire revivre, l'une son père, et l'autre sa mère disparus, me dit-elle.

—Pourquoi les marier ? Toi et moi, nous pourrions figurer dans leur histoire à notre vraie place !

—C'est impossible. Toi et moi, nous sommes vivants tandis qu'ils appartiennent au monde des morts. Nous ne pouvons pas mélanger nos univers inconciliables.

—Nos enfants vivent aussi et pourtant elles se mettent dans la peau des défunts.

—Par jeu, comme dans un conte où un baiser ressuscite la princesse. En imaginant cette scène entre Frédéric et Marion, elles s'habituent à l'idée que nous sommes éphémères et, en même temps, elles réussissent à retenir auprès d'elles ces êtres qu'elles aimaient.

—Mais pourquoi ? Nous sommes là, nous, pour leur expliquer.

—Ce n'est pas pareil, affirma Paule. Nos mots ne sont pas les leurs. Elles comprennent les notions les plus compliquées et butent sur les plus simples. Entre elles, elles avancent à leur pas, elles apprivoisent leur peur, elles tournent autour des mystères de la vie ici-bas et dans l'au-delà jusqu'à les assimiler doucement. Contentons-nous de répondre du mieux possible à leurs questions, à condition qu'elles nous les posent. Si elles ne manifestent aucune envie de se confier à nous, ne les forçons pas. Aimerais-tu que je te submerge d'interrogations à propos de Marion ? Que je te somme de me raconter comment tu l'as rencontrée, ce qui t'a séduit en elle et ce genre de choses ?

—Je te le dirai sans doute un jour, mais pas pour l'instant, répondis-je, car il faut d'abord que j'accepte de l'avoir perdue. Je me débats avec mes regrets et mes remords, celui de ne pas lui avoir suffisamment répété combien j'étais attaché à elle quand il était encore temps, celui de ne pas l'avoir protégée, celui de ne pas avoir su la garder en vie. J'ai sacrifié le temps réservé à son amour pour privilégier celui concédé aux bêtes ou aux travaux des champs. C'était une erreur qui me mortifie aujourd'hui. Marion aurait dû passer avant tout. Le soir, ces remords me harcèlent, je devais m'arranger pour que ma Jeannette ait encore sa maman. C'est tout cela qui me préoccupe et que je ne peux pas évoquer encore avec toi parce que cela reste trop confus et que cette blessure me torture de mille façons, chaque nuit différemment. Ma souffrance brouille mon raisonnement.

Elle baissa la tête et garda le silence. Je m'étonnai tout de même de son analyse empreinte de grande finesse. Une seconde, j'imaginai la difficulté dans laquelle nous serions plongés, Frédéric et moi, si l'avion l'avait tuée, elle et non pas son mari. Comment aurions-nous pris soin de nos filles avec notre maladresse masculine, notre rudesse et notre manque de subtilité ? Notre bonne volonté n'aurait pas suffi à consoler les petites.

Je chassai vivement cette pensée de mon esprit. C'était comme si je me réjouissais de la perte de Frédéric qui méritait tout autant le droit de vivre que moi. Le désarroi qui me gagnait me balançait de la culpabilité à la révolte. Si je pensais que je parviendrais à remplacer Marion auprès de ma fille, aussitôt je me morfondais de ce vœu. Comment pouvais-je prétendre *remplacer* sa maman ? Quelle arrogance ! Quelle prétention. Un enfant si jeune ne peut pas se passer de sa mère, fût-elle morte ! Alors, je me contentais de tenir ma charge de père du mieux possible sans songer à remplacer quiconque. Personne ne pourrait remplacer Marion, ni dans mon cœur, ni dans celui de Jeannette. Personne…

À Fontaines-sur-Saône, nous décidâmes de nous écarter de Lyon dont je me méfiais, peut-être inutilement. Les convois militaires que nous rencontrions se dirigeaient vers la capitale des Gaules ou s'en éloignaient, les escadrilles de Stukas y avaient établi leurs bases. Ces mouvements ennemis n'inspiraient rien de bon. Cette ville était un nœud névralgique dans la nouvelle administration de la France. Nous dérivâmes donc vers Craponne, Saint-Genis-Laval pour retrouver la rive droite du Rhône à hauteur de Vernaison. Nous entrâmes dans une région plus accidentée, au pied des collines escarpées des Côtes-Rôties où les vendanges se pratiquaient en cordée. Nos mollets se faisaient à l'effort et nous commencions à ressentir une certaine euphorie en longeant les contreforts quasi déserts de l'Ardèche. Le calme et la majesté de la nature s'imposaient à nous. En trois jours, nous atteignîmes Tournon, une aimable ville accueillante dont les habitants jouaient à la pétanque sous les platanes qui ombrageaient les rives du fleuve. Nous passâmes là une douce après-midi à bavarder avec les gens, à nous prélasser sur la place où des marchands vendaient des glaces. Les petites se mêlèrent à un groupe d'enfants qui jouaient à la balle et sautaient à la corde. Paule et moi, nous les surveillâmes comme deux parents qui profitaient du soleil et nous oubliâmes la guerre et notre tristesse.

—S'ils étaient là, me dit Paule, ils auraient apprécié ces instants de paix.

Je devinai qu'elle parlait de Frédéric et de Marion. Je lui souris avec reconnaissance mais je refusai de sombrer dans sa mélancolie.

—Pour sûr, ils auraient été heureux, répondis-je, mais cela ne doit pas t'empêcher de prendre le bon temps que t'accorde le ciel, cela t'aidera à supporter les épreuves de demain.

Mes encouragements ne chassèrent pas l'ombre humide de ses yeux. Malgré moi, je pris sa main dans la mienne pour lui transmettre un peu de ma force. Gêné, je la retirai très vite mais elle glissa son bras sous mon coude et nous restâmes là, immobiles, comme fascinés par les arabesques exécutées par nos petites avec leurs camarades d'un jour. Parfois, les promeneurs qui déambulaient sur le quai nous adressaient un sourire. Pour eux, nous étions un couple de cyclotouristes en randonnée avec leurs filles. J'admis cette idée sans m'offusquer. Après tout, ils pouvaient penser ce qu'ils voulaient. Quelle importance ? Je n'avais connu que le malheur avec cette femme. La perte de mon épouse, la peur, l'errance, le dénuement, la culpabilité de l'assassin, la frustration, le désespoir de l'impuissance face au sort qui s'acharnait sur nous. Mais jamais je ne la considérai comme responsable de mon infortune. Comment l'aurais-je pu alors qu'elle partageait mes souffrances ? Mes plaies étaient les siennes, mes doutes se calquaient sur les siens. À de nombreuses occasions, elle se révéla plus optimiste que moi, plus ingénieuse, plus forte, et je comptais sur son opiniâtreté à diminuer notre peine, à rendre la vie un peu plus tolérable à nos enfants. Si cela avait été possible, là, sur la rive du Rhône impétueux, je l'aurais serrée contre mon cœur comme un frère reconnaissant. Je gardais la chaleur de sa main entre mon flanc et mon bras, je ne bougeais pas pour ne pas effaroucher cet oiseau qui frémissait contre moi.

—Penses-tu que nous devons descendre plus au sud ? Ce coin me paraît tranquille, je m'y arrêterais volontiers. Crois-tu que nous pourrions y trouver un emploi et un toit ?

Sur le même banc, près de moi, un couple de vieillards se reposait. Notre conversation ne leur avait pas échappé.

—Vous seriez bien inspirés d'aller chercher de l'autre côté du pont, me dit l'homme. Ici, c'est l'Ardèche. C'est beau en cette période, mais c'est dur pendant les longs mois d'hiver. Il faut y être né pour supporter. Le travail y est rare, on s'échine pour une poignée de châtaignes et on ne s'y fait pas vieux. Ici, les enfants ne connaissent pas leurs grands-parents. Le labeur use les gens avant l'heure.

—Et sur l'autre berge, la vie est plus acceptable ? demandai-je.

—Pour sûr. Les coteaux que vous y apercevez donnent les meilleurs crus de France. N'avez-vous jamais entendu parler des vins de Tain-l'Hermitage ? C'est le nectar des dieux.

J'avouai mon ignorance qui leur arracha un large sourire.

—D'où venez-vous donc ? Vous ne connaissez donc pas les meilleurs cépages de notre pays ?

—Nous avons fui les Allemands qui sont entrés par la frontière belge, intervint Paule, venant à ma rescousse. Mais en chemin, nous avons travaillé dans une exploitation en Bourgogne, nous sommes des paysans et nous apprendrons vite le travail de la terre d'ici.

—Avec le départ des jeunes pour l'armée, ils doivent avoir besoin de main-d'œuvre. C'est bien le diable si vous ne trouvez pas votre bonheur parmi la foule de producteurs de Crozes, de Saint-Joseph, entre Tain et Romans en passant par Mercurol et d'autres parcelles réputées. Le travail de la vigne est agréable pour qui a les reins solides. Cela ne devrait pas poser de problème à des tiapes[1] telles que vous.

J'ignorais si je devais prendre cette comparaison comme un compliment mais le franc sourire du bonhomme leva mes doutes.

---

1 Tiape : costaud.

—Vous feriez bien de jeter un coup d'œil à votre remorque, l'exode nous ramène des gens que l'on n'aimerait pas toujours voir à notre table.

Nous avions garé nos vélos sous un platane, derrière nous, et deux gaillards tournaient autour. Je m'approchai à grands pas.

—Ma bicyclette vous intéresse, on dirait. Elle n'est pas à vendre.

—On s'en fout, de ton clou, dit le plus grand, c'est ton chariot qui nous rendrait service, dit-il.

—Je ne veux pas m'en débarrasser, répondis-je en lui tendant une main qui se voulait amicale.

Il la prit imprudemment. Je serrai de toutes mes forces et il posa aussitôt un genou à terre en grimaçant de douleur. Le second gredin ébaucha un mouvement vers moi mais ma paume sur sa poitrine le projeta au sol, les quatre fers en l'air. Sans se concerter, l'un et l'autre bondirent sur leurs pieds pour détaler prestement.

— Ce n'est pas des gars de par chez nous, dit la dame qui s'était tenue sur la réserve jusqu'alors. Les bedots[1] sont plus honnêtes que ces mécréants. Ils ne feront pas de vieux os dans nos montagnes. Je ne serai pas étonnée si on les retrouve un jour prochain dans une ravine, secs comme des sarments. La guerre nous apporte cette espèce de voyous comme une épidémie, nous n'y pouvons rien sinon les soigner à coups de bâtons.

Paule vint près de nous, Jeannette et Thérèse blotties contre elle, encore chavirées.

1 Bedots : nom familier et parfois péjoratif des Ardéchois.

—Même si nous ne possédons rien ou pas grand-chose, déplora-t-elle, il se trouve toujours quelque vaurien pour nous départir du peu que la providence nous a laissé. Est-ce la situation présente qui efface les préjugés, la morale et la solidarité ? Il semble que tout est permis désormais. On tuerait pour une vieille remorque, pour un quignon de pain ou pour assouvir un instinct animal. Où allons-nous ainsi ? L'humanité a goûté à la barbarie, elle ne peut plus s'en passer.

—Cela n'est pas apparu aujourd'hui, constata la vieille femme. C'est dans l'épreuve que naissent les vocations de parasite et de malfaisant. Nous avons connu cela lors du précédent conflit, avec les généraux sanguinaires qui envoyaient leurs hommes au poteau, avec les soldats français ou allemands qui écumaient les fermes pour manger, mais heureusement, nous avons aussi assisté à des actes de bravoure, de grands élans de solidarité, des jeunes femmes qui portaient des brancards au milieu de la mitraille au péril de leur vie. Vous n'avez raison qu'en partie. Dans ces troubles naissent le mal et le bien, à parts égales.

—C'est vrai. Nous étions partis sur un tracteur que l'on nous a dérobé en usant de la violence, mais de braves paysans nous ont hébergés chez eux, nous ont nourris à leur table et nous ont traités comme si nous appartenions à leur famille, convint l'Alsacienne.

—Nous vous souhaitons de ne rencontrer que de telles belles personnes, vous, votre mari et vos petiotes, conclut le grand-père.

J'allais lui faire remarquer que Paule et moi n'étions pas mariés mais Paule me pinça le coude pour que je me taise, ce que je fis. Quand nous nous retrouvâmes seuls, elle me dit qu'il était inutile de détromper des gens qui ne nous connaissaient pas. Que cela ne changeait rien : ni à notre relation, ni à celle des Ardéchois que nous ne reverrions probablement pas.

J'installai les petites dans la charrette et, poussant nos vélos, nous traversâmes sur une barque près de la passerelle suspendue entre Tournon et Tain-l'Hermitage, détruite par les soldats du génie pour empêcher l'avancée des Allemands venant de Saint-Rambert d'Albon. Le passeur nous apprit que d'autres ponts avaient sauté sur le Rhône, la Drôme et l'Isère.

—C'est tout ce dont sont capables nos troupes : démolir nos propres installations, comme si les gens d'ici n'en avaient pas besoin. Elles épargnent le boulot des Boches qui n'auront pas à s'en charger, dit le passeur.

De notre embarcation, nous embrassions du regard la plaine de Valence qui commençait aux portes sud de la ville. Fruitiers et plantations maraîchères alternaient sur un lit d'alluvions fertiles. Le spectacle nous ravissait, il nous ramenait aux instants paisibles du premier semestre 1940, quand nous n'avions pas d'autre préoccupation que le travail de la terre généreuse. Les Chapoutier et les Jaboulet se répartissaient les propriétés et se disputaient les versants les mieux exposés sur les coteaux qui dominaient la cité et l'on devinait que ces viticulteurs faisaient vivre la région. Les rues bruissaient de l'activité du vin. Les tonneliers assemblaient les douelles de chêne ou de châtaignier. Les charrois qui transportaient les fûts ou le bois crissaient sur le pavé, des femmes et des hommes vêtus de couleurs estivales ressemblaient à des fleurs au milieu des vignobles. Parfois, le vent qui s'engouffrait dans la vallée menait jusqu'à nous des bribes de chansons. Comment ne pas croire en un avenir heureux ? Il fallait faire preuve d'une grande imagination pour deviner le poids de la guerre. Notre guide manœuvrait les rames avec dextérité, sans cesser de nous vanter les attraits de son terroir. Il était certain que l'ennemi décamperait rapidement car si le sol était généreux pour qui se donnait la peine de travailler, les Drômois ne roulaient pas sur l'or. On n'y mourait pas de faim mais on ne vivait correctement qu'à la condition de ne compter ni ses heures de labeur, ni sa sueur.

—Les arbres et les champs ne se transportent pas dans des malles, on ne peut pas les servir au mess des officiers. Les Boches n'ont rien à gagner ici, nous assura-t-il. Ils peuvent seulement voler les barriques de nos chais.

—Le vin, voilà qui a toujours intéressé les armées, remarquai-je.

—Quand ils auront tout bu, ils partiront. Encore faut-il qu'ils trouvent où les stocks ont été cachés. Les baumes[1] ne manquent pas dans ces collines. Dès les premières rumeurs d'invasion, les propriétaires ont pris leurs précautions. Le labeur de plusieurs décennies a ainsi été mis à l'abri.

Il s'interrompit pour lutter contre les remous au plus fort du courant qui brassait le fleuve et, sans s'affoler, il nous mena jusqu'au quai de Tain-l'Hermitage.

1 Baume ou balme : grotte.

—Bonne chance, les amis. Je serais vous, j'irais chercher un peu plus bas, du côté de Romans où on ne vit pas que de la vigne. On embauche aussi dans l'horticulture, les vergers et les industries du cuir. Vous serez employés d'un bout à l'autre de l'année et souvent, les patrons des fabriques de chaussures vous trouvent un logement. Ils sont prêts à tout pour garder leur personnel.

—Nous ne connaissons pas ce travail, observâmes-nous.

—Un paysan sait se débrouiller en toutes circonstances. On vous enseignera vite le métier et si vous êtes dégourdis, vous deviendrez rapidement des ouvriers qualifiés. De plus, vous placerez vos fillettes à l'école plus facilement qu'à la campagne. Par chez nous, les hivers sont rudes et souvent neigeux... Ce que j'en dis, c'est pour vous car je vois ce que vous déjà enduré. Inutile d'en rajouter.

Après l'avoir remercié par quelques pièces, nous le quittâmes pour reprendre la route.

Un écriteau posé sur le sol, contre une borne à la sortie de la ville : « Joseph Mandrian et les siens se portent bien, ils se dirigent vers Marseille. Amitiés à tous. »

Tout en pédalant, nous examinâmes les renseignements dont nous disposions désormais grâce au brave marinier. Paule et moi, nous nous accordâmes sur l'option des usines de chaussures de Romans. S'il n'avait pas menti, c'est là que nous avions les plus grandes chances de résoudre tous nos problèmes d'un coup : le salaire, le toit, la classe pour Jeannette et Thérèse. Il nous faudrait abandonner pour un temps le monde paysan. Secrètement, j'espérais que de là-haut, d'où ils m'observaient, mes parents ne me tiendraient pas rigueur de mon choix. J'avais le sentiment de les trahir quelque peu mais, comme nous l'entendions de plus en plus souvent : « à la guerre comme à la guerre », ce qui excusait tous les manquements, les malversations et les débordements.

Dans une boulangerie qui vendait encore du pain au juste prix, nous demandâmes où se trouvaient les fabriques de cuir. On nous indiqua la plus grande et celle qui versait les meilleurs salaires. L'État y avait passé des commandes importantes que la direction avait du mal à assumer par manque de main-d'œuvre. Nous nous rendîmes aussitôt dans le bureau de M. Blachon, le chef du personnel, qui s'empressa de nous embaucher. Nous étions rétribués à la pièce et nous pouvions espérer de quoi envisager l'avenir avec optimisme. On nous prenait au bas de l'échelle afin de nous former avec la promesse d'accéder à un emploi d'ouvriers qualifiés selon nos progrès.

—Que connaissez-vous de ce métier ? nous demanda le directeur.

—Rien, avouai-je. Nous avons tout à apprendre mais le courage et l'envie de savoir ne manquent pas.

—Et puis, ajouta Paule, nous avons deux fillettes à élever… Savez-vous où nous pourrons loger car nous ne sommes pas d'ici ?

—Je l'avais bien compris à votre accent, observa-t-il avec un sourire bienveillant. Nous avons déjà accueilli quelques Lorrains et d'autres habitants du Nord. Nous n'avons qu'à nous en féliciter car ce sont des travailleurs durs à la tâche.

Il nous demanda notre identité. J'hésitai un instant, toujours gêné par notre singulière situation. Heureusement Paule prit la direction de la discussion.

—Nous sommes cousins, dit-elle, avec nos conjoints respectifs, nous avons fait la route ensemble. Mon mari et sa femme ont été tués par l'aviation allemande lors de la même attaque. Nous sommes restés seuls avec nos enfants respectifs et nous nous sommes entraidés. Il nous a protégées, ma fille et moi, tandis que j'ai fait mon possible pour m'occuper des fillettes.

—Je comprends, murmura le brave homme. Vous commencerez demain à sept heures, si vous acceptez mon offre. Avez-vous trouvé un endroit où dormir ? Non ? Je vais vous indiquer une maison qui appartient à la société. Vous irez frapper à la porte de Mme Daume, elle travaille pour nous. Elle vous désignera votre nouvel appartement. Trois chambres, une cuisine et une salle avec l'eau et l'électricité. Un conseil toutefois : par ici, la religion tient beaucoup de place, évitez de raconter que vous n'êtes pas mariés. Je vous inscrirai sous le même nom, ce sera moins compliqué à gérer pour vous.

—Il n'y a rien entre nous dont nous aurions à rougir, crus-je bon de préciser. Seules les circonstances de la guerre ont voulu que nous fassions route ensemble. Nous avons perdu, moi mon épouse, et Paule son mari. Je ne pouvais pas l'abandonner en chemin.

—Je vous ai assuré que je comprenais, insista-t-il. Vous n'avez pas besoin de vous justifier ni de vous inventer des liens familiaux. Une jeune mère isolée sur les chemins de l'exode s'expose à de graves dangers. À votre place, j'aurais agi de même. Si je le pouvais, pour vous rassurer, je vous fournirais deux appartements distincts, l'un pour vous et l'autre pour madame. Mais hélas, nous manquons de disponibilité en ce moment. Dès que l'occasion se présentera, je vous en réserverai un. Mme Daume vous guidera dans vos démarches et elle vous trouvera quelqu'un qui gardera vos petites pendant les heures de travail.

Ainsi, après ces longues semaines cauchemardesques, les nuages noirs se déchiraient pour nous laisser entrevoir l'embellie dans cette région inconnue où nous commencions une autre vie insoupçonnée. Nous changions de cadre, d'emploi, nous quittions le monde de la terre pour celui de l'usine, mais la région était belle et les Romanais nous accueillaient avec chaleur. Dans la fabrique, nos collègues se pressèrent pour nous aider et nous ne tardâmes pas à nous faire des amis avec lesquels il était facile de s'entendre, pour peu que notre oreille s'accommodât de l'accent local où les « en » devenaient des « in », où « maman » se transformait en « ma main » et où les termes de patois fleurissaient comme des bouquets de coquelicots sur les talus.

Comme nous ne possédions pas grand-chose, nous emménageâmes en moins d'une heure. Nos vélos trouvèrent leur place sous l'abri dans la cour intérieure de la bâtisse de trois étages, parmi ceux des autres locataires. Notre fortune tenait dans la remorque que je tractais depuis Montmerle. On nous confia une table, des chaises, une armoire rustique et un vaisselier qui nous attendaient dans une remise après le décès d'un vieux couple sans enfants. Je trouvai deux sommiers et des lits de fer devant ma porte, déposés miraculeusement par des voisins charitables. Avertie de notre arrivée par la providence, une dame de la paroisse nous demanda de passer prendre de la vaisselle. En moins d'une semaine, notre appartement fut garni du nécessaire et de quelque superflu. Des enfants en vacances s'amusaient dans la courette et leurs rires ne tardèrent pas à attirer Jeanne et Thérèse qui se mêlèrent aux jeux.

Personne ne nous demanda si nous étions mariés et Paule dut s'accoutumer à ce qu'on l'appelât Mme Jacques ou même Mme Braibant. Elle préféra laisser dire mais à chaque fois que quelqu'un la nommait par mon patronyme, je ressentais un pincement au cœur en pensant à Marion. Je ne le lui reprochais pas car il eût fallu passer nos journées à informer chacun de ceux que l'on croisait, les commerçants, les riverains du quai Dauphin, les ouvriers de l'usine. Nous décidâmes de laisser faire et de leur accorder du temps pour mieux nous connaître.

La fabrique se tenait à moins de cinq cents mètres de notre appartement qui donnait sur l'Isère. Nous nous y rendions à pied. Pendant que nous étions à l'atelier, Charline Bruyer, une vieille institutrice à la retraite gardait bénévolement nos petites. Elle partageait notre cour et elle ne s'était jamais mariée. Elle fut donc tout heureuse de surveiller nos filles et de leur faire réviser leurs acquis scolaires.

Paule apprit son métier rapidement, d'autant plus qu'elle avait longtemps aidé Frédéric à remettre en état la maréchalerie des charrettes et des araires. Il se chargeait de la forge tandis qu'elle entretenait les éléments de bourrellerie. Elle savait donc coudre le cuir des rênes, des jougs et des selles. Le travail de la chaussure nécessitait plus de soins mais le cuir en était plus fin et plus aisé à manipuler. Les bases du métier et l'outillage étaient identiques et avec de l'attention et de la bonne volonté, elle fut vite au niveau de qualification requis.

Pour ma part, après m'avoir éprouvé quelques jours dans différents postes pour m'enseigner les phases de la fabrication, M. Blachon me désigna un établi de coupe de peausserie. C'était, m'expliqua-t-il, la spécialité la plus prestigieuse et seuls les meilleurs y accédaient. À moi d'honorer la confiance qu'il m'accordait. Il m'avait à la bonne et, après avoir évalué mes compétences, pour ne pas susciter de jalousie, il me recommanda de ne pas trop raconter aux autres ouvriers que je n'avais jamais travaillé que dans les champs.

Les braves Ardéchois rencontrés sous les platanes de Tournon avaient raison. Les usines de chaussures avaient grand besoin de main-d'œuvre. Elles peinaient à faire face à l'affluence de commandes provenant de l'armée allemande et de ce qu'il restait des troupes françaises. De plus, la guerre n'avait pas empêché les riches Parisiennes d'acheter des bottines et des escarpins de luxe. Au contraire, il semblait que, prévoyant la disette, les élégantes s'empressaient de constituer des stocks.

Naturellement, la première nuit passée dans notre appartement, je dus coucher sur une couverture jetée à même le sol de l'une des chambres. Les enfants dormaient ensemble dans la première, Paule disposait d'un grand lit dans la deuxième, à côté des filles, tandis que je me réservais la plus petite, au bout du couloir. Je n'avais pas besoin de place pour une commode, une coiffeuse et ces meubles réservés aux dames. Dès le lendemain, après le travail, je dénichai dans une brocante un sommier et un matelas presque neufs qui avaient appartenu à des commerçants décédés. La literie sentait encore la lavande et l'eau de Cologne. Après ces semaines passées sur et sous le tracteur, je me sentais comme un coq en pâte.

Dommage que Marion ne fût pas là, avec moi. L'accueil que l'on nous réserva à Romans nous aurait fait oublier l'arrachement que nous avions éprouvé pendant l'exode. Il ne se passait pas d'heure sans que mes pensées reviennent à mon épouse. La brutalité de sa disparition me paraissait irréelle, je me demandais si tout cela était vraiment arrivé, si je ne vivais pas un cauchemar qui allait se dissiper miraculeusement à mon réveil. Parfois, elle était tellement présente à mon esprit que je la revoyais avec une précision aiguë, son regard profond, la courbe de ses lèvres, ses boucles brunes qui roulaient sur son front, son sourire. Tout ce qui faisait d'elle la femme que j'aimais, tout cela restait si précis dans mon souvenir qu'il me semblait qu'elle se tenait dans la pièce voisine, occupée à quelque tâche ménagère et qu'il m'aurait suffi de l'appeler pour la voir venir auprès de moi. Je n'avais jamais douté d'elle ni de moi. Dès le premier regard, j'avais accepté l'évidence de notre vie ensemble, sans lassitude, sans accroc, comme le cours d'une rivière tranquille qui traverse la plaine, les forêts, les orages et les saisons sans jamais quitter le lit creusé au fil du temps. Chaque jour qui passait avait renforcé la certitude de ma chance. Dans la multitude de notre espèce, la providence l'avait placée sur ma route pour donner un sens à mon existence. Sept années, sept trop courtes années m'avaient été accordées pour savoir que le bonheur existait, celui d'aimer une femme et d'être aimé d'elle en retour, celui d'élever ensemble un enfant qui ressemblait à sa mère. Jeannette devinait ma douleur, elle n'évoquait pas sa maman, même quand la tristesse l'envahissait. Pour expliquer ses larmes, elle prétextait sa fatigue, elle disait regretter ses grands-parents morts ensemble dans la ferme Braibant, son chien lui manquait, elle maudissait les Allemands qui les lui avaient tués. Je redoutais les questions auxquelles je n'aurais pas su répondre : « Où est maman ? » ; « Quand reviendra-t-elle ? » ; « Me voit-elle de là où elle se trouve ? » Mais ma vaillante petite fille me ménageait trop pour s'abandonner au désespoir. Elle n'évoquait pas sa mère. Elle faisait semblant de la tenir à l'écart de ses tourments. Quand je la sentais mélancolique, je la prenais dans mes bras, elle m'enlaçait, son front au creux de mon cou, elle puisait sa force dans ma chaleur. Elle frémissait et dans notre étreinte silencieuse, nous échangions un peu de notre peine, comme si nous mettions notre mal à l'air avant de l'enfouir au plus profond de nous. Cela pouvait durer un bref instant, de longues minutes ou une heure. Ni Thérèse ni Paule n'intervenaient, elles restaient en retrait, quittaient même la pièce parfois pour nous accorder ces moments d'intimité. Je supposais que de leur côté, à l'écart dans la chambre des enfants, elles se rassuraient aussi. Quand elles nous entendaient bavarder de nouveau, elles reprenaient leurs activités parmi nous. Souvent, je remarquais que les yeux de Paule avaient rougi. Elle m'adressait un pauvre sourire qu'elle souhaitait réconfortant, mais c'était une grimace dérisoire où se mêlaient la culpabilité, la résignation et la détresse. Elle essuyait ses mains sur son tablier et relevait une mèche derrière son oreille :

—Allons, ça va aller, nous sommes là, avec les petites, grâce à Dieu, murmurait-elle probablement plus pour elle que pour moi.

Grâce à Dieu. Je serrais les poings, je m'enfonçais les ongles dans les paumes pour ne pas hurler que je ne voulais plus entendre prononcer Son nom. Ce Dieu que l'on disait bon, je Le haïssais, je Le reniais car je ne voyais pas Sa trace ici-bas, quand Paule et moi nous pleurions sur la mémoire de nos conjoints. Absent. Lui dont on dit qu'Il voit tout et sait tout, ce jour-là, Il était aveugle.

J'étais certain qu'elle n'avait nulle envie de remercier le ciel de l'avoir privée de Frédéric. J'étais certain qu'elle condamnait aussi ce Dieu cruel qui tirait les ficelles de notre destin. Non, cela ne pouvait *pas aller* désormais et lourde serait la croix que cet inconséquent, là-haut, nous avait posée sur les épaules.

Pendant quelques jours, nous dûmes supporter la présence de l'envahisseur dans les rues de Romans. Les ponts sur l'Isère ayant été partiellement détruits, en amont et en aval, les convois Allemands ne pouvaient plus circuler comme ils l'auraient souhaité entre le sud et le nord du département. Ils exprimaient parfois leur nervosité en bousculant des passants mais, heureusement, ils gardèrent un calme relatif en dépit de quelques combats aériens menés contre les derniers vestiges de l'aviation française. Ils limitaient leurs actions à la recherche des communistes espagnols qui travaillaient dans les exploitations agricoles pour les enfermer dans des camps aménagés de l'autre côté de la ligne de démarcation. Le 5 juillet, ils se replièrent en zone occupée. Les Romanais, presque indifférents, n'avaient pas encore choisi leur camp. Ils oscillaient entre la résistance qui n'était encore qu'un rêve lointain pour beaucoup et la collaboration annoncée par le gouvernement du maréchal Pétain comme la seule voie possible pour sauvegarder l'intégrité de la France. Égoïstement, je me rangeais dans la foule des observateurs passifs. J'avais assez payé pour la France. Je ne voulais pas risquer encore de priver ma Jeannette de son papa.

Depuis le mois de mai, chaque jour des flots de Rémois, de Lorrains et d'Alsaciens posaient leurs valises dans la ville. Ils arrivaient par villages entiers, avec leur maire et leur curé. Des gens quittaient aussi les côtes de la Méditerranée, fuyant l'armée de Mussolini. Chacun tâchait de s'insérer dans la vie locale et ces bras nouveaux remplaçaient en partie ceux des disparus, des habitants qui avaient péri ou qui avaient été faits prisonniers. Les Drômois réservaient un accueil plutôt favorable aux réfugiés. Parfois, l'alcool et la rivalité masculine occasionnaient quelques bagarres dans les bals du samedi soir qui se tenaient en dépit des événements, mais, à ma connaissance, cela n'excédait pas les limites du raisonnable.

Paule et moi, nous prenions notre repas ensemble, assis avec les autres le long du mur, dans la cour de l'usine. L'un et l'autre, nous nous sentions bien dans notre nouvelle vie, dans notre nouveau métier. Sans avoir cette exubérance des gens du Midi, nos collègues savaient se montrer aimables et discrètement serviables. Dans mon casier du vestiaire que je ne fermais jamais car ce que j'y déposais n'avait aucune valeur, je trouvais souvent un paquet contenant des délicieux pâtés d'herbes et de gorges de porc qu'on appelait *caillettes*, des saucisses conservées dans l'huile, une bouteille d'huile de noix ou de ce robuste vin des alentours et d'autres spécialités régionales. Des mains bienveillantes et anonymes les y avaient laissées à mon intention. Par pudeur, nul ne se désignait comme le généreux donateur. Je remerciais tout le monde en regagnant l'atelier. Quand les restrictions commencèrent à sévir, les présents s'espacèrent quelque peu et tout le monde fut contraint au même régime. Hommes et femmes s'installaient côte à côte, par affinités, contre la façade pour ouvrir les biasses[1] qui contenaient les gamelles. Chacun dépliait une serviette sur ses genoux et s'attaquait au déjeuner qu'on appelait le dîner[2]. C'était l'occasion de prendre des nouvelles des uns et des autres, d'un blessé de guerre, d'un nouveau-né, d'un disparu. Les plaisanteries fusaient, des formules répétées qui provoquaient le rire général : « Où vas-tu vieux Badinguet, fume ta pipe au lieu de courir les filles ! » ; « Si tu continues de boire autant, tu finiras dans un bocal comme une cerise à l'eau-de-vie ! » ; « Quand tu mourras, c'est le bistrot qui paiera tes funérailles car, avec tout l'argent que tu

1 Biasse : musette ou panier pour les aliments.

2 Dîner : dans la Drôme, on dit plutôt « souper » pour le repas du soir. Le mot « dîner » est réservé au repas de midi.

y laisses, tu auras droit à une concession de luxe ! » ; « Il y en a qui naissent avec une cuiller d'argent, toi, c'est une éponge que tu as dans la bouche ! » ; « Eh l'arsouille, tu ne risques pas d'attraper les engelures, avec tes mains toujours dans tes poches, il n'est pas né, celui qui réussira à te voler ton mouchoir ! » ; « Remarque, impossible d'y trouver un outil, tu as trop peur de t'y casser un ongle ! »

À l'évidence, ces gens aimaient la compagnie et le soir, toutes les occasions étaient bonnes pour improviser des veillées. On organisait des tournois de coinche, on battait la laine pour refaire les matelas, on mondait les noix ou, plus simplement, les femmes tricotaient en se racontant leurs grossesses et leurs accouchements. On commentait l'actualité sans révéler le fond de ses opinions politiques, on s'accordait sur un avis commun, chacun aspirait à la paix, à la fin des troubles, à l'ouverture de la chasse, à la reprise du cyclotourisme, aux balades dans le Vercors, aux corsos, aux bals des rameurs, à la prochaine exhibition du groupe folklorique de l'Empi et Riaume.

3

Une nouvelle vie

Nous dînions avec nos filles qui bavardaient à propos de leur journée passée sous la surveillance de la brave Charline Bruyer. Elles imitaient son accent, ses manières un peu pincées, qu'elle affectionnait pour les rappeler à l'ordre. Paule et moi, nous profitions de leur jeu, ravis de constater comment elles s'étaient adaptées à leur nouvelle vie. Paule laissa échapper tout haut une réflexion empreinte de nostalgie.

—Frédéric avait raison de vouloir partir. Il ne l'a pas décidé immédiatement mais quand il a émis cette idée, je l'ai aussitôt encouragé. Nous aurions pu rester en Alsace et nous serions aujourd'hui des citoyens allemands, mais vivants. Après tout, dans l'histoire, nos aïeux ont été tantôt français, tantôt germaniques. Certains de nos voisins ont salué l'arrivée des Panzers

—Contraint, il aurait probablement endossé l'uniforme de la Wehrmacht, sur le front de l'Est ou aux Pays-Bas, au Danemark ou Dieu sait où. Les Alsaciens ne sont généralement pas envoyés en France, dis-je, car j'avais lu dans sa remarque un douloureux sentiment de culpabilité.

—Chez toi, qui a voulu partir sur le chemin de l'exode ? Toi ou Marion ?

—J'y pensais aux premiers bruits de chars sur la route, mais j'avais du mal à abandonner la ferme Braibant qui avait abrité ma famille aussi loin que nous nous en souvenions. Sous Louis XV déjà, un ancêtre métayer avait racheté l'exploitation à son maître resté sans descendance. Mais mes parents vivaient avec nous, et depuis peu, mes beaux-parents qui avaient fui Nancy. Ils m'avaient assuré qu'ils souhaitaient rester là pour garder la propriété mais ils nous incitaient à quitter la région, à nous mettre sécurité, nous et notre petite. Je me suis échiné à leur répéter qu'ils ne pouvaient rien contre une armée en marche, eux, de pauvres vieux, mais rien n'y a fait. Ils n'ont rien cédé en face de mes arguments. Ils ne voulaient rien entendre, je me heurtais à un mur. Ce n'est pas pour rien que le sanglier représente nos Ardennes. Ça fonce droit devant et ça ne réfléchit pas. J'avais fini par me rendre à leur raison, mais j'hésitais encore à les abandonner. Marion avait fini par me convaincre. Sans elle, je serais ce jour à Sedan, peut-être mort aussi dans le bombardement de notre habitation. C'est elle qui a avancé que nous devions penser à Jeannette avant tout, que notre devoir nous dictait de la protéger, de la mettre à l'abri. Je n'ai pas résisté longtemps, elle a abattu mes scrupules. Je me demande si je n'aurais été mieux inspiré de lui tenir tête, pour une fois.

—On ne peut plus faire marche arrière. Ce qui est fait est fait, bien ou mal. Qui sait ce qu'il serait advenu de nous ? Nous avons perdu les êtres qui comptaient pour nous, mais nous en avons sauvé d'autres : nos petites. Honorons la mémoire de nos époux, mais oublions les circonstances de leur disparition. Nous avons agi pour le mieux de ce que nous imaginions. Nous avons peut-être commis une erreur ou peut-être pas. Qui peut le dire ? murmura Paule en posant sa main sur mon bras.

Nous étions semblables, avec les mêmes regrets, les mêmes incertitudes. Nous tentions de nous rassurer mutuellement, mais nous savions que quoi que nous affirmions, ces doutes nous poursuivraient encore longtemps. Et la multitude de cadavres que nous avions rencontrés au cours de notre errance ne nous consolait pas de la perte de Marion et de Frédéric. Nous n'étions pas les seuls frappés, soit, mais cette excuse ne parvenait pas à calmer notre détresse. Le chaos général dans lequel se trouvait la France ne rendait pas plus acceptable la destruction de nos foyers, ni plus normale notre situation. Nous ne nous connaissions que depuis quelques semaines et nous vivions sous le même toit, sans jamais l'avoir vraiment souhaité, ballottés par le hasard. Qu'allions-nous faire de nos existences, qu'allions-nous faire de nous, de nos filles qui s'aimaient comme des sœurs ?

Paule et moi, nous prîmes rapidement nos marques dans l'atelier. Les outils trouvaient leur place dans nos mains, après quelques jours d'apprentissage, je n'hésitais plus parmi l'assortiment de couteaux et de lames diverses, d'instinct, je prenais l'outil approprié dont j'avais entendu le nom. Ma paume durcie pendant des années par le manche de pioche avait accueilli sans dommage les tranchets. J'avais grande envie de progresser pour devenir légitime à ce poste. J'avais soif d'apprendre et je me surprenais à admirer la finesse du dessin d'un modèle d'escarpins. Tout mobilisé que j'étais par l'acquisition d'un nouveau savoir-faire, mon vrai métier de paysan ne me manquait pas vraiment, je n'avais pas à me battre contre la pluie et le vent, à redouter la grêle ou le froid ni la longue liste des intempéries ou des parasites qui ruinaient mes récoltes. Dans l'usine, des commerciaux se chargeaient de trouver des commandes pour fournir de l'ouvrage aux ouvriers, des fenêtres nous protégeaient des rigueurs du climat, les camarades faisaient preuve de bonne humeur pour dissiper ma tristesse et je n'avais pas d'autre souci que celui de tenir la cadence et de me faire le plus discret possible. Parfois, je pensais que je n'avais pas utilisé la bêche et le sécateur depuis notre séjour à Montmerle, chez les Berthon. Cela me semblait une éternité, le souvenir lointain d'une autre vie. Cependant, le visage de Marion revenait me hanter cent fois dans la journée et la nuit. Quand je ressentais quelque satisfaction, je me surprenais à penser à elle, à regretter son absence pour partager ma joie. Elle n'était plus le témoin des progrès de Jeannette, elle n'assistait pas à nos petites victoires contre les aléas du quotidien sur cette terre où tout restait à découvrir. J'aurais tant voulu l'avoir à mes côtés pour qu'elle connaisse ces gens bienveillants qui donnaient une part du peu qu'ils possédaient aux réfugiés déferlant dans la région.

Nous avions changé d'identité, nous n'étions plus nos propres maîtres, nous travaillions pour un patron, comme la plupart de ceux que nous côtoyions et nous n'en tirions aucun dépit. À la fin de chaque semaine, nous recevions l'enveloppe de notre paye comme si la direction nous envoyait un mot d'amour. Tout compte fait, nous ne perdions pas à l'affaire. Pour la première fois de ma vie, je travaillais dans une entreprise étrangère à ma famille. Les bénéfices passaient par d'autres poches que les miennes mais j'en percevais une part appréciable sans avoir à me soucier du temps ni des éléments climatiques. Nous n'étions pas obligés de patienter une saison pour toucher ce qui nous revenait. La récompense tombait quasi immédiatement. Je savais que si je tombais gravement malade, personne ne me tiendrait rigueur de m'absenter pour prendre soin de moi et l'essentiel de mon salaire me serait versé. Mais on ne change pas de peau aussi aisément, je ne pouvais pas me passer de lorgner les cultures sur la route de Saint-Paul où les blés mûrissaient en attendant une récolte prometteuse. Les vergers qui couvraient la plaine entre Tain et Romans me faisaient de l'œil et je ressentais une profonde déchirure dans ma poitrine comme si un soc de charrue plongeait rageusement jusqu'à mon cœur. Dans ces moments, tout ce dont le sort me privait se mêlait : la terre, Marion, mes parents, ma ferme, le labeur agricole. Pour que Jeannette ne souffrît pas trop, je faisais mine de me contenter de ce que j'avais, mon métier de coupeur, l'amitié de Paule, les nouveaux visages autour de moi, la chaleur parfois harassante de cet été 1940. Le mal qui me frappait, il me fallait le recevoir comme une bénédiction.

« Annie Lombard. Si tu passes par-là, aie une pensée pour maman qui n'a pas supporté le voyage. Affectueusement, ton frère Michel. »

Les Allemands avaient déserté la région pour contrôler la zone occupée. Nous dépendions désormais de l'administration italienne qui se faisait très discrète, accaparée qu'elle était par le gouvernement de l'Albanie, de la Libye, de l'Éthiopie, des quelques départements français couvrant la Savoie, l'Isère et les Basses-Alpes. Pour prouver sa bonne volonté à l'envahisseur, l'État français avait décidé d'appliquer les lois du Troisième Reich. Ces mesures ne concernaient que les Juifs et les Tziganes. La grande majorité du peuple ne s'en inquiétait pas. D'autres signes de troubles nous préoccupaient. L'armistice nous imposait des réquisitions de denrées alimentaires, les camions attendaient sur les chemins pour emporter les blés à peine récoltés, la farine aux portes des moulins, les vaches et les moutons disparaissaient des prairies, les légumes et les fruits partaient dans les casernes de la Wehrmacht ou sur le front. Les boutiques, pourtant nombreuses à Romans, présentaient des étals quasiment vides, les files d'attente se prolongeaient dès le matin et les clients se voyaient frustrés après avoir perdu de longues heures. Ces contraintes quotidiennes provoquaient de longues discussions dans la cour de l'usine et dans les cafés où se réunissaient les ouvriers. La grogne gagnait chaque jour en intensité et certains commençaient à évoquer une résistance active : personne n'avait entendu l'appel venu de Londres, mais les gens accoutumés à se battre contre les rigueurs du temps, la terre et la dureté de la vie se sentaient déjà prêts à en découdre contre cet envahisseur trop présomptueux et méprisant. Certains fiers-à-bras évoquaient la possibilité d'attaquer les postes nazis pour vider les cuisines et les réserves. Ils ne voulaient pas se laisser affamer par des inconnus.

—Nous les avons jetés à la porte une fois, si le peuple prend l'affaire en main, il est bien capable de régler l'affaire seul. Pas besoin de ces généraux incapables et trop prompts à se soumettre.

Heureusement, les jardins des particuliers parvenaient à nourrir, vaille que vaille, la population de Romans. La solidarité ou l'appât du gain mettait sur le marché les beaux légumes et les fruits magnifiques qui échappaient au commerce officiel.

Notre voisine, Charline Bruyer, rendait visite à des cousins de Mours qui produisaient leurs patates, leurs poireaux et tout ce qui composait le pot-au-feu. Avec les épluchures, ils élevaient des lapins, des pintades et des poulets cachés derrière un fatras de planches et de cageots dans une cabane invisible de la route. Bien souvent, quand nous revenions de l'atelier, nos petites avaient déjà mangé et une casserole couverte d'un linge nous attendait sur le bord de la fenêtre. Paule la remboursait par quelques travaux de couture car la vieille fille n'y voyait plus guère. De mon côté, je tâchais de remplacer une latte de persienne vermoulue ou un talon usé. Comme tous les habitants, je m'étais équipé d'un pied de cordonnier et je ressemelais les chaussures usées pour ma famille et pour les voisins qui se présentaient à nous. Cette vie me plaisait car je rencontrais des êtres attachants qui avaient toujours gagné leur pain difficilement. Nombreux étaient les malheureux qui avaient grandi à l'hospice, qui n'avaient connu ni père ni mère et qui avaient passé l'enfance et l'adolescence chez les bonnes sœurs. La Première Guerre mondiale en avait fait des orphelins, d'autres avaient été abandonnés au tourniquet du couvent par des filles placées et engrossées dans des maisons de maître. Les épidémies de grippe espagnole en 1918 et 1919, la pauvreté et le manque de médecine décimaient les foyers. Malgré ces épreuves, le goût du rire ne leur faisait pas défaut, ils recherchaient la compagnie, ils ne manquaient pas une occasion de se réunir aux veillées qu'ils appelaient les *mondées*, pendant lesquelles les jeunes gens et les demoiselles à marier se dévoraient des yeux. On y contait de vieilles histoires, embellies avec le temps, on chantait, on aimait bien aussi s'attendrir sur le sort cent fois évoqué d'une parente malheureuse. Les Ardennais ne m'avaient pas accoutumé à tant de partage. Ils étaient droits, francs et durs au labeur mais ne se livraient pas aisément, la pitance et les confidences se méritaient et se laisser aller à montrer ses failles était considéré comme un aveu de faiblesse. De plus, l'éparpillement des exploitations compliquait les relations. Il fallait attendre les foires agricoles et les marchés pour croiser des connaissances. Les amitiés solides se tissaient à l'école ou pendant le service militaire. Après, chacun se refermait sur son foyer et passait sa vie au labeur, prisonnier des mancherons de l'araire, sans prendre le temps de regarder le monde qui vibrait autour. Mon père était de ceux-là, usé à cinquante ans par la peine et les rigueurs du climat, sans jamais avoir connu rien d'autre de notre pays que la boue des tranchées à Verdun. D'ailleurs, je ne me souviens pas qu'il m'ait parlé de son enfance, de sa jeunesse et de ses rêves.

Il me semblait que cette vallée du Rhône avait reçu une bénédiction du ciel et qu'elle bénéficiait d'une indulgence puisque la terre s'y révélait si généreuse. Je n'avais jamais entendu autant d'éclats de rire, on s'interpellait sur la place du marché sans méchanceté, dans les travées de l'atelier et cela maintenait une ambiance qui estompait les difficultés de survivre. J'avais la délicieuse impression qu'une autre page de ma vie s'ouvrait, plus heureuse, plus douce et, sans la douleur d'avoir perdu Marion, je crois que je me serais grisé sans réserve de mon bonheur.

La ville semblait sertie dans l'écrin de montagnes et de falaises blanches que formaient le Vercors et l'Isère aux couleurs d'émeraude.

Je n'avais pas l'habitude de prendre la plume et, de jour en jour, je remettais l'instant de donner de nos nouvelles aux Berthon de Montmerle qui nous avaient tant aidés. J'espérais secrètement que Paule s'en chargeât mais elle n'était pas rompue non plus aux tâches d'écriture. Comme je culpabilisais trop, je me résolus à leur faire un mot. Je leur communiquai notre adresse et je leur racontai la chance que nous avions eue en posant nos valises sur les rives de cette rivière. J'espérais une réponse de Jules, qui ne vint pas. Était-il encore plus rétif que nous aux travaux de correspondance ou avait-il subi quelque malheur ? Nous décidâmes de laisser passer quelques semaines avant de leur envoyer un nouveau courrier. Paule me suggéra alors d'adresser un message à Amédée Toussaint qui avait fait preuve d'une si grande générosité à notre égard. J'expédiai mon courrier au garde champêtre vers la fin de ce mois de juillet 1940 mais je ne reçus aucune réponse. Qu'était-il advenu de notre bienfaiteur, de nos amis cultivateurs et de leur fils Christophe ?

Je me promis d'aller m'en rendre compte par moi-même dès que la situation le permettrait. Que pouvais-je faire d'autre ? Je n'allais pas me relancer sur les routes par ces temps incertains…

Le retour à une existence normale était plus difficile pour Paule. Souvent, la nuit, je l'entendais étouffer des sanglots et des gémissements derrière sa porte. Je me gardais bien d'intervenir, j'espérais que ses larmes finiraient par alléger sa peine. Mais, contrairement à l'adage populaire, pleurer n'a jamais soulagé personne. Au contraire, le désespoir se nourrit de la tristesse. Je me voyais démuni, impuissant à lui donner un peu d'optimisme. J'écoutais ses plaintes et ma détresse se réveillait. Elle se lamentait sur Frédéric et je me languissais de Marion. Nous portions cette douleur comme une blessure de guerre qu'aucune médaille ne pouvait guérir ni compenser. Assis sur mon lit, je considérais la photographie de mon épouse.

Paule avait miraculeusement sauvé ce portrait en gardant mon portefeuille et mon argent dans son sac à main quand les malandrins avaient volé notre tracteur et tout son chargement. Je lui en fus reconnaissant chaque jour car, grâce à son initiative, nous avions pu poursuivre notre chemin jusqu'à Romans.

Le directeur du personnel me convoqua dans son bureau.

—Prépare-toi à une reblondée[1], me lança mon collègue du poste voisin à l'atelier. Les oreilles vont te chauffer… Non, je plaisante, me rassura-t-il. Ils veulent te proposer la place de chef.

Malgré ses mots réconfortants, je poussai la porte du responsable avec un nœud au ventre. Le sourire du cadre m'ôta d'emblée toute appréhension. Il me fit asseoir en face de lui.

—J'ai pensé à vous pour un service que vous seul pourriez nous rendre : vous n'ignorez pas que nous manquons cruellement de main-d'œuvre. Cela nous handicape et nous empêche d'honorer les commandes dont nous pourrions bénéficier. Un client manqué, c'est autant d'ouvrage pour la concurrence. C'est bête, quand on songe au nombre de braves garçons qui ont fui les Allemands pour se réfugier chez nous. Ils viennent du Nord, des Ardennes comme vous, de la Lorraine ou de l'Alsace. Ils ne demandent qu'à travailler mais nous ne savons pas comment les contacter. Ce sont des gens brisés par les épreuves, comprenez-vous, et ils se méfient de l'inconnu. Ils se cachent car ils ont échappé à

1 Reblondée : vive remontrance.

la traque des soldats. Vous qui avez traversé les mêmes expériences, ils vous accueilleront en ami, ils vous écouteront quand vous leur conseillerez de venir chez nous, de ne pas se risquer à poursuivre leur route alors que nous avons tant besoin d'eux, ici, qu'ils seront bien payés et que leurs familles trouveront à Romans de quoi vivre aisément et en sécurité.

—Votre demande m'honore, répondis-je, mais moi non plus, je ne sors guère, je sais peu ce qui se passe dans la région. Je ne sais rien de ces fugitifs, de l'endroit où ils ont trouvé refuge, rien de leurs intentions ni de leurs besoins. Vous êtes bien placé pour savoir nos horaires. Après avoir passé dix heures par jour six jours par semaine, il ne me reste pas beaucoup de loisir. Je ne m'en plains pas car cela me permet de gagner davantage mais comment aller courir après ceux que vous recherchez ?

—Il n'est pas question pour nous d'amputer votre salaire, vous en avez trop besoin. Au contraire, nous vous accorderons quelques heures chaque semaine pour accomplir cette mission que nous vous confions et que nous vous rétribuerons comme si vous étiez derrière votre établi, avec, en sus, une prime par candidat que vous nous présenterez. De la mairie et de l'église, nous avons obtenu la liste des évacués. Songez que si nous ne parlons que des Mosellans, environ un million sont arrivés chez nous en moins de six mois. Beaucoup sont déjà embauchés çà et là, mais il en reste encore qui ne demandent qu'un coup de pouce pour se reconstruire et recommencer une vie. Nous vous fournirons les renseignements que nous avons recueillis pour vous faciliter la tâche et si vous vous débrouillez bien, vous saurez recevoir leurs confidences et obtenir de nouveaux candidats… Qu'en pensez-vous ? Lorsque vous avez débarqué ici, n'auriez-vous pas apprécié que quelqu'un vous tende la main comme vous le ferez avec ces braves gens ?

Après quelques minutes d'hésitation, je finis par accéder à sa requête que je pris comme une preuve de sa confiance. À ses yeux, je représentais quelqu'un d'unique : mon expérience, mon itinéraire me désignaient comme celui qui avait traversé la France pour échapper à l'ennemi, pour protéger ma famille en y sacrifiant bien involontairement ceux que j'aimais. Je ne pouvais pas être soupçonné par des fugitifs auxquels je ressemblais. M. Blachon posa sur le bureau une liasse d'une vingtaine de feuillets qu'il poussa vers moi.

—Voici ce que nous avons pu collecter. Organisez-vous comme vous voudrez mais le plus tôt sera le mieux. Il ne faudrait pas que ces malheureux repartent sur les routes par désespoir. Expliquez-leur que leur avenir est ici.

Il glissa les pages dans une grande enveloppe qu'il me remit.

—Je ne vous demande pas un rapport détaillé, notez simplement dans la marge le résultat de vos recherches. Indiquez ceux qui ont quitté Romans, ceux qui ont trouvé du travail ailleurs et ceux qui vous ont écouté. À ceux-là, conseillez de venir nous voir, nous leur procurerons un emploi.

—Et ceux qui refusent d'être aidés ? Je suppose que certains sont tellement traumatisés qu'ils ont besoin de temps pour retrouver leur équilibre.

—Mentionnez alors qu'il nous faudra les suivre pour les contacter ultérieurement. Nous n'avons pas le droit de laisser à terre celui qui est tombé.

Au moment de quitter son bureau, il me lança :

—Votre épouse se plaît-elle chez nous ?

—Paule n'est pas ma femme... Elle est heureuse d'assembler les chaussures, c'est moins pénible et plus gratifiant que le travail de la terre ou que d'aider son mari à la forge.

—Vous lui direz que nous sommes contents d'elle. Elle a vite compris et elle ne rechigne pas à l'ouvrage. C'est une excellente recrue. De plus, elle s'est bien intégrée à son atelier et elle s'entend bien avec ses collègues... un peu à votre image. De votre côté vous ne rencontrez aucun problème à la coupe, n'est-ce pas ?

—Aucun, répondis-je. J'aime bien mon métier actuel et mes camarades sont bienveillants.

—Bravo, je m'en réjouis.

Dans le couloir qui me conduisait à mon poste, je pensai à la vaillante Paule. Comment aurais-je pu me débrouiller sans elle ? Il lui suffisait de s'occuper de quelque affaire pour aplanir les difficultés. Elle me rendait la vie plus supportable et sans elle, la mort de Marion m'aurait terrassé. Ma Jeannette aussi surmontait sa douleur grâce à elle.

J'aurais voulu t'avoir parmi nous, j'aurais tant aimé entendre ta voix quand tu t'adressais à notre Jeannette. Tes intonations étaient différentes de celles de tes conversations avec moi. Elles se faisaient un peu plus lentes, un peu plus aiguës, comme si tu avais dix ans.

Tu régressais en âge pour te rapprocher d'elle. On eût dit que tu étais une élève de sa classe et cela vous donnait une grande connivence. Une part de ton cœur était restée dans l'enfance. Il me semblait alors que je partageais ma vie avec deux fillettes et cela me ravissait. Cette pureté, cette naïveté me manquent aujourd'hui. Marion, combien je voudrais fuir les adultes avec toi et retrouver cette fraîcheur !

Quand j'informai Paule de mon entretien avec M. Blachon, celle-ci m'encouragea à m'engager dans cette entreprise.

—Cela ne peut que te servir. Si tu t'en sors bien, l'usine te remerciera par une promotion, une prime ou quelque responsabilité plus grande. Tu te feras favorablement connaître de beaucoup de monde et cela te sera utile un jour ou l'autre. On ne sait jamais, nous pourrons avoir besoin d'un coup de main. Nous aurons l'occasion de parler avec des gens de chez nous. Nous nous ferons peut-être des amis…

—Je serai obligé de m'absenter après les heures de travail, peut-être tard le soir. Les petites et toi, vous avez besoin de ma présence, je ne veux pas vous laisser seules. On ne sait jamais, ces temps troublés réveillent les pires instincts, comme tu l'as constaté dans cette maudite grange, sur la route. Une femme seule suscite toujours de basses convoitises, de sales instincts masculins… ou bestiaux, comme tu préfères.

—Je me montrerai prudente, ne t'inquiète pas. Cela m'a servi de leçon. À part Charline Bruyer, personne ne viendra frapper chez nous. Et puis les voisins seront là pour me secourir si un brigand enfonce notre porte. Il suffirait que je crie à l'aide pour les voir accourir.

Elle dissipa mes scrupules et je commençai à retranscrire sur un carnet les adresses supposées des évacués en les classant par quartier, je dressai un itinéraire pratique et un agenda. En visitant trois ou quatre familles par demi-journée, je compris très vite que cela représentait un travail d'un an, à condition de s'y atteler d'arrache-pied. Avant de me lancer, je préférai en discuter avec le chef du personnel qui me reçut dès le lendemain matin.

—Avez-vous mesuré l'ampleur de la démarche ? lui demandai-je. Un petit millier de candidats, cela représente deux cent cinquante demi-journées. Je ne travaillerai plus qu'à mi-temps à mon poste, je serai payé à ne rien faire.

—Parmi ces mille Lorrains et Alsaciens, il n'y a pas que des adultes mais aussi de nombreux enfants, au moins une bonne moitié. Beaucoup de femmes préféreront rester à la maison pour garder leur marmaille comme c'est encore la tradition dans les campagnes. Voyez, cela réduit considérablement le panel à trois cents individus, soit à peine un peu plus que trois mois si vous vous y collez chaque jour ouvrable, comme je l'envisage. Je vous rappelle que votre salaire vous sera versé intégralement et que vous ne perdrez pas votre temps. Nous en avons débattu avec le patron qui soutient ce projet. Je n'ai pas eu de mal à la convaincre que vous pourriez nous être très utile.

Dès le lendemain, j'entrepris ma première recherche. Je découvris les premiers Lorrains qu'abritait un jeune couple de Romanais, dans l'appartement qu'il louait dans un vieil immeuble de la rue Pêcherie. L'homme venait de Tomblaine, à l'est de Nancy. Il avait un peu moins de trente ans. Il avait abandonné son garage après avoir reçu l'ordre de rejoindre l'armée allemande. Il avait fui avec son épouse et ses deux enfants, des garçons de huit et six ans. Il avait parcouru le même trajet qui m'avait amené ici et il avait affronté les mêmes épreuves. Sa famille avait essuyé plusieurs mitraillages de Stukas et avait survécu par miracle. La vieille voiture qu'il conduisait lui avait été dérobée avec l'argent qui était caché sous un siège pendant que chacun prenait un bain dans un étang du Morvan. C'est à pied qu'il avait achevé son périple. Depuis le début du mois de juin, il avait offert ses services aux ateliers de mécanique à Romans et à Bourg-de-Péage mais ces commerces n'avaient pas beaucoup de travail. La pénurie de carburant et les réquisitions de véhicules réduisaient sévèrement la clientèle. L'épouse n'avait jamais travaillé pour un patron et, pendant que le père de famille cherchait un emploi, elle surveillait les enfants pour ne pas laisser cette responsabilité à ses hôtes. Marcel Blanchet me parut assez abattu et pessimiste quant à ses chances de trouver une place. Il avait épuisé le reste des économies qui n'avaient pas été volées, il s'en voulait de vivre en parasite chez les braves gens qui l'hébergeaient et qui possédaient à peine un peu plus que lui. Mais comment faire pour s'en sortir ? Il tournait en rond sans entrevoir d'issue à son problème.

Je lui exposai ma mission, je lui expliquai que le travail du cuir n'était pas sorcier à apprendre pour un ouvrier un peu dégourdi, qu'il pourrait devenir autonome et que la direction de la fabrique l'aiderait à trouver un domicile. Il parut séduit par ma proposition, il n'avait plus rien à perdre. Il excluait l'idée de revenir sur ses pas avant longtemps car notre armée s'était montrée si pitoyable qu'il voyait mal comment elle pourrait regagner les territoires perdus. Il me promit de se présenter à l'usine dès l'ouverture pour faire un essai.

Les deux autres Lorrains que je visitai s'apprêtaient à quitter la région, ils avaient retrouvé un membre de leur parentèle en zone libre, l'un près de Montpellier, l'autre à Aix-en-Provence. Je leur souhaitai bonne chance et, comme j'avais un peu d'avance sur l'horaire prévu, j'anticipai sur mes visites du mercredi en allant frapper à la porte du quatrième réfugié de ma liste. Celui-ci vivait dans l'aile d'une vieille bâtisse de la rue du Fuseau prêtée par la mairie. Il s'agissait d'un vieil homme qui avait quitté sa ferme de Noyers-Pont-Maugis, à un jet de pierre de la mienne. Mon cœur s'emballa quand j'entendis le nom du lieu où j'avais dansé bien souvent avec Marion aux temps heureux. Une foule de souvenirs m'assaillit, au point que je dus attendre de recouvrer mon calme avant de pouvoir parler. Cinq jours avant moi, il avait décidé de fuir la région où il avait vu le jour pour se lancer sur la route de l'espoir avec son épouse. Il avait entassé ce qu'il avait pu sur la galerie de sa camionnette : un matelas, des couvertures, un lustre qu'on lui avait offert à l'occasion de son mariage, une cage abritant sa meilleure poule rousse pondeuse et, une fois son épouse installée dans la guimbarde, il s'était intercalé dans le long convoi qui déjà s'étirait sur la départementale. Le trajet avait duré plus de quinze jours. La voiture avait refusé de démarrer au cinquième matin, il l'avait poussée dans le fossé pour dégager le chemin. Allégés de la quasi-totalité de leur chargement, sa femme et lui avaient mangé la poule sur place et poursuivi comme ils l'avaient pu, quémandant une place sur une remorque, dans une charrette et même une fois dans une bétaillère qui transportait des cochons destinés aux Allemands. Comme nous, ils avaient dormi dans des granges, ils avaient subi des vols dont un qui avait failli leur coûter la vie. Ils avaient connu la faim, la soif, la crasse et le désespoir. En écoutant l'odyssée de ces malheureux, je ne pouvais que répéter « tout comme nous », « nous pareillement ». Ils avaient eu la chance de traverser Montmerle et d'être accueillis par Amédée Toussaint qui, comme une vigie, portait secours aux familles de naufragés en perdition. Celui-ci leur avait indiqué un chauffeur routier qui devait aller chercher du vin de coupage dans l'enclave du Vaucluse, en se ménageant une étape de deux jours à Romans pour raisons professionnelles. La ville leur avait semblé bien située, aux portes du Vercors, les usines, les ateliers et les commerces y foisonnaient et les marchés du bourg étaient encore assez bien achalandés. C'est là qu'ils avaient résolu de jeter provisoirement l'ancre jusqu'à la fin de cette saleté de guerre. Tant qu'il se débattait contre l'adversité, pendant l'exode puis pour chercher un logement provisoire, Antoine Brion avait gardé une énergie surprenante mais quand il s'était posé, il s'était retrouvé comme vidé, anémié et n'osait même plus mettre le nez à l'extérieur. Il s'était présenté une fois à la Bourse du travail mais il s'était senti terrassé en voyant la colonne de pauvres hères qui patientaient pour trouver un emploi précaire. Depuis, il restait enfermé chez lui comme dans une prison, comptant sur son épouse pour faire chauffer la marmite. Elle avait trouvé un emploi de lingère dans une maison de maître où elle s'échinait douze heures par jour pour des picaillons.

Devant mon insistance, Antoine finit par me promettre de se présenter à l'usine dès le lendemain. En le quittant, j'aurais pu jurer qu'il ne tiendrait pas ses engagements.

—Fais comme le sanglier des Ardennes, lui dis-je pour tâcher de le convaincre : fonce droit devant quand tu t'es fixé un but, cours sans regarder ni à droite, ni à gauche. Quand un paysan de chez nous veut quelque chose, il ne s'arrête que lorsqu'il a eu ce qu'il espérait. Pas vrai ?

—Tu as raison, me concéda-t-il.

—Alors, à demain. Ce qu'un cochon sauvage peut faire, il n'y a aucune raison que tu ne l'accomplisses pas aussi, conclus-je devant sa porte, en lui secouant fermement la main.

Le lendemain, il vint à mon poste m'avertir qu'il passait son essai d'embauche le jour même. La mission confiée par le directeur du personnel dura moins longtemps que je ne le supposais car les évacués que je contactais avertissaient leurs connaissances, les membres de leur famille qui les avaient précédés ou suivis, si bien que de nombreux candidats se présentèrent d'eux-mêmes en se réclamant de moi. Le bouche-à-oreille avait fonctionné à merveille. Les hommes avaient hâte de retrouver un emploi et pour cela, ma démarche suffisait à leur donner l'impulsion. Après avoir tant subi durant leur migration, après avoir vaillamment surmonté tant de difficultés, ces gens restaient atterrés, vidés, comme assommés et la moindre initiative leur paraissait impossible, au-dessus de leurs capacités. Ils demeuraient figés dans leur torpeur, incrédules d'être toujours en vie. Si, en outre, ils avaient perdu l'un des leurs pendant une attaque aérienne ou un bombardement, ils ne se sentaient plus capables de rien. Ils avaient failli. Et moi, quand je me trouvais en présence d'êtres à ce point anéantis, je me disais que si je n'avais pas rencontré Paule, j'aurais été probablement dans le même état de prostration. Sans elle, sans Amédée Toussaint, sans les Berthon de Montmerle, comment me serais-je comporté, seul avec ma Jeannette ? Les meuglements d'un taureau enragé ne m'effrayaient pas, mais une larme de ma fille me laissait désemparé. L'urgence du moment et la recherche de solutions immédiates m'avaient vite poussé à admettre la mort brutale de Marion. Je l'avais pourtant perdue dans les pires circonstances puisque ce maudit avion l'avait frappée tandis que je la tenais contre moi. On ne pouvait pas imaginer d'adieu plus pénible. Malgré ma souffrance immense, il m'était interdit de baisser les bras alors que Paule résistait si admirablement au deuil. Par respect, par admiration, je ne pouvais pas afficher ma faiblesse.

Nous nous apprêtions à dormir, les petites étaient couchées dans leur chambre et nous attendions le sommeil quand la voix de Jeannette, très irritée, gronda et celle de Thérèse lui répondit sur le même ton. C'était inhabituel car depuis notre rencontre, elles s'étaient toujours admirablement entendues. Paule jaillit de son lit et nous nous retrouvâmes tous deux devant la porte des filles. À travers le bois, nous entendions qu'elles se querellaient à propos d'un reproche indu que l'une avait adressé à l'autre. Nous ouvrîmes avant que l'affaire ne tournât au vinaigre. Elles se dressaient, debout, l'une en face de l'autre, le cou tendu vers l'avant comme deux béliers prêts à s'affronter, les bras dans leur dos, la rage dans les yeux.

—Je le dirai à maman ! hurla Jeanne.

—Et alors, je le dirai à papa et ça chauffera pour toi ! répliqua Thérèse.

Immédiatement après cet avertissement, l'une et l'autre restèrent figées, ébahies. De l'endroit où nous nous tenions, nous lisions sur leur visage le cheminement de leurs pensées. Elles prenaient ensemble conscience du dérisoire de leurs menaces et de la brûlure de leur douleur. En même temps, elles firent un pas l'une vers l'autre pour se tomber dans les bras et s'étreindre mutuellement désespérément, deux âmes naufragées accrochées à une planche qui dérivait. Nous nous tenions sur le seuil, aussi bouleversés que nos enfants. Nous nous serions volontiers joints à elles si Paule n'avait doucement pris ma main pour me tirer vers l'arrière.

—Laisse-les, murmura-t-elle à mon oreille. Elles savent mieux que nous comment se débrouiller avec leurs frustrations et leurs blessures.

Paule s'enferma dans sa chambre tandis que je m'en retournai vers mon lit. Les yeux au plafond, j'attendis le retour au calme de mon cœur affolé. Depuis la mort brutale de Marion et de Frédéric, les gamines n'avaient jamais évoqué sérieusement en notre présence leur mère et leur père défunts, sauf lorsqu'elles avaient joué au papa et à la maman. Elles avaient toujours maîtrisé leurs sentiments, pour ne pas nous embarrasser, par pudeur, pour imiter le courage de Paule… et le mien dans une moindre mesure car sans l'Alsacienne, j'ignore vers quel enfer m'aurait précipité ma peine. Égoïstement, je songeais que son deuil participait à mon salut et je l'en admirais davantage pour cette force dont elle me faisait profiter. Son époux devait être un homme comblé, aussi heureux que je l'étais aux côtés de Marion. Et l'évidence s'imposa à moi : dans les circonstances actuelles, cette femme m'était devenue indispensable. Par gratitude, je devais l'extraire de la solitude dans laquelle elle s'était retirée depuis la mort de son époux. Je devais m'efforcer d'obtenir d'elle des confidences pour la soulager de ce qu'elle gardait sur le cœur. Je devais aussi me livrer à elle et ne plus rester aussi distant, enfermé que j'étais aussi dans mon deuil. Elle le méritait, nous le méritions.

Et l'occasion de rattraper mon erreur ne tarda pas à se présenter. Pour cela, je devais avoir attendu qu'une embellie vînt dans nos vies, que l'ambiance fût un peu détendue, que nos fantômes aient renoncé à nous hanter avec autant d'opiniâtreté car, malgré la douleur subie, pour survivre, il fallait bien finir par entrouvrir une fenêtre de notre douloureuse prison. Nous avions terminé de souper, les petites se lavaient devant l'évier pour se préparer à dormir. Comme d'habitude, elles se repassaient les événements de leur journée.

—Pourquoi as-tu écrit que ton père s'appelait Frédéric ? demanda Jeannette.

—Parce que c'est ce que Mme Bruyer nous a demandé de marquer sur notre cahier… Que voulais-tu que je note, à ton avis ?

—Je ne sais pas, dit ma fille. En lisant ta réponse, elle t'a regardée comme si elle ne te connaissait pas. Elle pense peut-être que nous avons le même papa…

Thérèse se tourna vers Paule qui finissait de débarrasser les couverts tandis que je remplissais une bassine d'eau pour commencer à laver la vaisselle.

—Maman, dit-elle, j'ai eu raison, n'est-ce pas ? On ne doit pas mentir.

Paule resta muette, le dos tourné à son enfant, comme ébranlée.

—Bien sûr, suis-je intervenu, tu as bien réagi. Quoi qu'il arrive, on ne change jamais de parents. Tu as bien fait car un jour la vérité finit toujours par s'imposer. Tu ne t'appelles pas Braibant et tu n'as qu'un seul papa, et ce papa n'est personne d'autre que Frédéric Muller.

—Ah ! Tu vois ? s'exclama Thérèse, triomphante. Pour que je devienne ta sœur, il aurait fallu que maman soit tuée aussi et que vous m'ayez adoptée.

—C'est bien ce que je pensais aussi, soupira Jeannette, visiblement soulagée.

—Demain je parlerai à Charline, déclara Paule. Je lui expliquerai notre situation.

—Elle la connaît parfaitement puisque je la lui ai déjà relatée. Je crois qu'elle a été simplement attendrie par la réponse de Thérèse. Elle était émue, il est inutile de remuer tout cela, proposai-je.

Les enfants achevèrent leur toilette, elles avaient déjà oublié ce qui précédait mais quand elles furent couchées, Paule s'accouda à la balustrade de la fenêtre et se plongea dans la contemplation de l'Isère qui roulait ses remous gris-vert.

Je vidai mon baquet d'eau mousseuse et rinçai les couverts que j'étalai sur la paillasse de tommettes rouges. Je rejoignis Paule qui semblait figée. Quand je pris place à côté d'elle, je vis ses larmes qui coulaient sur ses joues. Elle tourna pudiquement son visage pour m'épargner ce spectacle mais je posai ma main sur son bras.

—Va, dis-moi ta peine, cela te fera du bien. Pourquoi ne me racontes-tu jamais ta vie avec Frédéric ?

—Et toi, que me dis-tu au sujet de Marion ? Mon mari me manque autant que la mort de ta femme t'a meurtri. Je n'ai connu que lui, il a été mon seul amour. Je n'ai eu personne avant lui et aucun homme ne le remplacera, jamais, me lança-t-elle presque dans un cri.

—Crois-tu que j'envisage d'épouser une autre femme ? J'aimais Marion et je l'aime encore plus que tout. Il me suffit de regarder Jeannette pour la voir. Elles sont pareilles, elles se ressemblent tant…

—Comment était-elle ? Tu peux m'en parler, me suggéra-t-elle en souriant doucement.

C'était comme si elle ouvrait une porte sur le soleil. Je me sentis comme ébloui, ne sachant que dire, l'esprit encombré par une foule de souvenirs qui affluaient en même temps.

—Ton épouse et moi, reprit-elle, nous avons si peu bavardé. L'exode nous accaparait à tout moment. Il fallait rester à l'affût pour trouver à manger, pour surveiller nos affaires, pour prendre soin des enfants. J'ai tout de même vu que vous vous aimiez beaucoup. Cela sautait aux yeux. Vous n'aviez pas besoin de parler pour vous dire vos sentiments, cette façon d'échanger un regard, les mots les plus banals étaient remplis de votre tendresse. Ce que vous avez vécu ensemble était trop beau pour l'enfouir. Tu dois en faire part à ta fille, à moi, à tes amis qui voudraient s'intéresser davantage à toi.

—C'est pour cette raison que j'ai accepté immédiatement de faire la route avec Frédéric et toi. Nous sommes faits de la même pâte. Vous ne vous comportiez pas autrement que nous. Vous vous aimiez, cela ne nous a pas échappé, à Marion et à moi. Avec votre Thérèse vous étiez le miroir de notre famille. Frédéric était un garçon exceptionnel et je comprends que tu ne puisses pas l'oublier. C'est pourquoi je te demande de me faire partager tes soucis, tes regrets, ta culpabilité car nul n'est mieux placé que moi pour te comprendre.

Elle posa sa tempe sur mon épaule et resta ainsi, immobile, un long moment, puis elle se redressa comme si elle s'éveillait.

—Toi aussi, dit-elle, tu es un homme valeureux. Jeannette a beaucoup de chance d'avoir un papa tel que toi, et j'en ai tout autant de me trouver aujourd'hui à tes côtés. Je n'ose pas imaginer ce que je serais sans toi pour m'assister et me guider. Tu as su faire tomber tous les obstacles qui s'accumulaient devant moi. Je ne pourrais jamais effacer de ma mémoire ce que tu as fait pour moi, spontanément, pour me tirer des sales pattes de ce monstre qui voulait abuser de moi par la force.

L'émotion nous gagnait, elle prenait le dessus.

—C'est bien, conclut-elle. On ne peut pas se jeter aussi brusquement dans ce bain brûlant. Nous nous sommes avoué l'essentiel. La porte est ouverte, ne la refermons pas. Nous y reviendrons lentement, à notre rythme pour ne pas nous écorcher l'âme. J'ai bien peur de ne pas supporter de me délester si brusquement de mon fardeau, ni de te voir fléchir si tu te chargeais de mes secrets ajoutés aux tiens. Nous ne pouvons pas improviser et vider notre tête en une seule fois. Nous devons y réfléchir. Songes-tu que, en dépit de notre amitié sincère, nous savons si peu l'un de l'autre… Nous avons deviné l'essentiel sans risquer de nous tromper mais il nous faut apprendre les détails qui ont tricoté nos vies. Ce sont nos souvenirs lointains qui font de nous ce que nous sommes.

Intérieurement, je jubilais car elle me donnait formellement l'autorisation de participer à sa vie. C'était une belle marque de confiance qu'elle me donnait là et je comptais bien m'en montrer digne.

Dans ma quête de nourriture, je parcourais les routes aux environs de Romans. J'aimais ces moments de solitude. Les pneus de mon vélo chuintaient sur les graviers. Ma sueur coulait sur mon nez et me lavait l'esprit. Le regard fixé droit devant, j'appuyais obstinément sur les pédales, les champs de blé et de maïs, les fruitiers chargés n'étaient que des taches qui délimitaient mon champ de vision, à droite et à gauche. Parfois, je croisais des ouvriers agricoles qui s'en allaient aux vergers. Ils bavardaient, j'ignorais ce qu'ils se disaient, des sons, des bribes de mots. D'autres, juchés sur des escabeaux, récoltaient les pêches. Un chant que tu aimais bien me parvint aux oreilles, léger, délicat. Une femme que je ne voyais pas répétait ta chanson préférée : *Avec toi c'est toujours dimanche* de Reda Caire. Nous l'avions découverte lors du dernier bal à Sedan. Les Allemands n'avaient pas encore franchi nos frontières. Nous étions heureux. Nous tournions sur la piste tandis que Jeannette dormait sur les genoux de mes parents assis. Tu en avais retenu les paroles empreintes d'insouciance et de joie. Tu aimais ces refrains. Tu les chantais souvent quand tu étais joyeuse et, de les entendre encore une fois, c'était comme si, de là-haut, tu me faisais un signe. Mon cœur s'affolait d'un coup, je mis le pied à terre, la tête me tournait. Je regardai le ciel au-dessus de mon front. Rien, le bleu dur comme l'acier. À quoi d'autre pouvais-je m'attendre ? Rien, le vide immense que tu as laissé en quittant ce monde. Le néant autour de moi et en moi.

Rapidement, nous assistâmes à la dégradation de notre quotidien. Les commerçants n'avaient plus de denrées à nous proposer, même à prix doublé ou triplé. Le soir, après mon travail, je partais faire la tournée des fermes pour obtenir de quoi mettre un peu de viande ou de légumes dans les assiettes des miens. Après avoir pédalé de Mours à Hostun, de Saint-Jean à Saint-Marcellin, je ne rapportais parfois qu'un bol de fromage frais ou trois œufs. Je compris que le troc fonctionnait mieux. À force de me voir, les paysans me connaissaient. J'échangeais deux ou trois heures de binage contre six tomes bien faites, parfois une pintade ou une tranche de lard. Souvent, les exploitations manquaient de bras, les hommes n'étaient pas rentrés de la guerre. Prisonniers, ils moisissaient dans une entreprise allemande ou ils avaient été tués durant les premières heures de la *Blitzkrieg*. Leurs parents se désolaient et je compatissais. Je racontais l'exode qui m'avait privé de mon épouse et ces braves gens m'ouvraient plus volontiers leur coffre à pain ou leur clapier. Souvent, je revenais avec ma sacoche pleine de chaussures à ressemeler. De nombreux collègues subsistaient par ce moyen. Nous n'avions pas cette pénible impression de quémander comme des miséreux. Cette pratique ne nous donnait pas conscience d'alimenter un marché noir. Chacun aidait son entourage à affronter les épreuves de cette paix qui présentait tous les inconvénients d'une guerre.

Après un petit mois de recherches, je n'avais plus besoin d'aller chercher des Lorrains ou des Alsaciens, les candidats se présentaient d'eux-mêmes. Après avoir rencontré le service du personnel, ils passaient par l'atelier de coupage pour me remercier. Des inconnus, des bougres épuisés que je rencontrais pour la première fois venaient me serrer la main comme si je les avais sortis d'un puits.

—Je n'oublierai pas ce que tu as fait pour ma famille et pour moi, m'assuraient-ils.

—Mais je n'ai rien fait, c'est le patron que tu dois remercier.

—N'empêche, c'est une chance que tu nous as donnée.

J'imaginais leur grande détresse qui les faisait me voir comme le sauveur. Je protestais mais je comprenais que le désespéré qui avait traversé de pénibles épreuves ressentait le besoin de remercier quelqu'un et que, si après avoir beaucoup souffert il ne croyait plus en Dieu, c'est vers un autre homme, un de ses pareils, qu'il se tournait. Ce qu'ils avaient déjà subi les avait éloignés de la religion.

Nous avons vécu ainsi jusqu'aux premiers mois de 1942, luttant pour trouver de quoi nous nourrir. À deux cents kilomètres plus au nord, en zone occupée, la population était plus malheureuse que nous ne l'étions. Les journaux que nous nous passions en témoignaient toujours plus.

Une dizaine de minutes avant la fermeture des ateliers, le patron nous convoqua dans le grand hall d'accueil de l'usine. Nous nous étions assis sur les marches qui desservaient les bureaux. Nous plaisantions, notre gaieté était un peu forcée car, en réalité, ce genre de réunion était assez rare. Il fallait une raison assez grave pour provoquer cette assemblée extraordinaire.

—Chouette ! On va nous annoncer une augmentation générale ! Peut-être une grosse commande qui va nous obliger à faire encore plus d'heures supplémentaires ! Le singe est parti avec la caisse et demain, nous serons tous à la porte !

Les plaisanteries fusaient de partout, on s'interpellait, on riait et nos éclats de voix résonnaient sous la voûte du plafond, mais le silence se fit dès que la porte du patron s'ouvrit. Celui-ci avança lentement vers la rambarde pour s'y appuyer. Son air grave laissait prévoir qu'il n'était pas là pour nous féliciter. Il toussota deux ou trois fois pour gagner du temps ou pour trouver du courage. Il tira sur le bas de son gilet, se lissa les tempes et s'adressa enfin à nous.

—Mes amis, chaque jour je fais mon possible pour vous aider à supporter les rigueurs de la situation et à vous éviter les contraintes que l'État nous impose. Aujourd'hui, les autorités m'ont obligé à afficher cet avis que vous lirez en sortant. Il s'agit d'envoyer des travailleurs en Allemagne. À ce jour, cela ne concerne que les volontaires qui veulent aider l'occupant à remplacer la main-d'œuvre faisant défaut outre-Rhin. Il faut des bras pour faire tourner les usines d'armement, les fermes, les industries lourdes, les fonderies, les mines de charbon. Bref, on nous promet des salaires intéressants, les ouvriers seront bien nourris et logés. On m'a prié d'insister sur les avantages d'une telle expérience qui ne durera qu'un an ou deux, selon le libre choix de chacun. De plus, un prisonnier français sera libéré pour chaque ouvrier partant pour aider ce pays qui entend nous protéger du communisme et de l'emprise des Juifs. C'est ce qu'ils appellent la « relève ». Je cite leurs termes. Il va sans dire que je me sens mortifié à l'idée de renoncer à un seul d'entre vous. Malheureusement, je dois me plier aux ordres et mon opinion ne compte pas.

Après ces mots, il nous tourna le dos et regagna son bureau. Il semblait écrasé par le poids de la fatalité. Dans nos rangs, des remarques amères commencèrent à gronder :

—Le cochon ! Il est bien comme tous ces bourgeois qui se régalent des aubaines de la guerre. Méfiez-vous de ses airs consternés, il ne veut que nous embobiner. Il pense que nous laisserons les nôtres pour aider les Boches pendant qu'il restera ici à se remplir les poches. Il est le premier à fournir l'armée d'occupation et la milice. Qu'il y aille, lui, dans le grand Reich !

Certains autres restaient songeurs, s'interrogeant sur la proposition qui venait de leur être adressée. Un frère, un proche avait été pris en mai ou juin 1940, ils n'avaient plus de ses nouvelles. Eux-mêmes avaient échappé à la conscription car ils étaient trop jeunes pour partir, ils n'étaient pas mariés. Ils entrevoyaient là une possibilité de porter une fin heureuse au calvaire de leurs parents, d'une belle-sœur, d'un neveu ou d'une nièce sans papa. Ils se sentaient coupables de préserver leur liberté au prix de celle d'un proche en charge d'une famille.

Nous défilâmes devant le tableau d'affichage. Un panonceau montrait une femme tenant un enfant dans ses bras. « Finis, les mauvais jours ! Papa gagne de l'argent en Allemagne », disait-elle, radieuse. Une autre feuille représentait la tête d'un soldat casqué de la Wehrmacht qui semblait observer une foule d'ouvriers français devant les cheminées fumantes des usines, sous un ciel incandescent annonçant une aube nouvelle : « Ils donnent leur sang, donnez votre travail pour sauver l'Europe du bolchevisme. »

Pour ma part, je savais comment nos soi-disant protecteurs avaient *sauvé* ma ferme et ses habitants. Dussé-je me cacher dans un trou de rat, jamais, à aucun prix, je n'aurais cédé aux sirènes de leur propagande. Quelques Lorrains vinrent me demander mon avis. Je leur répondis qu'ils étaient seuls juges de la conduite à tenir. Je les engageai seulement à réfléchir aux raisons qui les avaient précipités si loin de leur région natale. Était-ce pour se jeter maintenant dans l'antre du loup ? Ils avaient trouvé à Romans un toit, un emploi où ils étaient respectés et convenablement payés, un cadre de vie agréable parmi des gens aimables, pourquoi risquer de gâcher tout ce qu'ils avaient obtenu au prix de tant de sacrifices ? Je n'avais pas besoin d'en dire davantage, ils finissaient par m'approuver sans insister. Il n'était pas rare qu'un voisin d'établi se mêlât à la conversation pour appuyer mes arguments. Les Drômois ne portaient pas les Allemands dans leur cœur. Ils avaient soutenu le Front populaire, persuadés par les idées de gauche. Ils détestaient la collaboration tant vantée par Pétain comme le seul moyen d'épargner des grandes catastrophes à notre pays. Ils ne croyaient pas le Maréchal. Parmi les notables de la ville, il se trouvait bien quelques gros commerçants qui soutenaient la politique officielle, qui levaient le chapeau au passage des grosses berlines noires arborant le fanion tricolore parfois orné de la francisque. Mais le gros de la population traînait les pieds. Je n'en aimais que davantage les gens de ce pays qui m'avaient reçu et accordé leur confiance.

Les filles jouaient dans la cour, devant la fenêtre ouverte de notre appartement. Leurs pépiements d'oiseaux remplissaient cette après-midi ensoleillée, elles avaient alors huit ans et s'entendaient admirablement. Elles veillaient l'une sur l'autre comme deux sœurs car les épreuves qu'elles avaient subies les avaient liées pour longtemps. Elles passaient leur temps ensemble et leurs bavardages duraient des heures. Elles trouvaient toujours quelque sujet de conversation, au point que Paule et moi les appelions souvent « les pipelettes », ce qui avait le don de les énerver.

Je réparais une paire de godillots confiés par un paysan, tandis que Paule préparait le repas du soir. Je devinais la gravité du sujet débattu au ton de leur voix qui se fit murmure.

—Clotilde m'a dit que ton père était le chéri de ma mère, qu'il couchait avec elle, dit Thérèse, tremblante de colère.

—Qu'est-ce que tu lui as répondu ? demanda Jeanne.

—Je lui ai dit que maman avait sa chambre et que ton papa dormait dans son propre lit, séparément. Mais elle a ri pour me déclarer que coucher ensemble, ce n'était pas que dormir ensemble, c'était aussi faire des choses que font les amoureux pour avoir des enfants.

Jeannette se tut, elle semblait choquée par cette remarque.

—Tu ne lui as pas dit qu'elle se trompait, qu'elle avait une langue de vipère ? lui lança-t-elle enfin.

—Je lui ai même donné une gifle, expliqua Thérèse. Je savais qu'elle mentait parce que maman est toujours amoureuse de papa et parce que ton père aime toujours ta mère. Clotilde est une sale punaise et je le dirai à nos parents pour qu'ils lui clouent le bec.

Paule avait interrompu son travail, elle se tenait derrière moi, elle avait tout entendu. Je l'interrogeai du regard, inquiet de sa réaction.

—Nous ne pouvons pas permettre ces racontars, murmura-t-elle. C'est odieux. Ce ne sont pas les enfants qui inventent ces saletés, ils les ont entendues à la maison avant de les répéter à l'école.

—Que comptes-tu faire contre cela ?

—Je ne sais pas. Je me demande si cela changerait quelque chose d'en avertir les institutrices.

—Peut-être que Charline pourrait intervenir auprès de ses anciennes collègues, si tu l'en informais ?

—J'ai besoin de réfléchir, je n'ai pas l'intention de gâcher ma vie à chasser les rumeurs. Il faut trouver le moyen d'arrêter définitivement les médisances.

—Ne crois-tu pas que tu risques de te mettre de braves gens à dos et qu'une maladresse peut heurter des amis qui se sont montrés bienveillants à notre égard ?

—J'en toucherai tout de même deux mots à Charline pour connaître son avis, mais je me débrouillerai seule. Je ne songeais pas à me plaindre ou à ruer dans les brancards.

—Qu'est-ce que tu as dans l'idée ? J'avoue que tu m'effrayes un peu…

Elle eut un petit rire nerveux et posa sa main sur mon épaule.

—Crois-tu que je me suis donné tant de mal pour arriver jusqu'ici et que je risquerais de tout détruire par une imprudence ? Si j'étais seule, encore, je ne dis pas, mais j'ai ma petite, j'ai Jeannette et toi qui m'empêchez de commettre des bêtises.

—Je n'en espérais pas mieux de ta part, dis-je, rassuré.

J'avais presque oublié l'incident quand Paule me retint après que nous avions embrassé nos filles pour leur souhaiter bonne nuit.

—J'ai réfléchi, me souffla-t-elle. J'ai pris ma décision en ce qui nous concerne, toi et moi.

Elle attendait ma réponse, mais je me taisais pour la laisser poursuivre.

—Voilà, je suis persuadée que nous ne devrions plus vivre sous le même toit. Ce fut une erreur et je comprends ceux qui ont supposé des choses fausses. J'en porte l'entière responsabilité car j'aurais dû voir immédiatement que c'était une situation impossible à tenir. Dès demain, je demanderai à Mme Daume un logement pour Thérèse et moi, cela coupera court à tous les cancans.

—Déménager ne résoudra rien du tout. Tu vivras toujours à Romans, peut-être dans ce bâtiment qui appartient à l'usine. Il reste deux ou trois logements vacants. Si nous étions vraiment amants, rien ne nous empêcherait de nous voir en cachette, même si tu vivais à l'autre bout de la ville. As-tu mesuré les conséquences pour nos filles ? Elles ont maintenant pris l'habitude de se réveiller ensemble, de jouer ensemble, elles sont derrière le même pupitre d'école, elles partagent leur lit. Loin l'une de l'autre, elles ne seraient pas aussi équilibrées après avoir perdu leur père ou leur mère. Les séparer serait leur infliger une blessure trop grande, comme une amputation.

Je surpris un sourire tirant un coin de sa bouche.

—Es-tu sûr de ne penser qu'au chagrin de nos filles ? demanda-t-elle.

—À qui veux-tu que je pense d'autre ?

—À toi, par exemple. Avoue que c'est bien commode d'avoir une femme à la maison pour soigner ta fille et laver ton linge.

Une sourde colère m'envahit. Je lui répliquai que je n'avais pas besoin d'une servante, que je prenais ma part d'ouvrage pour les aider, elle et sa petite, et que j'avais changé les langes de Jeannette aussi souvent que Marion. Je savais faire chauffer une soupe et peler les légumes. Me reprochait-elle de me comporter comme un nabab ? Dès mes premières protestations, elle se précipita sur moi et m'enserra dans ses bras comme on maîtrise un forcené.

—Pardonne-moi si je t'ai heurté, je ne te reproche rien. Si tous les hommes te ressemblaient, les femmes seraient moins malheureuses. Oublie ma plaisanterie de mauvais goût, je ne pensais pas ce que je disais. Cette insinuation était stupide. Excuse-moi.

Je m'écartai, piteux. Elle avait bien lu en moi, je refusais de la voir s'éloigner de moi. Je m'étais attaché à elle et sans elle à mes côtés, j'aurais pu partir à la dérive. Je ne pensais pas du tout à son rôle de ménagère.

—Je ne veux pas que vous viviez ailleurs. Quand Marion et Frédéric sont morts, tu m'as prié de te garder encore un peu avec moi et tu m'as fait promettre de t'avertir quand je jugerais que nous ne pourrons plus vivre ensemble. Eh bien, le moment n'est pas encore venu. Je souhaite que tu ne changes rien tant que nos filles ne seront pas capables de mener leur vie séparément. Elles ont besoin de toi et de moi en même temps. La malice des autres ne doit pas nous dicter notre conduite. Il nous est interdit de leur imposer cela à cause de quelques pies borgnes[1], comme on les appelle ici. Ce serait leur accorder trop d'honneur que de reconnaître leur victoire.

—Bien, murmura-t-elle. Je dirai aux filles de ne pas accorder d'importance aux imbéciles. Elles savent bien, elles, qu'il n'y a que de l'amitié entre toi et moi, car les enfants devinent tout… Je crois que j'en parlerai pourtant à Charline Bruyer, elle est de bon conseil.

—Avant de nous lancer dans quoi que ce soit, peut-être devrions-nous sonder Jeanne et Thérèse pour savoir si cette histoire les a vraiment perturbées.

—Nous les questionnerons demain matin, tu as raison.

Nous avons rejoint nos chambres et, au milieu de la nuit, ses plaintes me réveillèrent. Cela me fit mal au cœur. Pauvre femme qui s'efforçait de réprimer sa peine en ma présence, pour ne pas m'affliger davantage. Si faible sous son épaisse carapace apparente.

Les jours suivants, je prêtais l'oreille pour surveiller les conversations des enfants. Je ne surpris aucune remarque désagréable. Elles n'évoquèrent plus ce sujet. J'espérais qu'il ne s'agissait que des taquineries parfois cruelles auxquelles les enfants ont l'habitude de recou-

1 Pie borgne : femme bavarde et médisante.

rir pour asseoir leur autorité. Ni Thérèse ni Jeannette ne semblaient affectées, seule Paule en gardait la blessure. Après une semaine d'expectative, je lui demandai si elle avait entrepris quelque démarche auprès de l'école ou de Charline. Elle me répondit qu'elle n'avait rien entamé et qu'elle préférait que l'initiative vînt de nos filles. J'approuvai sa décision et je l'encourageai à ne pas accorder trop d'importance à ces querelles de gamines.

—N'empêche, me dit-elle, je resterai vigilante car je sais les dégâts que ces méchancetés peuvent causer dans la tête d'une petite fille. Elles ont déjà subi tant de douleurs que n'importe quoi pourrait les briser d'un coup. Je m'étonne qu'elles aient si bien surmonté la perte de leur père ou de leur maman. Est-ce que Jeanne se plaint auprès de toi de la disparition de Marion ?

—Trop rarement, à mon avis. Pas de caprice, pas de crise de larmes, pas de colère, nos petites se comportent comme des soldats aguerris. Je souhaiterais qu'elles viennent chercher du réconfort plus souvent. Mais elles se ferment, Jeanne comme Thérèse. Je m'inquiète du jour où toute cette peine rejaillira. Alors, il se pourrait que cela nous submerge et que nous ne sachions pas comment réagir.

Elle resta silencieuse un long moment, guettant le va-et-vient d'une hirondelle qui gavait ses petits dans le nid suspendu à une poutre du porche. Je crus qu'elle avait oublié notre entretien mais elle murmura, plus pour elle que pour moi :

—Qui sait si tout cela n'est pas en train de les détruire insidieusement pour les laisser en miettes ?

Elles doivent affronter des épreuves trop importantes pour elles. Ce qu'elles subissent est inhumain. N'aurait-il pas été préférable de rester tranquillement chez nous, à Strasbourg ? soupira-t-elle enfin.

—Aujourd'hui on ne vit plus tranquillement en Alsace, c'est impossible. Frédéric aurait été enrôlé de force sur le front de l'Est. Quant à toi, tu fabriquerais des obus dans une usine d'armement. Vous avez choisi la meilleure solution, observai-je.

Elle m'interrompit vivement :

—Crois-tu ? Vois où nous en sommes maintenant. Cet exode a fait de moi une veuve et de ma fille une orpheline. Voilà où notre peur nous a menées. Au malheur, pour le restant de notre existence.

Sa voix tremblait de rage, son regard si bleu s'assombrit comme le fond de l'Isère qui courait à deux pas de nos fenêtres.

—Qu'en sais-tu ? Veux-tu que je te présente aux Bauer ? Ils viennent de Colmar qu'ils ont réussi à fuir. Les Allemands ont tué leur garçon sur le pas de leur porte, il refusait de s'engager. Ces braves gens sont ici, à Romans, avec Rose, leur fille aînée. Les soldats voulaient envoyer les parents en camp de travail, Rose devait travailler comme esclave dans l'usine Krupp de Magdeburg. Ils ont traversé mille dangers pour se mettre à l'abri. Ils se sont échappés à pied, avec quelques rares bagages qu'ils avaient rassemblés, poussant une charrette comme des paysans qui allaient couper du foin pour leurs bêtes. Si cela t'intéresse de connaître l'état de ta région, je demanderai au couple Bauer de boire le café chez nous dimanche après-midi. Ils te diront s'ils regrettent d'avoir pris ces risques énormes. J'ai perdu mon épouse que j'aimais, tu as perdu ton mari et eux n'ont plus de fils. Chacun a abandonné une part de lui-même dans cette saleté de guerre. Mais leur situation n'est pas moins pénible que la nôtre. Imagines-tu ton enfant exécuté devant chez toi d'une balle dans le front ? Il n'existe rien de pire pour une mère.

Elle baissa la tête.

—Pardonne-moi, me répondit-elle, à peine audible. Je ne sais pas si je suis assez forte pour entendre ces pauvres gens. Un jour, je ne dis pas non, mais pas maintenant, cela me ferait plus de mal que de bien. J'ai bien assez de peine à supporter notre propre condition.

Je fus surpris d'entendre ces mots dans sa bouche. Enfin, elle se montrait telle qu'elle était, avec sa fragilité, sa vulnérabilité et étrangement, je lui en fus reconnaissant. Elle n'était plus le roc que j'imaginais.

Alors, il ne fut plus question de séparation. Peut-être subissait-elle les questions de ses collègues mais à l'instar de moi-même, elle devait s'en accommoder et, par une pirouette, éviter les indiscrétions. Pour ma part, je feignais de jouer sur la signification des mots. Si l'on me demandait des nouvelles de ma « bonne amie », je faisais comme si j'ignorais que dans la Drôme ce terme signifiait « maîtresse ». En effet Paule était mon amie, une bonne amie, et je faisais semblant de comprendre ce qui me convenait. Je répondais qu'elle se portait bien et que la région lui plaisait bien.

Une fois, un camarade insista :

—Maintenant que vous êtes installés ici, pourquoi ne pas nous faire un faire un petit Romanais ? Ce serait bien de donner un frère à vos filles ?

Je sentis la colère me monter à la gorge.

—Je t'ai déjà dit que Paule est mon amie, qu'entre elle et moi il n'y a rien d'autre que de l'amitié. Son mari et ma femme sont morts en même temps sous nos yeux, il y a moins de trois ans. Nous nous aidons mutuellement comme deux personnes qui ont traversé les mêmes épreuves mais nous n'avons pas envie de remplacer les êtres que nous avons perdus. J'espère qu'un jour elle épousera un gentil garçon, quand elle aura fait son deuil. Pour l'heure, nous en sommes très loin.

L'homme recula d'un pas, comme s'il craignait un mouvement de violence de ma part.

—Excuse-moi, je ne voulais pas te vexer. Mais à vous voir ainsi toujours ensemble, aussi proches l'un de l'autre, aussi attentifs à vos enfants, sans faire de différence entre elles, comment veux-tu que nous ne pensions pas que vous vous aimez ? Malgré nous, nous finissons par croire que vous êtes mariés depuis longtemps. Il ne faut pas nous en tenir rigueur, c'est ainsi, nous ne pensons pas à mal.

On pouvait reprocher tout ce qu'on voulait aux Romanais, leur rudesse parfois, leur franchise, leur défaut d'instruction, leur goût de la fête, mais il fallait leur reconnaître une grande générosité et un cœur énorme. Je le vis tellement penaud que je me dis qu'il était logique de nous croire unis car nous vivions comme un ménage établi. Pourquoi alors ne pas officialiser cette situation ? Paule accepterait peut-être si je le lui proposais. Mais non, à peine cette idée m'avait-elle effleuré que je la rejetai brusquement. Même si je l'aimais profondément, je m'interdisais de l'aimer d'amour, cette union aurait quelque chose de sale, d'adultérin, d'incestueux car je la considérais plus comme une sœur que comme une fiancée. Définitivement, deux cadavres s'interposaient, que nous ne nous pourrions jamais enjamber. Frédéric et Marion dormaient côte à côte dans leurs tombes de Pailly. Paule et moi vivions pareillement ensemble dans notre refuge de Romans-sur-Isère. Vivants mais le cœur mort.

Depuis la fin du mois d'août 1942, la rumeur se faisait plus lourde. Les Allemands manquaient de bras pour faire marcher leur industrie et leur agriculture. Quelques milliers de volontaires français travaillaient déjà outre-Rhin, mais l'armée avait besoin de toujours plus d'hommes et de femmes pour remplacer leur jeunesse qui combattait sur tous les fronts. On évoquait alors les réquisitions dans les pays occupés. Chez nous, seuls les célibataires figuraient sur les listes, en principe, mais de nombreuses exceptions étaient concédées avec la bienveillance des autorités. Chaque famille devait fournir son quota d'ouvriers. Les plus jeunes, ceux qui n'avaient pas encore d'enfants, ceux qui n'avaient pas de parents à charge. Très rapidement les patrons, dont celui de notre usine, aidèrent l'occupant à désigner ceux qui se voyaient voués à grossir les rangs de la *conscription obligatoire* : les syndiqués, les communistes, les opposants au régime, les réfractaires, les saboteurs de machines ou de productions, les mauvais caractères, les fainéants, les grandes gueules et tous ceux qui posaient problème. Le propriétaire de la fabrique appelait les ouvriers un à un, sous le prétexte de leur faire signer un contrat les protégeant mieux. En ces temps de pénurie, la main-d'œuvre courait au plus offrant, les employés quittaient leurs postes du jour au lendemain, séduits par les propositions des recruteurs qui sévissaient aux portes des usines aux heures d'embauche et de débauche. Il fallait stopper cette hémorragie pour honorer les commandes de l'armée. Sans la clientèle des troupes d'occupation, Romans aurait pâti comme de nombreuses villes du pays. Aussi ces nouveaux engagements que l'on nous proposait arrangeaient à la fois le personnel et les employeurs. Avant moi, six ou huit hommes avaient défilé dans le bureau du patron. Joseph Buron revint tout heureux, brandissant les cinq feuillets qu'il venait de parapher.

—C'est de l'or en barre, pavoisait-il, plus besoin de pleurer pour du boulot. Ce papier me le garantit pour de nombreuses années. Fini de trembler, plus de chômage dans la baraque !

Il accepta que je jette un coup d'œil et, en effet, les clauses garantissaient une hausse du salaire, la promesse d'un ajustement annuel, des primes de rendement, des primes d'outillage, une participation aux frais de nettoyage des blouses. Comme perdu dans la liasse, un chapitre retint mon attention. Mon collègue avait signé son adhésion au PPF, le Parti populaire français de Jacques Doriot qui confirmait la collaboration active au régime hitlérien.

—Te rends-tu compte de ce que tu viens d'approuver ? demandai-je à mon camarade ébahi.

—Ah ! Les salauds ! Je vais récupérer ça immédiatement, il faudra bien que le singe me restitue ce torchon s'il ne veut pas que je lui fracasse la gueule !

Joseph fila comme une flèche vers l'administration et revint, rouge de colère mais triomphant. Au milieu de l'atelier, il lança en l'air une poignée de confettis qui retomba en une pluie virevoltante.

—La vache, il m'a affirmé sans rire qu'il s'agissait d'une erreur. Il m'a juré que jamais il ne se serait permis d'engager un de ses hommes à son insu dans un parti qui ne lui convenait pas ! hurla-t-il.

La colère courut comme traînée de feu entre les établis, un vent de révolte qui allait s'amplifier avec le temps, un air de Front populaire.

J'étais appelé après lui. Le patron m'accueillit avec un grand sourire réconfortant et poussa vers moi les documents que je devais approuver. Je les lus attentivement avant de les lui rendre.

—Je suis honoré de votre confiance, dis-je, mais je préfère ne pas profiter de ce que vous m'offrez. Ce serait une malhonnêteté. Je ne peux pas m'engager pour plusieurs années. Je suis né à Sedan et j'espère y retourner dès la fin de la guerre. Je me sens très bien chez vous mais ma région me manque. Je suis un paysan et la terre coule dans mes veines.

—Tu t'en sors très bien dans ce travail, tu gagneras mieux ta vie ici et tu y seras plus heureux. Tu y trouveras tout ce qu'il te faut : l'école pour tes filles, le beau temps, l'air de la montagne, un métier bien rémunéré, que vouloir de plus ? Tu sais, dans ces temps de disette, il faut se montrer prudent.

—Je voudrais pouvoir me recueillir sur la tombe de mes parents assassinés par les Allemands, et sur celle de mon épouse.

Il hocha la tête et tourna lentement les pages devant lui. Il appuya son doigt sur l'adhésion au PPF, il opina encore.

—Je comprends, dit-il enfin. À ta place, il me serait difficile de changer de région. Tu as été courageux et tu as fait ton possible pour te faire apprécier chez nous…

Son index tapotait la case réservée à la signature, pour me signifier qu'il n'était pas dupe.

—À la fin de cette guerre, si par hasard je décidais de rester, je vous promets que je n'irai pas tenter ma chance chez un autre patron. Je reconnais les bienfaits que vous m'avez accordés, le logement, le travail. Sans vous, il m'aurait été difficile de survivre à l'exode et à la perte de mon épouse. On ne sait jamais, si cette calamité de conflit durait encore dix ans, ma fille pourrait épouser un garçon d'ici et je ne pourrais pas vivre loin d'elle. Elle est toute ma famille, jamais je ne l'abandonnerai, surtout si elle me donne des petits-enfants à aimer.

Il me serra la main et me donna congé.

Un bout de carton attaché aux barreaux du portail de l'usine : « Julien, j'ignore où tu es. Si tu es encore vivant et que tu passes par ici, rends-toi à la mairie de Romans, demande après moi. Ils te diront où nous sommes. Je t'embrasse, tes enfants t'embrassent aussi. Viens vite. »

Moins de trois semaines plus tard, Joseph Buron partait pour Munich avec une dizaine de travailleurs forcés. Sans doute aurait-il mieux valu pour lui que jamais je ne mette le nez dans ses maudits papiers. Sans ma mise en garde, il aurait probablement traversé cette époque à Romans, dans sa maison, auprès de sa femme et de ses enfants.

Je n'eus pas longtemps à attendre mon tour. Dès la deuxième semaine de 1943, après la promulgation du STO, je fus l'un des premiers appelés. Selon le patron qui me remit mon ordre de départ, il n'avait pas pu s'opposer à la décision des autorités. Je n'avais pas d'épouse à charge, j'étais en situation équivoque, vivant avec une autre qui pouvait se charger de ma fille le temps de mon absence, si peu de temps après la mort de Marion. Les cercles catholiques qui tenaient les rênes de la ville s'en seraient émus, m'accordant une importance que je ne demandais pas. En outre, j'étais considéré comme un errant car j'avais négligé de me déclarer sur les registres de la mairie. Pourquoi l'aurais-je fait ? Je n'avais demandé l'aide de personne puisque je m'étais débrouillé seul. À chacune de mes protestations, le patron répondait : « Je sais, je sais, mais que veux-tu que je fasse contre l'administration ? C'est le pot de terre contre le pot de fer. Si je me heurte à l'occupant, on cessera les commandes et des dizaines de familles de Romanais se retrouveront sur la paille. Comprends-moi, malgré l'amitié que je te porte, je ne peux pas condamner ces gens qui comptent sur moi. Je suis contraint de trancher pour protéger le plus grand nombre. »

Je devinais qu'il m'avait désigné, qu'il me faisait payer mon refus d'adhérer au PPF. Les motifs de mon départ étaient pure invention de sa part. Les Allemands se montraient très discrets depuis qu'ils avaient quitté la ville en juillet 1940. Quant aux Italiens, ils avaient d'autres préoccupations, ils défendaient leurs territoires de l'autre côté de Méditerranée. La milice ne sévissait pas encore et seuls les fascistes jouaient les gros bras dans les rues en bousculant les manifestants à la sortie des usines. Ils fracassaient les vitrines des magasins tenus par des Israélites. Cependant, des informations circulaient dans les ateliers. Untel avait rejoint le jeune maquis qui s'organisait dans le Vercors, tel autre quêtait pour venir en aide aux familles des combattants de l'ombre qu'on qualifiait de « terroristes ». Un monde secret grouillait dès la tombée du jour. Cela nous fascinait et nous inquiétait à la fois car on évoquait des représailles aveugles sur des innocents choisis au hasard.

En regagnant l'appartement, il me fallait informer Paule. Je devais prendre le train pour l'Allemagne et je ne voyais pas comment me soustraire à cette nouvelle épreuve sans mettre en péril l'Alsacienne et les petites. Elle fut prise de panique. Elle se mit à maudire le ciel qui s'acharnait sur elle, qui lui avait déjà pris son époux et qui s'apprêtait à la priver du seul homme qui avait accepté de la protéger jusqu'alors. Pour la première fois, elle ne retint pas ses larmes devant moi, elle en fut incapable et, après avoir toujours fait preuve de courage pendant ces derniers mois, elle s'abandonna à un terrible désespoir. Je ne l'avais jamais vue dans cet état, même devant la tombe de Frédéric. Ce n'était pas mon sort qui la désolait mais elle refusait de me voir partir. Cela lui était intolérable. Elle ne supportait pas que le ciel s'acharnât ainsi sur elle. Usé par les épreuves subies, son cœur était à vif et ce dernier coup qu'on lui portait la mettait à terre. Elle se tordait les bras, se frappait la poitrine en criant. Je ne la reconnaissais plus, sa douleur m'effrayait, ses cris remplissaient l'immeuble.

—Ils ne t'auront pas, je ne le veux pas ! Que deviendrons-nous sans toi ? N'avons-nous pas assez souffert ? Qu'avons-nous fait pour mériter cette pénitence ? Quelle malédiction ! Maudit soit le ciel, maudit soit le Seigneur !

Je tentais de la réconforter en lui expliquant que je n'étais pas le seul, que d'autres m'avaient précédé et que des centaines, voire des milliers d'autres me suivraient. Ce n'était l'affaire que de quelques mois. Les Allemands avaient déclaré la guerre à l'Europe en 1939 car ils ne parvenaient pas à nourrir leur peuple ruiné par leur dette après 1918. Comment entretenir alors ces contingents d'ouvriers qu'ils faisaient venir chez eux ?

—En as-tu vu qui revenaient, malgré leurs promesses ? Où sont les prisonniers de guerre qui devaient être libérés par nos compatriotes volontaires ? Il ne faut pas croire leurs histoires de « relève » : ils font mourir les gens d'épuisement dans des camps de travail. Ils les affament, ils les maltraitent, ils exécutent ceux qu'ils soupçonnent de dégradation de machines, ils tuent ceux qui volent un bout de pain.

—Qui t'a raconté cela ? D'où tiens-tu ces fables ? Ils ne sont pas assez bêtes pour tuer leurs esclaves !

Crois-tu que cela ne leur coûte rien de faire venir chez eux et d'héberger autant de personnes ?

— Charline m'a rapporté l'histoire d'un garçon d'Hostun, capturé dans la Somme dès la première semaine de juin 1940. Il avait été donné à un nazi qui élevait des chevaux en Bavière. On ne le nourrissait pas, on le battait chaque jour davantage car il devenait si faible qu'il ne parvenait plus à soulever une botte de paille. Voyant sa fin approcher, il s'est enfui par la Suisse. Il a réussi à s'échapper. Il se terre chez lui aujourd'hui, il ne met pas le nez dehors, il passe ses jours et ses nuits à trembler au moindre bruit de moteur, au moindre cri dans la rue. Ce n'est plus que l'ombre du jeune homme qu'il a été. Ses parents doivent le surveiller comme un enfant. Il est gagné par la panique, il pleure sans cesse, il est devenu hystérique, il ne dort pas malgré sa fatigue. Il perd la boule. Voilà ce que les Boches font des ouvriers français. Ils ne nous aident pas, ils nous exterminent, nous ne valons plus rien.

Elle finit par se calmer et nous envisageâmes les possibilités qui s'offraient à nous. Nous écartâmes immédiatement l'éventualité d'un départ consenti ou forcé en Allemagne. Il n'était pas question non plus que je vive caché en ville, dormant là aujourd'hui, demain ailleurs. Les Lorrains que j'avais aidés m'auraient abrité mais en exposant leurs familles mais je ne voulais pas vivre comme une bête traquée. Nous évoquâmes une retraite chez les Berthon qui m'auraient accueilli volontiers. Hélas, leur ferme se trouvait en zone occupée et ma présence chez eux aurait fini par éveiller des doutes et les exposer aux représailles. Non, je devais rejoindre le maquis. Il ne me restait que cette option. Combattre anonymement jusqu'à la fin de la guerre. La clandestinité et la lutte.

—Et si ce sont les nazis qui gagnent ? s'inquiéta Paule.

—Impossible. Dieu ne nous infligerait pas ça... Il Lui reste encore une miette de conscience, j'espère...

Le lendemain matin, je me rendis à l'usine pour réclamer ma dernière paye et dire adieu à mes amis. À travers la cloison de verre de la comptabilité, j'aperçus le patron dans son bureau. Il détourna la tête pour ne pas me saluer. Ressentait-il quelque honte, quelque culpabilité ? J'empochai l'enveloppe qui avait été préparée à mon intention et je redescendis à l'atelier pour saluer mes collègues compatissants. On me souhaita du courage, on m'adressa des plaisanteries qui arrachaient des larmes à leurs auteurs, on me serra la main longuement, on me donna des tapes dans le dos comme si j'étais un veau conduit à l'abattoir. Je fis un tour dans l'espace réservé aux piqueuses. Elles n'avaient pas le cœur à sourire. Les lèvres serrées, elles me collaient un baiser sur la joue ou se contentaient de hocher la tête, à distance, elles craignaient que je leur transmette ma poisse. Paule ne leva pas vers moi ses yeux baignés de pleurs, elle me laissa passer devant elle sans m'arrêter. C'est à peine si ma paume frôla son épaule quand je fus à sa hauteur. Je traversai les travées, déconnecté de la réalité, avec l'impression de vivre un cauchemar. De retour chez nous, j'allai frapper à la porte de Mlle Bruyer pour embrasser les petites. Je le fis rapidement, sans laisser paraître mon désarroi. Je les serrai contre ma poitrine.

—Vas-tu chercher à manger dans les fermes ? me demanda ma Jeannette.

—Je ne m'absenterai pas longtemps, répondis-je.

Je savais qu'elle ne me croyait pas. Je l'étreignais trop fort pour ne pas l'inquiéter.

—Si tu peux, achète-moi quelques patates et du fromage de chèvre, me dit Charline, pour rassurer les enfants.

J'enfourchai mon vélo, celui que m'avait procuré Amédée Toussaint, et je me lançai vers le Pont-Vieux où une passerelle bricolée avec des planches reliait les arches dynamitées deux ans plus tôt. Des gendarmes et des soldats traînaient souvent sur les berges pour surveiller le trafic entre Romans et Valence. Par chance, seuls quelques jeunes gens étaient présents dans l'espoir de récolter une pièce ou de jouir d'une perspective intéressante sous les jupes des demoiselles qu'ils aidaient à se hisser aux échelles. Le soleil brillait de tous ses feux en cette fin du mois d'août et il me semblait que je partais en randonnée avec ma besace attachée à mon porte-bagages. Paule m'avait préparé de quoi tenir quelques jours, du pain, des tommes fraîches et des picodons, une bouteille de vin. J'aurais pu passer pour un journalier qui se rendait dans une exploitation. Dans les champs, les plants de tabac dressaient leurs bouquets de fleurs et au-dessus, les montagnes dessinaient une fresque entre les cultures et le ciel. Je laissais derrière moi une part essentielle de ma vie, de ma famille, et je ne savais pas dans quelle direction m'orienter pour rejoindre le maquis. Je n'avais informé personne de mes intentions et je n'avais demandé conseil à personne. J'entrai dans le Vercors par Saint-Nazaire et me dirigeai vers Pont-en-Royans. La côte contournait les eaux vertes du lac et je me retrouvai sur la route qui longeait la Bourne. De loin en loin, à travers les acacias et les noyers, je distinguais le torrent qui se frayait un passage dans la roche calcaire et les galets. Je me promis, si j'en réchappais, de promener Paule et les filles dans cet endroit qu'elles ne connaissaient pas. Je pêcherais de la friture, les enfants se baigneraient tandis que Paule se reposerait au soleil sur la plage où nous coucherions nos bicyclettes. Nous passerions des journées heureuses comme au temps du Front populaire, bercés par le chant des cigales et le murmure du courant. Ainsi rempli de rêves bucoliques, je parvins dans l'étroite rue qui traversait le petit bourg. Les crêtes abruptes étouffaient la ville de leur ombre écrasante. L'exercice m'avait creusé l'estomac et je m'accordai un casse-croûte au bord de l'eau. Je n'avais jamais vu de telles maisons accrochées à la falaise, en étages surplombant les tourbillons du cours d'eau qui jaillissait d'un tunnel sous la montagne. Derrière moi, une cascade dégringolait des sommets pour grossir le torrent où filaient des truites. Je m'attachais imperceptiblement à ces paysages. Je regrettais que Marion ne fût pas à mes côtés pour s'émerveiller avec moi. Je m'installais sur un talus, les pieds dans le vide pour commencer mon repas quand une voix derrière moi me fit sursauter :

— Eh, l'ami, tu ne me paierais pas un coup à boire ?

Cette voix m'était familière, bien que je n'en reconnusse pas le propriétaire. Je me tournai mais sa silhouette sombre se découpait sur le ciel lumineux sans en révéler les détails.

—Ah ! Ça, mais c'est donc le Jacques Braibant, le saint patron des Lorrains !

Il avança de quelques pas pour échapper au soleil. Je distinguai alors nettement Joseph Buron que je pensais réduit à l'esclavage en Allemagne.

—Et toi ? Que diable fais-tu ici ?

—Comme toi, je me suis enfui. Tu ne penses pas que j'allais me crever la paillasse pour ces fascistes !

Je lui racontai comment j'avais été requis par le STO et comment j'avais déserté.

—Te voilà bien maintenant. Qu'as-tu décidé, vas-tu hanter les ravines, dormir dans les grottes de bergers, traire les chèvres en cachette et te nourrir de croupes[1] ?

—Je cherche à rejoindre les maquisards.

—Fort bien, mais tu possèdes une arme, n'est-ce pas ?

—D'où veux-tu que je sorte ça ? Je n'ai même pas un fusil de chasse.

—Tous pareils, déplora-t-il. Ils veulent se battre à mains nues contre les blindés. Mon pauvre ami, si le chef t'accepte, tu ne pourras pas participer aux embuscades, tu t'occuperas de l'intendance, comme moi. Tu feras la tournée des fermes pour supplier les paysans de te donner de la viande salée ou des œufs destinés aux vrais résistants, ceux qui sont venus avec un

1 Croupes : sortes de pissenlits.

vieux Lebel. Ce n'est pas la fête tous les jours. Nous nous faufilons dans les goulets et les baumes[1]. On nous promet des parachutages et des livraisons de grenades, de mitrailleuses et de roquettes mais on ne voit rien venir. Il paraît qu'à Londres, on s'apprête à nous équiper. Nous attendons de voir venir. L'espoir fait vivre, pas vrai ? À force, je me demande si de Gaulle est écouté, à Londres. J'ai l'impression que les Alliés veulent se passer de nous.

Nous partageâmes le contenu de ma musette. Joseph dévora sa part comme s'il mourait de faim. Je le suivis ensuite chez le boulanger, le boucher et dans quelques exploitations où il récupéra des légumes, des noix, des fromages et même une belle tranche de lard. Nous chargeâmes les victuailles sur mon vélo et nous quittâmes la ville pour nous enfoncer sur les chemins forestiers en direction de Presles et de Rencurel. En altitude, les résineux se faisaient plus foncés et leur sève embaumait l'air. Joseph marchait devant moi. Je suivais à une vingtaine de mètres. Joseph m'apprit que nous ne devions jamais nous déplacer de front, ni trop près l'un de l'autre afin qu'en cas d'attaque, au moins l'un de nous pût en réchapper et avertir les nôtres. De même, il fallait avancer sous couvert et non pas au milieu du sentier et si possible, chacun de son côté.

—Tu apprendras vite, me dit-il, car tu n'es pas idiot. Pour sauver ta peau, il faut sans cesse penser à toi mais aussi à ce que ferait l'ennemi. C'est la seule façon de prévenir ses gestes, avoir toujours cette idée

1 Baume : grotte.

en tête : si j'étais celui qui veut me descendre maintenant, comment m'y prendrais-je, où me planquerais-je pour ne pas me faire repérer, à quel moment ferais-je mon coup ?

Nous escaladâmes un chaos d'énormes rochers, puis Joseph lança un sifflement pareil à un trille d'oiseau aussitôt renvoyé par les fourrés. Et six hommes surgirent de nulle part pour nous accueillir. Un seul portait une arme, une escopette antique qui semblait avoir servi à Caïn pour abattre son frère. Mon guide me présenta :

—C'est Jacques Braibant, un collègue évacué des Ardennes, les Fridolins ont tué sa femme. Il travaillait avec moi à l'usine. C'est un réfractaire au STO et il a de bonnes raisons de vouloir bouffer du Boche.

—Il a ramené de quoi se défendre ? demanda un grand type plus sec et noueux qu'un sarment.

—C'est Jean Lerouge, il commande notre groupe, m'expliqua Joseph. Il est un peu bourru mais il n'y a pas de meilleur chef... Non, il s'est enfui de chez lui avant que les gendarmes ne viennent le chercher, répondit-il à son supérieur qui se gratta la barbe, embarrassé.

—Je ne doute pas de sa bonne volonté, mais où veux-tu qu'on l'affecte ? Il arrive les mains vides, sans rien pour lutter. En face de nous, les autres possèdent de quoi nous pulvériser en deux minutes. Comment crois-tu qu'ils ont pu renverser notre armée en une semaine ? ajouta-t-il en me regardant. Des types comme toi, nous en avons à revendre. Si tu avais un fusil, je ne dis pas, mais ainsi démuni, tu nous gênerais plutôt. Une bouche de plus à nourrir alors que nous avons tant de mal à subvenir à nos besoins. Nous collectionnons les personnes dans ta situation, des Juifs, des communistes, des Italiens, des Espagnols, nous avons même deux prêtres, tous pleins d'envie d'en découdre mais armés au mieux d'un canif. Que veux-tu que je fasse de vous ? Pour leurs jacqueries, les paysans se battaient avec des fourches et des faux, mais vous, avec quoi vous défendrez-vous ? Avec des pierres ? Avec des arcs et des flèches ? Ici, on ne joue pas aux cow-boys et aux Indiens. Ceux qui tombent ne se relèvent pas, ils ne meurent pas pour rire, ils laissent derrière eux leurs familles, des femmes et des enfants qui ne se consoleront jamais. Vous courez à la boucherie, tout bonnement, par sottise, par manque de réalisme. On ne gagne pas la guerre avec des martyrs. Les héros ne servent à rien, ils sont dangereux car s'ils se font prendre et torturer, ils mettent en péril la vie de leurs camarades.

Sa franchise me bouleversa, la honte me tordait le ventre.

—Allons Jean, ce garçon est sûr. Il a prouvé qu'il savait se rendre utile, qu'il n'était pas avare de son temps ni de son énergie pour secourir les autres, intervint Joseph, désolé.

—On ne gagne pas les batailles avec de grands sentiments. Moi, j'ai besoin de gars capables de tirer sur un homme sans hésiter. Je serais bien avancé avec un héros romantique prêt à se faire crucifier.

Ces paroles me glaçaient le sang. J'aurais voulu pouvoir lui répliquer que j'avais déjà tué un homme sans barguigner pour sauver une femme mais je me retins car je ne connaissais pas ce chef, je me demandais comment il pouvait jeter les Allemands hors de nos frontières avec ces soldats sans uniforme, sans canon, qui ressemblaient plus à des vagabonds qu'à des partisans. Cependant, je ne pouvais plus retourner à Romans ni me livrer au STO. Un comité d'accueil m'attendait pour me mettre dans un train pour l'Est.

—Si je reviens avec une arme, m'accepterez-vous parmi vous ?

—Quoi ? Tu veux investir une caserne ?

—C'est mon affaire, répondis-je fermement. Muni d'une mitraillette, mériterai-je le droit de me battre sous vos ordres ou devrai-je me livrer aux collabos ?

Il me fixa longuement, comme s'il tentait de pénétrer dans mon cerveau.

—Avec une mitraillette, quelques grenades ou un engin, je n'aurai plus aucune raison de te chasser.

—Alors, conclus-je en tournant le dos, nous nous reverrons bientôt.

—Nous resterons ici encore une petite semaine, nous devons soigner deux ou trois blessés. Ensuite, il te faudra nous chercher, me lança-t-il.

Joseph me raccompagna sur une centaine de mètres, silencieux.

—Je t'avais averti, murmura mon ami Joseph… As-tu une idée de ce que tu vas faire maintenant ?

—Je n'en sais rien. Mais je reviendrai dans quelques jours avec de quoi le convaincre.

—Redescends dans la vallée, les Boches et les Italiens aiment bien se prélasser dans la Bourne. Avec un peu de chance, tu pourras peut-être leur barboter un fusil et quelques munitions. Réfléchis bien, ce serait trop bête de te faire descendre sans avoir combattu. Pense à ta femme et à tes gosses.

—Ma femme ne risque plus rien, tu le sais parfaitement. Elle est morte en même temps que mon ami Frédéric, ils sont enterrés à Pailly et depuis Paule a continué l'exode avec moi. Que pouvais-je faire ? La laisser dans le fossé avec son enfant ?

—Ne t'énerve pas, je ne veux pas me mêler de tes affaires. Je n'avais pas l'intention de te fâcher.

—D'accord, dis-je, mais je n'ai à rougir de rien, sache-le.

Je passai la nuit sans dormir dans une cabane de charbonnier, l'oreille aux aguets, m'efforçant de donner une signification aux rumeurs de la forêt. Au matin, je longeai la grand-route vers Choranche en me dissimulant sous le couvert des chênes. Je parvins sur la rive du torrent peu après midi. Sous un arbre, je terminai les restes de pain et de fromage qui s'émiettaient au fond de mon sac. Je m'allongeai ensuite, prêt à me reposer quelques instants quand une voiture militaire se présenta à proximité de la retenue d'eau de la centrale électrique du Bournillon. Il s'agissait d'une Autocarretta bâchée. Cinq soldats sautèrent du véhicule alors que celui-ci ralentissait. Ils avaient commencé à se déshabiller dans la grosse Fiat et, hurlant comme des étudiants en goguette, ils se débarrassèrent de leurs derniers vêtements semés derrière leur course sur le sentier qui menait jusqu'à la plage de sable et de galets. Un seul chasseur alpin resta auprès de la camionnette. Un pauvre bougre souffre-douleur désigné d'office pour toutes les corvées. Il regarda avec envie ses camarades plonger dans l'eau en projetant d'énormes gerbes d'écume. Il fuma une cigarette puis il finit par s'asseoir contre la roue arrière pour profiter de l'ombre. Je m'approchai de lui sur la pointe des pieds. Je m'attendais à servir de cible tant les cailloux de la route crissaient sous mes semelles. Il me semblait que toute la vallée retentissait du bruit de mes pas. Je saisis par le canon un fusil sur le siège arrière et je l'abattis de toutes mes forces sur le crâne du malheureux qui roula sur le côté sans un soupir. Je bondis derrière le volant en priant secrètement pour que l'engin démarrât du premier coup. Le ciel me servit car la voiture bondit comme un bélier à la charge. Dans mon rétroviseur, j'eus le temps d'apercevoir un homme nu comme un ver qui tentait de me rattraper. La plante des pieds meurtrie par les pierres, il se figea rapidement, se tordant de douleur. J'emportais un stock d'uniformes et d'armes qui cliquetaient joyeusement. Descendre jusque-là m'avait pris plusieurs heures de marche à travers la forêt et une nuit sans sommeil. Regagner le campement ne fut l'affaire que de trente minutes. La route était déserte et je ne croisai personne. Intérieurement, je riais en imaginant le désarroi de mes victimes que j'avais délestées de leurs fusils et d'une partie de leurs habits. Avec les rugissements triomphants du moteur, je surgis dans la clairière où quelques maquisards coupaient du bois pour la popote. Ils laissèrent tomber leurs haches et leur scie pour m'accueillir, stupéfaits. Celui que Joseph Buron m'avait présenté comme le chef Jean dégringola du talus où il avait installé son poste de commandement. Il s'accrocha à la portière pour admirer mon butin.

—Mazette ! lança-t-il, une Autocarretta, quatre fusils de guerre, un pistolet-mitrailleur et une MG42 avec son trépied, quatre caisses de munitions, des uniformes, des bottes, un émetteur-récepteur avec ses piles et nous n'avons encore pas tout vu ! Comment as-tu fait pour réussir ce coup ?

—J'ai assommé la sentinelle d'un coup de crosse, répondis-je en prenant conscience que je venais peut-être de tuer ma seconde victime.

Mon ami Joseph jubilait, derrière lui.

—Je te l'avais dit, que mon copain n'était pas un rigolo !

—Ah ça ! Je veux bien le croire… Avec ce trésor de guerre, nous pourrons repousser les Boches jusqu'à Munich !

J'avais mérité ma place dans le maquis du Vercors. Il n'était plus question de me livrer au STO. Je me sentais enfin en sécurité, mais je pensais aux filles et à Paule restées seules à Romans. J'espérais qu'elles n'aient pas à subir de représailles à cause de moi.

Les crêtes blanches se dressaient partout autour de nous. Parfois, pour observer les routes, nous les longions aux premières lueurs du jour. Le soleil de sang se reflétait sur le pare-brise des camions allemands. À nos pieds, des centaines de mètres plus bas, le vide, le gouffre profond, qui attirait mon regard. Si les Boches nous avaient vus, notre paradis se serait mué en enfer.

Et si la solution se trouvait là ? Et si Marion m'attendait là, dans les entrailles de ces montagnes ? Il me suffirait de faire un pas sur le côté, un petit écart pour mettre un terme à cette attente insupportable… Jeannette…

Nous ne possédions pas de technicien radio compétent et nous redoutions une fausse manœuvre en tâtonnant qui nous mettrait en danger. Nous ne pouvions pas communiquer avec Paris ni Londres, où un général tentait d'organiser la Résistance. Un parfait inconnu pour la plupart des Français. On savait seulement qu'il avait été sous les ordres de Pétain pendant la Première Guerre. Certains le considéraient comme un ambitieux prêt à tout pour faire sa place au soleil, d'autres voyaient en lui un nostalgique de la grandeur française, un farouche amoureux de la liberté qui avait tenté de s'échapper cinq fois de la prison où les Allemands l'avaient enfermé alors qu'il était capitaine durant la Grande Guerre. En attendant le recrutement d'un opérateur bien formé, pour la coordination avec les autres groupes, nous devions envoyer des estafettes à Valence, à Grenoble, à Lyon ou à Romans. Pendant leurs missions extrêmement dangereuses, nous tremblions de voir débarquer des sections d'assaut ennemies. Les malheureux qui tombaient aux mains de la Gestapo étaient torturés cruellement et il leur fallait beaucoup de vaillance pour ne pas céder. Leur sort était scellé dès la première minute et ceux qui en réchappaient sans avoir parlé souffraient tellement qu'ils regrettaient de ne pas avoir succombé. Au milieu du mois de septembre, un gendarme nous amena un employé des Postes et Téléphones qui savait manœuvrer l'appareil de transmission. Il avait travaillé au central de Valence et avait eu connaissance de notre réseau grâce à un chemineau avec lequel il avait saboté un convoi. Après ce coup glorieux, on lui avait conseillé de se mettre quelque temps à l'abri dans le Vercors.

Cela changea notre vie car enfin, nous avions des nouvelles des autres sections, nous nous sentions moins seuls. Sur le poste de radio bricolé volé aux Italiens, nous recevions de mystérieux messages que seul Jean Lerouge savait traduire. Le soir, front contre front comme s'il s'agissait de signes divins, nous écoutions religieusement ces phrases codées qui auraient dû nous envoyer sur de nouveaux objectifs, de nouvelles embuscades, de nouvelles attaques de nids de collaborateurs. Mais rien ne venait, nous avions l'impression de vivre dans un désert, de ne plus faire partie de la civilisation. Alors, Jean Lerouge prit l'initiative d'agir seul, sans recevoir de directive. Il désignait les cibles, nous montions des attaques rapides de convois militaires, de postes d'observation allemands. Quelques échanges de tirs et nous nous fondions dans les bois et les goulets. La traque que nous menions et celle que nous subissions ne nous permettaient pas de souffler. Les risques que nous prenions avaient-ils quelque efficacité ? Les paysans nous rapportaient que les envahisseurs redoutaient ce harcèlement de ceux qu'ils appelaient « les terroristes ». Nous n'étions pas les seuls, d'autres groupes fantômes parcouraient la montagne, frappaient et disparaissaient aussitôt.

Des mois passèrent, nous vivions comme des loups, à fuir les routes, à quémander notre pitance. Londres nous ignorait, nos rêves de dominer le Vercors s'étiolaient. Nous ne recevions pas d'ordre et il nous fallait nous gratter longtemps la tête avant d'oser une initiative. Les renseignements se faisaient rares. Les paysans que les Allemands dépouillaient nous signalaient des mouvements de troupes, espérant que nous les en débarrasserions aussitôt. Heureusement, malgré notre impatience, Jean Lerouge gardait les idées claires quand quelques exaltés parmi nous auraient voulu que nous nous lancions à corps perdu dans la bataille, à vingt contre cent, mais le chef les ramenait à la raison : « La Résistance n'a pas besoin de saints-martyrs, les soldats en vie sont plus utiles à la France, ressassait-il. Je n'échafauderai une opération que si j'ai une chance de victoire. Je ne sacrifierai pas les hommes pour la gloire. Je n'ai aucun goût pour l'acte gratuit. Les héros morts ne servent à rien, sinon à nous plonger dans le désespoir. »

D'autres groupes rebelles à Vichy avaient pris le maquis. Des groupuscules isolés comme le nôtre s'unissaient à d'autres. Léon Martin, ancien maire de Grenoble, conjuguait ses forces avec Jean-Pierre Lévy et son mouvement de Francs tireurs. Un combattant de l'ombre tombait, un autre le remplaçait très vite. Ainsi, Aimé Pupin se fit prendre et aussitôt Eugène Chavant releva le drapeau. Pierre Dalloz mit en œuvre son Projet montagnard d'organisation du maquis du Vercors. Notre équipe se spécialisa dans le combat contre les miliciens, moins bien équipés que les Allemands qui commençaient à trembler devant les hordes de partisans. La bête traquée est bien plus dangereuse. À chaque fois que nous lancions une opération de guérilla, nous redoutions les représailles sur la population civile. S'ils applaudissaient en apprenant que nous avions anéanti un convoi, les paysans nous accueillaient parfois avec une grimace. Les Boches avaient emmené des voisins, ils avaient brûlé une ferme, une grange avec sa réserve de paille et de blé. Ils avaient envoyé les propriétaires en Pologne. Ils pressentaient que la victoire s'éloignait et cela les rendait nerveux.

Dans les derniers jours de l'année, les Italiens avaient déguerpi, avec armes et matériel, leurs plumets flottant au vent. Ceux que j'avais privés de munitions à mon arrivée dans le Vercors devaient passer leurs dernières heures dans nos vallées. Pour eux, la guerre était finie alors que je rejoignais seulement la lutte. Bon débarras !

Ces doutes me hantaient. Souvent, couché sur ma paillasse de fortune, je me demandais pourquoi j'avais quitté ma ferme de Sedan où je vivais heureux, pourquoi j'étais venu dans cette région inconnue en compagnie d'une inconnue à qui j'avais confié ma fille. Je tremblais aussi pour elles dont je ne savais plus rien. Et, perdu dans ces montagnes, je ressentais la morsure du manque. Marion, Paule, mes petites… leur absence me pesait. Plus d'une fois, je décidai de me rendre à Romans pour me rassurer. Je voulais constater de mes propres yeux qu'elles affrontaient l'épreuve courageusement. En femmes isolées, elles constituaient des proies faciles pour ces prédateurs qui proliféraient en temps de guerre. L'épicier du coin se transformait en corbeau et le petit chef d'atelier se sentait pousser des ailes de vautour. Quand je confiai mes intentions au brave Joseph, celui-ci me conseilla de patienter.

—Si ça se trouve, elles n'ont pas besoin que tu risques de te faire prendre. Fais confiance à Paule, elle s'est tirée de situations plus délicates, elle saura répondre correctement aux miliciens trop curieux. Elle n'est pas idiote, je suis certain qu'elle saura s'en sortir. Les camarades de l'usine se montrent solidaires, ils ne la laisseront pas mourir de faim.

Il avait raison, le samedi 25 septembre 1943, alors que nous nous accordions une halte dans une scierie près de Saint-Nazaire-en-Royans, un camion de troncs s'engagea sur le chemin. En entendant le ronflement du moteur, les six hommes du groupe que nous formions se jetèrent à l'abri des énormes tas de copeaux. Le chauffeur descendit de sa cabine pour ouvrir la portière du côté des passagers. L'apparition de deux paires de jambes fluettes nous rassura aussitôt. Jeannette et Thérèse sautèrent sur le sol, vite suivies par Paule, chargée de deux lourds paniers de provisions. Mon cœur bondit dans ma poitrine tandis que les idées se mélangeaient dans ma tête. Comment avait-elle su que nous nous trouvions ici, ce jour-là précisément ? Comment connaissait-elle ce camionneur ? Qui l'avait aidée ? Avait-elle mesuré les dangers qu'elle encourait en me retrouvant ici, si près de l'agglomération ?

Les petites se ruèrent dans mes bras et je les fis tourner autour de moi comme un manège. Leurs éclats de rire me lavèrent instantanément de ces longs mois de solitude. Un peu en retrait, Paule m'attendait, m'offrant son sourire attendri. Quand je posai enfin les enfants à terre, elle s'avança vers moi pour m'embrasser pudiquement sur les joues alors que je m'apprêtais à la serrer contre ma poitrine. Les camarades m'observaient du coin de l'œil. L'attention des fillettes fut attirée par une chienne épagneul et deux de ses petits qui devaient appartenir à la scierie. Elles se mirent à courir après les chiots en poussant des cris stridents. Paule les calma aussitôt et leur ordonna de se tenir gentiment dans le hangar et de s'éloigner du camion que les ouvriers délestaient de son chargement de grumes.

Je m'assis sur un billot et mon amie s'installa près de moi. Elle commença à me parler sans s'interrompre, si précipitamment que je dus poser ma main sur son bras pour la calmer. Elle me raconta comment les gendarmes s'étaient présentés un soir pour l'interroger. Elle leur avait répondu que j'étais parti en Allemagne et qu'elle attendait de mes nouvelles. Ils avaient insisté mais elle n'avait pas cédé. Pour elle, j'étais au STO et nulle part ailleurs. Elle s'était permis de les tancer pour avoir permis cela, qu'un honnête homme qui venait de perdre son épouse dans un mitraillage allemand endurât de plus une séparation de son enfant. Les pandores lui avaient perfidement demandé à quel titre elle était chez nous et elle leur avait répliqué qu'il fallait bien que quelqu'un se charge de Jeannette et qu'elle était prête à débarrasser les lieux si l'un d'eux acceptait de prendre l'enfant chez lui jusqu'au retour de son papa. Son aplomb avait désarçonné les fonctionnaires qui l'avaient laissée en lui souhaitant bonne chance.

Ils étaient revenus la semaine suivante en racontant que le train qui me conduisait en Allemagne avait été saboté par des terroristes du Doubs et que le déraillement avait causé de nombreuses victimes difficiles à identifier. Ils ne manqueraient pas de l'informer dès qu'ils auraient mis un nom sur les cadavres.

Les amies de l'usine lui prêtaient assistance, les Lorrains lui remettaient chaque jour qui un pain noir, qui une moitié de pintade et qui un demi-litre de lait. Sans leur sollicitude, elle aurait eu du mal à nourrir nos filles en pleine croissance. Elle n'avait guère le temps d'accomplir ma tâche de naguère, la tournée des fermes, les travaux de cordonnerie qui nous procuraient de quoi manger. Selon elle, l'ambiance dans les ateliers se détériorait quelque peu et le patron concentrait les critiques. Débordé de commandes, il intervenait auprès des autorités pour différer les départs vers les fabriques d'obus chez l'ennemi. Il réclamait que tel ami de son fils, tel adhérent au PPF restât en France, et envoyait en esclavage ceux qu'il appréciait le moins. Déjà, on parlait de lui régler son compte, mais que deviendrait le personnel privé d'emploi ? On était obligé de tolérer son comportement honteux. Cette crapule le savait et en abusait. Les pratiques n'étaient pas meilleures ailleurs, les officiers allemands visitaient régulièrement les manufactures, ils vérifiaient les productions, ils suivaient le respect des délais, ils assuraient les approvisionnements et ils aplanissaient les obstacles qui ralentissaient les cadences. Les machines tournaient sous leur contrôle et les chefs d'industrie en profitaient. Mais comment agir autrement ? Cette soumission à l'occupant assurait une activité professionnelle quand d'autres régions sombraient dans le chômage et la misère. Paule me transmit les salutations de Mlle Bruyer, des copains de l'usine qui l'interrogeaient sur mon sort, des nombreux évacués que j'avais aidés.

Je finis par lui poser la question qui me préoccupait :

—Comment as-tu su que je me trouvais à Saint-Nazaire aujourd'hui ? Hier encore, j'ignorais le programme du lendemain.

—Depuis la semaine dernière, je me préparais à te voir ce samedi. Ton chef Jean Lerouge et Joseph Buron ont tout arrangé, ils ont trouvé un camionneur de Tain qui nous a récupérées sur le quai de l'usine. Comment voulais-tu que je sache où tu étais ? Ils m'ont rapporté tes prouesses, tu t'es encore distingué, mais prends garde, pense aux petites…

—Je pourrais te retourner ces conseils. Ne t'es-tu pas mise en danger pour me rencontrer ? Et je te supplie d'oublier les noms que tu as cités.

Elle baissa la tête, coupable. Elle glissa son bras sous le mien et le serra très fort contre elle.

—Je t'en prie, ne prends pas de risques inutiles, la guerre ne durera pas éternellement, nous avons besoin de toi. Il faut tenir le coup encore quelques mois, tu dois rester vivant à tout prix.

J'ignorais si elle pensait surtout à elle dans ce *nous.* Je me plus à le croire et mon cœur s'emballa un peu. Je repoussai aussitôt cette idée. Paule ne voulait pas se passer de moi pour élever nos filles et elle m'était tout aussi indispensable. Nous n'avions pas encore eu le temps de nous dévoiler nos vies, notre enfance, nos espoirs et nos regrets mais le peu que je savais d'elle me montrait une belle âme, généreuse et droite. Elle était entrée dans ma vie au pire moment, alors que j'affrontais l'épreuve la plus douloureuse. J'aurais pu la rendre responsable de mon malheur parce qu'elle en avait été témoin, comme on en vient à ne plus supporter le messager d'un deuil. Au lieu de cela, elle m'était apparue comme celle que le ciel m'avait envoyée pour se faire pardonner de m'avoir infligé la mort de celle que j'aimais. Elle restait cet ange gardien qui veillait sur ma Jeanne et sur moi.

Quand le chargement du camion fut déposé, elle dut repartir, avec les filles. Alors, elle m'étreignit et ne put réprimer unsanglot qui me bouleversa. Elles remontèrent auprès du chauffeur et me laissèrent là, désemparé. Peu de temps après, nous regagnâmes les montagnes et je compris que notre voyage ici n'avait d'autre but que cette rencontre avec les miens.

Je voulus remercier le chef. Il leva aussitôt la main sous mon nez pour m'interdire de parler.

—J'ignore ce que tu veux me dire mais cela ne m'intéresse pas. Tu ferais bien de l'oublier aussi.

Ce panneau de bois posé au pied d'une borne et ce message tracé à la peinture noire : « Claudin, nous ignorons où nous sommes. Les parents sont avec moi. Nous ne savons pas où aller, nous nous arrêterons au prochain village. Je t'en prie, nous n'en pouvons plus. Martine. »

Pendant quelques mois, notre seule préoccupation fut de nous cacher des soldats, de nous implanter dans la population locale qui assurait notre ordinaire et de noter le mouvement des troupes d'occupation. Nous évitions d'allumer des feux, de signaler notre présence et nous nous faisions plus discrets que des loups. J'étais le premier à avoir attaqué des soldats et cela me procura une certaine autorité. Chaque soir, avec Jean et les autres, nous débattions de la meilleure façon d'agir et, compte tenu de notre isolement, nous finissions par conclure que, sans appui extérieur, sans personne pour coordonner notre repli, la patience était la seule consigne à respecter pour ne pas finir attachés à un poteau d'exécution ou jetés dans quelque ravin. Nous écoutions religieusement Radio Londres chaque soir mais jamais aucun communiqué ne nous était adressé et pourtant, nous restions fidèles au poste, l'oreille collée au récepteur. Nous rêvions de grande bataille organisée avec les autres groupes et les alliés, de sabotage de convois ferroviaires qui transportaient les chars et les troupes. Nous changions de refuge au moins deux fois par semaine. Nous occupions une ferme abandonnée, un campement de bûcherons, une grotte. Nous privilégions les endroits situés près d'une source, un peu en hauteur pour dominer une route, entourés d'arbres ou de rochers pour nous dissimuler, avec plusieurs accès afin de pouvoir nous échapper aisément. La nuit, après notre assemblée, chacun allait se coucher, roulé dans ses couvertures. Dans le silence peuplé de bruits de la forêt, d'appels poussés par les animaux et de craquements de troncs d'arbres secoués par le vent, invariablement, je pensais à Jeannette, à sa maman disparue et je me sentais perdu sans elles. Tout me revenait en bloc, Marion m'annonçant qu'elle allait me donner un enfant, ma joie en découvrant que cette enfant était une fille. C'est ma mère qui avait aidé à l'accouchement, tandis que je tremblais dans la pièce voisine. Mon soulagement en entendant le premier cri de cette petite vie… Quand j'étais enfin entré découvrir ma fille, Marion me souriait, le visage marqué par la fatigue, mais si heureuse, si belle que ma poitrine avait du mal à contenir tant de bonheur. Je me sentais trop inexpérimenté, incapable d'assumer cette immense responsabilité, mais Marion était là, qui me rassurait par son regard, maman et papa me soutenaient comme si j'allais tomber et subitement, je m'étais cru capable de soulever des montagnes pour l'amour de ces êtres chéris. Et leur absence me meurtrissait cruellement.

Je cherchais la meilleure position pour trouver le sommeil sur ma paillasse, je virais de bord comme une barque dans la tempête, à droite, à gauche. Certains de mes camarades ronflaient, mais d'autres se battaient aussi contre leurs souvenirs. Des petites plaintes parvenaient à mes oreilles, des sanglots étouffés, des suffocations, et je m'étonnais de la grande fragilité de ces gaillards hirsutes qui tremblaient comme des enfants dans la nuit.

Parfois aussi, je songeais à cet homme que j'avais assommé derrière l'Autocarretta. Peut-être un paysan comme moi, arraché à sa Toscane ou à ses Pouilles. Je priais pour ne pas l'avoir tué. Il n'avait sans doute pas demandé à faire la guerre aux Français. Il s'était retrouvé là, gardant les vêtements de ses camarades en pays étranger, pour satisfaire les délires d'un pantin mégalomane. Mon Dieu, faites qu'il vive encore... et invariablement, je revenais à ce Bourguignon à qui j'avais fracassé le crâne. Mais je n'éprouvais aucun remords pour celui-là. Si je me trouvais dans la même situation, je répéterais les mêmes gestes. La Bible nous commandait de ne pas tuer son prochain, mais elle n'envisageait pas l'attitude du témoin d'un viol. J'avais empêché cette monstruosité sur une femme venue chercher un peu de lait pour ses enfants et je ne le regrettais pas. Je n'avais pas eu le choix, s'il avait pu en être autrement, je ne l'aurais sans doute pas supprimé mais le diable en avait tout décidé pour moi. Depuis mon départ de Sedan, je n'avais fait que subir le sort, je n'avais eu qu'à faire face aux épreuves quand elles se présentaient, sans prendre le temps de réfléchir, dans l'urgence des circonstances : l'exode, les enterrements de Marion et de Frédéric dans ce petit bourg dont j'ignorais l'existence auparavant, ma prise en charge de Paule et de Thérèse, mon séjour chez les Berthon, mon implication dans l'assistance aux évacués de Lorraine, ma désertion du STO et maintenant la Résistance comme si chacune de mes initiatives en entraînait une série d'autres et modifiait le cours de mes jours.

Étais-je condamné à n'être que le spectateur de ma vie ? J'enrageais de ne pas trouver de solution définitive. Je me voyais comme un naufragé nageant vers la grève et sans cesse repoussé au large par les vagues et les marées. À de multiples reprises, j'avais cru toucher la plage et pouvoir m'y reposer pour quelque temps, comme à la ferme de Jules et Odette, ou dans l'appartement du quai Dauphin sur les bords de l'Isère, mais à peine m'étais-je cru en sécurité qu'il m'avait fallu reprendre la route pour un avenir incertain. Je n'avais jamais entendu le nom de Romans-sur-Isère avant d'y poser mes valises, pas plus que celui de Pailly, ni de Montmerle. Seul l'espoir me poussait sur la route avec, dans mon sillage, deux fillettes et une jeune femme affligée.

Voilà ce qui hantait mes nuits et me tenait souvent éveillé jusqu'au petit matin. Cette longue période d'attente suspendue mettait nos nerfs à vif. Nous nous sentions comme perdus sur une île, à l'écart de l'humanité, nous guettions un signe, un appel qui nous replacerait dans le mouvement du monde. Nous nous interrogions sur la mission de ce gouvernement français de Londres qui nous avait appelés à l'action le 18 juin 1940 et qui restait sourd à nos suppliques. Nous avions abandonné nos familles et nos maisons pour lutter, nous voulions des armes en suffisance, des ordres de mission, et les seuls défilés auxquels nous assistions étaient organisés par l'envahisseur. À toute occasion, les chars, les véhicules hérissés de canons légers et de mitrailleuses, de porte engins du génie et de toutes sortes d'appareils nous plongeaient dans la honte et le découragement. Et puis un soir, nous entendîmes un message codé à la radio : « Les chamois aiment l'air pur des montagnes. » Jean poussa un hurlement de joie alors que pour nous, les simples résistants de l'ombre, cette formule ressemblait à toutes les autres de la longue litanie quotidienne. Elle était aussi obscure, mystérieuse et fascinante qu'un poème surréaliste. Je ne me doutais pas qu'elle allait nous lancer résolument dans la bataille.

Deux jours plus tard, notre chef me demanda de l'escorter entre les crêtes. Joseph Buron devait nous accompagner, ainsi que Maurice Blanchard, un jeune agriculteur de Saint-Agnan qui avait lui aussi fui le STO. Il avait toujours vécu dans le Vercors où il chassait. Il s'était présenté à nous, déjà équipé d'un fusil Lebel parfaitement entretenu avec ses munitions, d'un casque et de grosses chaussures de cuir aux semelles cloutées. Grand chasseur depuis l'enfance, il était capable de faire mouche sur un caillou plus petit qu'un poing fermé posé à cinquante mètres. Trapu, robuste, les yeux sans cesse aux aguets, plus silencieux qu'une souche, il semblait imperméable à l'émotion. Il savait la liste des fermes où nous obtiendrions des vivres, il nous indiqua le nom du gendarme, du curé ou du garde champêtre qui ne refuseraient pas leur aide. Ils nous indiqueraient la position des unités allemandes ou italiennes, les mouvements de troupe. Blanchard s'était rendu indispensable à notre équipe. Nous marchâmes jusqu'à Villard-de-Lans en longeant les torrents et les ravines, toujours à couvert sous les sapins. Nous tombions parfois sur un petit lac aux eaux cristallines où se reflétait le vert profond des résineux, paradis enserré dans le blanc laiteux des crêtes. Parfois, saisi par la beauté des lieux, j'en oubliais la prudence pour admirer le paysage. Maurice Blanchard, quant à lui, avançait, le mufle bas, la tête dans le cou, obstinément, comme un sanglier parcourant sa coulée. Malgré mon entraînement, je suais toute mon eau pour rester à son contact. Avant de nous engager dans la rue principale, nous cachâmes sous un tas de feuilles mortes nos sacs qui contenaient des couvertures, des armes légères, quelques grenades et des provisions. La ville profitait de l'espace comme si les maisons avaient été semées à la volée. Jean nous guida jusqu'à une bâtisse dont le premier étage de bois ouvrait un large balcon sur la ligne des sommets. Au rez-de-chaussée, une dizaine de brouettes en planches s'alignaient au soleil contre la façade. Un vieil homme nommé Ange Valet nous reçut et nous attira au fond de son atelier de menuiserie. Il remit un cahier de documents à notre chef qui le glissa dans ses vêtements sans prendre la peine de le feuilleter.

—Tout est là, dit l'artisan, les consignes, les instructions, le programme de la semaine à venir. Un largage est prévu pour la nuit de vendredi à samedi. Le temps devrait vous être favorable. Un avion britannique larguera des fusils, des grenades, une mitrailleuse, des explosifs et des provisions. Les objectifs sont inscrits dans le calepin. Voilà de quoi vous occuper pendant les prochains jours. Écoutez votre radio, vous aurez un message qui vous confirmera ou infirmera la livraison.

Nous allions le quitter quand un camion militaire freina devant la porte où nous nous tenions. Une demi-douzaine de soldats en armes sauta sur la chaussée pour se ruer vers nous. Blême de peur, je ne parvenais pas à maîtriser les battements de mon cœur, ni à esquisser le moindre geste. Je ressentais la plus grande frayeur de ma vie. J'imaginais qu'ils m'en voulaient, qu'ils m'avaient enfin trouvé après le vol de l'Autocarretta. Je pensais à mes camarades qui allaient subir la torture par ma faute. Ange Valet accueillit aimablement les visiteurs, comme s'il s'agissait de clients habituels. Il les guida vers les éléments de ce qui ressemblait à une scène démontée que les fantassins chargèrent à l'arrière de leur véhicule. Je remarquai que l'un des hommes restait à proximité de nous et nous observait discrètement. Le modèle du parfait Aryen : grand et bien taillé, la veste tirée par les muscles des épaules, la jugulaire soulignant un menton carré, un regard bleu qui me transperçait. Je me sentais tenu dans l'étau de son attention. Pourtant, il m'adressa un sourire énigmatique, à peine esquissé. Me promettait-il la mort ? M'avait-il reconnu, croisé sur la route pendant mon exode ? Il ne bougea pas d'un pouce, il me fit face pendant que ses frères d'armes transportaient les planches. À la fin de la manœuvre, l'équipe remonta dans le camion qui partit en trombe vers le sud, l'imposant soldat accroché à la portière droite, juché sur le marchepied.

Rassurés, nous reprîmes le chemin du retour, comblés par les nouvelles transmises par le charpentier. Au passage, nous récupérâmes nos havresacs. Nous empruntâmes la même vallée qui nous permettait de marcher à l'abri des arbres. À la nuit tombée, Jean Lerouge décida de faire une halte dans une grotte connue de Maurice Blanchard. On y accédait par un petit sentier ménagé sur le flanc d'une falaise. De là, nous dominions la ravine. Épuisés par notre journée de marche, nous nous endormîmes immédiatement après avoir avalé notre quignon de pain. L'endroit était sûr et, certains de pouvoir entendre tout mouvement de troupe, nous nous sentions assez tranquilles. Nous ne souffrions pas du froid, ce mois de septembre était encore doux. Le sommeil lourd nous cueillit immédiatement. Je passai la nuit sans rêver et au petit matin, j'ouvris les yeux le premier. En face de moi, assis sur une grosse pierre, un Allemand en uniforme me scrutait. Il fumait une cigarette blonde au parfum doucereux. Je me dressai sur mon coude et il me salua de la tête. Comme je tendais ma main vers mon pistolet, il murmura dans un parfait français :

—Ne fais pas ça, tu ne tuerais pas un des tiens, n'est-ce pas ?

Je reconnus le passager du camion de Villard-de-Lans. Je jetai un coup d'œil vers l'entrée de la grotte où je supposais que ses camarades devaient nous guetter, prêts à nous abattre à notre première tentative de nous échapper. L'homme devina ma pensée.

—Je suis seul, rassure-toi, murmura-t-il en retirant un à un ses vêtements qu'il roula en boule.

Il sortit de son sac des habits civils qu'il enfila. Une fois transformé en jeune paysan, il me tendit la main. Sa poignée était franche.

—Je m'appelle Marc Lustenberger. Je viens de Strasbourg, enrôlé de force dans la Wehrmacht. Un *malgré-nous*, je suppose que tu en as entendu parler ?

Les autres s'étaient réveillés, ils vinrent autour de nous, silencieux, méfiants.

—En vous voyant en ville, j'ai tout de suite pensé que vous étiez des résistants. Je me suis dit que c'était une chance qui ne se représenterait pas avant longtemps. Les Allemands se sont arrêtés dans un café pour boire une bière, je suis resté dehors sous le prétexte de surveiller le véhicule. Je vous ai vus vous engager sur la route qui entrait dans la montagne. Je vous ai suivis de loin et me voilà. Je suis avec vous, moi aussi, je veux combattre les nazis.

—Ne l'écoutez pas, c'est un piège, il faut le descendre, dit Maurice, il cherche à nous infiltrer. Quand il en saura assez, il nous livrera, nous et le réseau entier.

—Tu parles le boche ? demanda Jean, faisant mine de n'avoir rien entendu.

—En Alsace, tout le monde parle les deux langues. Nous n'avons pas cessé, dans notre histoire, d'appartenir à l'une ou l'autre nation. Moi, je me suis toujours senti français.

—Tu ressembles pourtant bien à un Schleu, grinça Maurice.

—Et toi, de quoi as-tu l'air ? répondit Marc. Je suis venu seul, en uniforme. Je suis entré dans votre abri alors que vous dormiez, il m'aurait été facile de balancer une grenade dans l'entrée et de vous supprimer. Je ne l'ai pas fait. Il existe des centaines de jeunes comme moi, qui ont été contraints de servir la croix gammée, sous peine d'exécution immédiate. Je n'ai pas eu le temps de m'enfuir. On m'a tout de suite enfermé dans un camp d'entraînement. J'ai joué la comédie pour survivre, j'ai appris le salut hitlérien, j'ai fait preuve de bonne volonté, mais je me suis arrangé pour ne jamais tirer sur un Français, je vous le jure. Gardez-moi avec vous, je me rendrai utile, j'ai suivi une formation de tireur d'élite, je connais les mines et les explosifs. Je peux donner le change à des SS, ils n'y verront que du feu.

—Effectivement, c'est tentant, remarqua le chef. Je voudrais prendre l'avis des autres, laisse-nous un peu discuter entre nous.

Marc Lustenberger s'écarta de quelques pas, il s'appuya sur la roche, à l'entrée de la *balme*.

—Je crois qu'il faut lui faire confiance, dit Joseph Buron. Il n'aurait pas pris ce risque de se présenter à nous, en armes, et d'attendre notre réveil.

—J'ai connu un garçon originaire de Strasbourg qui s'était également sauvé avec sa femme et sa fille pour ne pas combattre du côté allemand. J'ai fait une partie du voyage avec lui. Malheureusement, il n'a pas eu la chance d'arriver au bout de son exode. Il a été abattu par les Stukas… en même temps que mon épouse, dis-je.

—Il me semble qu'on pourrait essayer, ça vaut la peine, conclut Jean. Maurice, pour te rassurer, tu ne le quitteras pas d'une semelle. Si tu constates un geste suspect, tu m'avertis immédiatement, nous aviserons. Nous pourrons avoir besoin d'un gars qui connaît l'allemand pour traduire des documents ou des messages radio que nous aurons interceptés. Jacques t'assistera… et il t'empêchera de tirer trop rapidement. Ce serait bête…

—Tu es le chef, c'est toi qui décides, soupira Maurice. Moi, ce que j'en dis ou rien, c'est la même chose. J'ai peut-être eu tort de donner mon avis…

—J'ai bien entendu tes réserves. Tu n'as pas forcément tort, il n'est pas question d'admettre les yeux fermés ce type parmi nous. Il y va de l'existence de dizaines de camarades.

Marc s'approcha de nous. Il se balançait d'un pied sur l'autre, comme un gamin timide qui vient annoncer qu'il a cassé le vase transmis dans la famille depuis six générations.

—Excusez-moi, ils ont envoyé une douzaine de fantassins à mes trousses. Ils arrivent à trois cents mètres d'ici. Ils sont accompagnés de chiens. Ils sont groupés, il n'y a pas d'éclaireurs. Je me trompe peut-être mais je pense qu'ils sont là pour moi. Que fait-on ? Les laisse-t-on passer ou faut-il les intercepter ? Moi, j'opterais plutôt pour ne pas risquer de continuer avec cette meute de loups à nos trousses. Si nous les négligeons aujourd'hui, un jour ou l'autre, ils nous retrouveront et prépareront un traquenard.

—Si on les laisse poursuivre leur chemin, il est fort possible qu'ils nous attendent un peu plus loin et nous tendent une embuscade, dit notre chef. Tu as parfaitement raison. Pour l'instant, ils ne savent pas où nous nous cachons. Nous les voyons et nous avons l'avantage, nous les surplombons. Qu'en penses-tu, toi qui connais leurs pratiques ? demanda-t-il à l'Alsacien.

—Un chapelet de grenades et une pluie d'éboulis, que nous pousserons sur leurs têtes, deux rafales bien ajustées en viendront vite à bout. Leur camion doit attendre à l'entrée de la passe. Il ne reste qu'un ou deux hommes dans le véhicule. Dès que nous en aurons terminé avec ceux-là, il serait bon de nous occuper des autres. Nous gagnerons alors assez de temps pour déguerpir, répondit notre recrue.

Nous posâmes le canon de nos pistolets-mitrailleurs sur les rochers qui nous protégeaient et nous pointâmes nos cibles. Trois soldats chacun, nous les laissâmes avancer jusqu'à une vingtaine de mètres de nous, puis nous fîmes feu quand Jean nous l'ordonna. Ils tombèrent comme une vague s'échouant sur la plage. Un Allemand qui traînait un peu en retrait rebroussa chemin, Marc épaula son fusil et visa calmement l'objectif mouvant et appuya sur la détente. Un claquement sec et le fuyard bascula en avant. Nous dévalâmes aussitôt la sente.

—Viens, dit Marc à Maurice Blanchard, courons nous occuper du camion maintenant.

Pendant que nos camarades remontaient le cours du ruisseau, avec Jean, nous tirâmes les corps des soldats dans un trou formé dans l'amoncellement de blocs de calcaire. Nous recouvrîmes leur sépulture de cailloux et de branches. L'affaire ne dura pas plus d'un quart d'heure. Nous achevions notre tâche quand l'écho d'une explosion sourde parcourut la ravine et une fumée noire s'éleva dans le ciel. Quelques minutes plus tard, Marc et Maurice nous retrouvèrent.

—Ils n'étaient que deux, morts de trouille, expliqua le paysan du Vercors, tout excité. Ils essayaient de faire demi-tour avec leur engin, mais ils étaient trop paniqués. Ils se cognaient devant et derrière. Nous les avons abattus avant qu'ils nous aperçoivent et nous avons glissé un chiffon enflammé dans leur réservoir d'essence. Vous auriez vu le feu de joie !

—Vous oubliez ça, dit Marc en brandissant un sac à dos qu'il avait récupéré dans le véhicule. C'est rempli de papiers, on pourrait l'emporter, il contient peut-être de précieuses informations…

Nous nous mîmes en route à toute hâte, nous remontâmes un peu vers Villard-de-Lans et nous quittâmes cette gorge par une coulée perpendiculaire qui s'enfonçait dans la forêt. Notre cultivateur-chasseur nous conduisit dans l'entrelacs de layons si étroits qu'ils ne permettaient pas à deux marcheurs de progresser de front. Quand nous le pouvions, nous parcourions plusieurs centaines de mètres dans l'eau des torrents.

—C'est pour que leurs chiens ne puissent pas nous suivre à la trace, expliqua notre guide.

—Tu n'as pas l'impression de nous faire tourner en rond ? s'inquiéta Jean.

—Je pourrais vous mener les yeux fermés, en me fiant à mon nez. Dans un mois, derrière ce talus, sous les chênes, vous trouveriez assez de champignons pour faire des omelettes pendant un an.

—Sommes-nous loin du campement ?

—Moins de quatre petites heures, nous sommes presque arrivés…

Je ne sentais plus mes jambes, mes pieds mouillés avaient gonflé dans mes godillots et ce sauvage parlait de *quatre petites heures.* Je serrai les dents pour ne pas lui cracher ma rage au visage… tout en l'admirant en secret. Dans mon dos, Joseph soufflait comme une forge.

En effet, sept heures plus tard, nous arrivâmes au milieu de l'après-midi, affamés et exténués. J'aurais étranglé Maurice, mais quand on ne possède pas de montre, comment peut-on évaluer le temps qui passe ?

Nous n'avions pas fini de souffrir car Jean Lerouge résolut de changer de cachette. Nous occupions ce camp depuis trop longtemps, il nous fallait déménager rapidement car les Allemands ne manqueraient pas de se mettre en chasse après l'embuscade. Il consulta les hommes et nous proposa de nous mettre en route pour Omblèze, sur le plateau d'Ambel, dans le sud-ouest du Vercors. Cette région du massif comportait de nombreux avantages, les pâturages et les crêtes se succédaient, on dominait le Diois et la plaine de Valence. C'était, à ses dires, un point stratégique essentiel. Moi, égoïstement, je pensai que je me rapprocherais de Paule et des filles qui me manquaient cruellement. Et pour cela, j'étais prêt à marcher encore pendant des nuits. Nous ne pouvions pas emprunter la grand-route qui menait à La-Chapelle-en-Vercors. Notre convoi eût été trop visible. Aussi, nous formâmes plusieurs groupes de six hommes qui partirent à deux heures d'écart, avec comme point de rendez-vous une bergerie du Pas-de-la-Garde.

Notre randonnée s'accomplit en deux jours. Des norias de transport de troupes ennemies parcouraient les routes, il fallait se jeter dans les taillis pour se dissimuler, et reprendre notre marche aussitôt que le danger s'éloignait. Nous nous cachions dans la forêt ou la montagne, nous nous mettions en route dès l'obscurité et nous nous reposions quand le soleil se levait. Nous écoutions les messages radio pour savoir si des représailles avaient été menées après notre action contre la patrouille allemande près de Villard-de-Lans. Nous n'entendîmes rien d'alarmant et nous nous prenions à espérer que l'état-major nazi pensât à une désertion de ses hommes. Mais nous savions que notre répit serait de courte durée car la carcasse calcinée du camion ne pouvait pas rester encore longtemps ignorée. Il se disait qu'un vent de panique courait dans les rangs ennemis. Des groupes soldats épouvantés par les maquisards s'enfuyaient, certains préféraient même rejoindre le maquis pour éviter le massacre, prétextant la folie du *Führer* et leur opposition à ce régime. Ils se disaient communistes, objecteurs de conscience ou simplement pacifistes. Ils ne supportaient plus l'éloignement de leur famille, ils n'avaient pas revu leurs femmes, leurs enfants depuis deux ans. La campagne de Russie, la désastreuse défaite de Stalingrad, avait ouvert les yeux des combattants les plus convaincus hier encore. Mais les derniers exaltés se battaient avec l'énergie du naufragé. Goebbels avait proclamé la « guerre totale, encore plus totale qu'hier », en appelant les écoliers et les vieillards à remplacer les morts. Les raids que nous menions étaient plus brutaux, les victoires se remportaient de haute lutte, pied à pied, et si les ennemis étaient moins nombreux, ils étaient animés par une rage désespérée et leurs réactions devenaient chaque jour plus sauvages. Jusqu'à l'affreux massacre des habitants de Vassieux et la destruction de leur ville, du 28 juillet 1944 au 3 août. Les alliés avaient alors débarqué en Normandie et les Allemands s'attendaient à l'effondrement du Troisième Reich.

Grâce à Jean Lerouge, notre groupe échappa à l'anéantissement du maquis du Vercors. Notre mobilité, nos précautions, la rapidité de nos actions nous rendaient insaisissables. La prudence dont nous avions fait preuve en vivant en autarcie nous avait permis de traverser les tempêtes. Frapper et se replier rapidement, telle était l'antienne ressassée par notre chef avant chaque opération. À la fin de la guerre, notre groupe réunissait une cinquantaine d'hommes solidaires : des Français, bien sûr, mais des communistes espagnols et Italiens, des nationalistes de droite déçus pas Pétain, des Britanniques, des Juifs d'Europe de l'Est, des déserteurs venus d'Allemagne ou des territoires conquis, comme Marc Lustenberger. Avec les amis de la première heure, Joseph Buron, Maurice Blanchet puis la recrue alsacienne, on nous appelait les Sioux en référence à notre embuscade menée contre la patrouille à Villard-de-Lans.

Pendant ces quatorze mois de clandestinité, je n'eus pas souvent l'occasion de voir les petites et Paule. Quatre fois en tout. Jean nous avait chargés de porter des messages à un contact de Romans. Marc Lustenberger et moi, nous nous y rendions à vélo, comme des adeptes de cyclotourisme. Avec nos pantalons de golf, nos chaussettes de laine, nos casquettes, le nez dans le guidon, nous dévalions les descentes comme si nous disputions un record. Notre mission accomplie, à la nuit noire, j'allais gratter la porte de notre appartement. Jamais prévenue, Paule me tombait dans les bras. Elle allait réveiller les filles afin que je puisse les embrasser. Dès notre première visite, pendant que je câlinais les enfants, mon amie ne s'intéressait qu'à son compatriote alsacien. Ils bavardaient à propos de leur ville commune, Strasbourg. Parfois, un mot inconnu leur venait à la bouche et je constatais leur plaisir de le prononcer. Ils se ressemblaient étonnamment : même regard d'un bleu profond, même blondeur de leurs cheveux, même sourire franc, on eût dit un frère et une sœur. On aurait juré qu'ils se connaissaient depuis l'école. J'avoue que j'en éprouvai d'abord un pincement au cœur, mais j'avais tant répété à Marc que jamais je ne pourrais remplacer Marion que je dus me résoudre à l'idée que ma protégée pût enfin rencontrer un homme. Je ne m'étais pas engagé à prendre soin d'elle et de Thérèse durant toute mon existence ! Et cette idée finit par s'imposer à moi. Certes, ils avaient vite sympathisé, mais savaient-ils déjà ce qui me parut comme une évidence ? Ils étaient destinés l'un à l'autre, comme le coquelicot au champ de blé ou le ruisseau à la rivière.

Au moment de nous séparer, Paule serra la main de mon camarade, elle me colla une bise sur la joue et, son bras sous le mien, elle me murmura à l'oreille :

—Merci, Jacques, merci de m'avoir présenté ce garçon de ma région. Ça m'a fait un bien fou d'entendre cet accent si loin de chez moi. C'est comme si j'avais retrouvé mon enfance…

Je me mordis les lèvres pour ne pas lui répliquer que chez elle, c'était désormais notre logement de Romans, sur le quai Dauphin et que sans doute, sa maison d'Alsace avait été détruite depuis longtemps par les bombardements alliés ou allemands.

Que l'on ne me dise pas que c'est le hasard, il fallait une main perverse pour diriger vers toi les balles du Stuka. Je te protégeais de mon corps, sous le plateau de la remorque. En toute logique, c'est moi qui aurais dû être tué à ta place. Frédéric, quant à lui, fut criblé de projectiles. Il faisait écran entre l'avion et Paule, c'était normal qu'il soit frappé. Mais toi ? Tu te trouvais sous moi qui t'enlaçais. Je ne cesse pas de me poser ce problème sans trouver de réponse. À moins d'être douées d'un pouvoir diabolique, ces mitrailleuses devaient me faucher et t'épargner. *J'étais épargné*, en vérité, je dois subir la pire des condamnations : pour notre petite Jeanne, je dois continuer à vivre sans toi. Marion, imagines-tu plus grande pénitence ? Pour toi, dans ton paradis, le temps n'existe pas, tu possèdes l'éternité. Mais pour moi, sans ta présence, le temps m'est une torture. Chaque jour me semble plus long qu'une année, chaque mois dure un siècle et je ne peux pas t'ôter de mon esprit. Quand je fixe le soleil pour m'aveugler et ne plus rien voir de ce monde absurde, c'est ton visage qui s'impose à moi. Marion. Même le regard brûlé, ce sera toujours toi que je verrai.

Vers la fin du mois d'août 1944, les résistants ouvrirent le passage devant les alliés. Le 22, ils libérèrent Montélimar et les Allemands remontèrent la vallée du Rhône vers Valence et Tain. Ils devaient forcément traverser l'Isère à Bourg-de-Péage pour regagner Tain et Lyon. Jean Lerouge nous confia notre dernière mission : assister les Francs tireurs Romanais que les chars ennemis et leur artillerie lourde pilonnaient. Nous arrivâmes en même temps que les blindés. Les habitants épouvantés se barricadaient chez eux. Je pris le temps de passer quai Dauphin pour embrasser les miens et leur recommander de ne pas mettre le nez dehors. Un mitraillage fourni s'était engagé sur la place du Maréchal-Pétain entre les Allemands et un petit groupe de partisans à l'affût. Des soldats de la Wehrmacht furent blessés et conduits à l'hôpital. Le major allemand Thieme qui commandait l'unité les libéra peu après sans effusion de sang en apprenant que ses soldats avaient été vaincus par la troupe régulière française et non pas par les terroristes, ce qui était faux mais arrangeait les deux camps. Cet étrange mensonge livré par les prisonniers eux-mêmes sauva la vie des otages qui avaient été désignés pour être fusillés, ce qui n'empêcha pas, pourtant, quelques exécutions de partisans. Ces débordements étaient inévitables dans la déroute des anciens vainqueurs qui venaient de prouver leur cruauté en livrant aux flammes le village de Vassieux.

Le 30 août, l'ennemi quitta définitivement la ville de Romans. Les Américains et les FFI en prirent le contrôle en milieu d'après-midi.

La bataille de Romans terminée, je retrouvai l'appartement et je profitai de la famille durant deux jours. Pendant ce temps, Marc se reposa chez nous, il joua avec les petites, bavarda longuement avec Paule. À l'évidence, il se sentait bien parmi nous. Il me demanda si son amitié avec Paule ne me contrariait pas. Je lui répondis que je n'avais aucun droit sur elle et que sa relation me réjouissait plutôt. Après son séjour chez nous, il décida de rejoindre les divisions d'alliés et de bataillons d'Afrique qui avaient débarqué en Provence. Il remonta le Rhône et parcourut la route de l'exode dans l'autre sens.

Quant à moi, je retrouvai le Vercors où nous devions éradiquer les derniers nids de miliciens qui rêvaient de reconquérir la France. La chasse aux traîtres et aux collaborateurs se menait âprement et nos adversaires jetaient toutes leurs forces dans la lutte. Les *jusqu'au-boutistes* savaient qu'un retour à la vie normale leur était impossible, aussi, ils ne voulaient laisser derrière eux que ruines et cadavres. Mais nous savions comme les renégats que notre victoire était inéluctable. Dans la région et partout en France, les victimes d'hier se vengeaient. La justice se menait en place publique, brutale, honteuse, sans avocat ni jurés. La meute haineuse remplaçait la cour. Alors commença le grand spectacle de l'épuration : les défilés de femmes tondues, les hommes roués de coups, poussés par la foule ivre de sang, les lampadaires transformés en gibet, les commerçants malhonnêtes qui avaient profité du marché noir se balançaient aux poternes des magasins. Certains réglaient leurs comptes personnels, assouvissaient leurs rancœurs par la dénonciation, le mensonge, la bassesse. On vit des lâches qui s'étaient terrés pendant quatre ans arborer le brassard des FFI, accrochés aux portières des tractions-avant, le pistolet glissé dans la ceinture.

La vraie guerre se déroulait désormais loin de la Drôme, jusqu'à la libération totale de la France. Quand les montagnes furent sécurisées pour longtemps, je n'eus plus de raison de m'y attarder. Jean Lerouge et quelques autres restèrent dans le Vercors pour administrer les communes et rétablir le service public. Je revins donc définitivement chez nous et repris le travail à l'usine. On m'y fit bon accueil et le patron me reçut à bras ouverts, ravi de me revoir vivant. Il eut le bon goût de ne me poser aucune question et j'étais trop pressé d'oublier la guerre pour poser enfin une lourde pierre sur le passé. Chaque jour, Paule guettait le facteur, blême d'inquiétude. Quand elle recevait un courrier de Marc, elle s'enfermait dans sa chambre un long moment. Elle en ressortait les yeux rougis en me tendant la lettre qu'elle venait de lire, l'écriture en était souvent maculée de ses larmes.

—Pourquoi tiens-tu à me montrer cela ? Ça t'est personnel, ça ne me regarde pas, protestais-je.

—Je t'en prie, je veux que tu en prennes connaissance, cela te concerne aussi si tu as un peu d'amitié pour moi. J'ai souffert en même temps que toi, et tu m'as apporté la joie aussi.

Embarrassé, je parcourais les deux feuillets qui, de semaine en semaine, se faisaient plus chaleureux, plus sucrés. Les mots d'amour et les promesses fleurissaient à chaque ligne. Je ne voyais pas les réponses qu'elle lui adressait, mais je supposais qu'elle se confiait à lui avec la même tendresse. Je ressentais un pincement au cœur que je ne parvenais pas à définir. Par-dessus tout, je voulais le bonheur de cette femme dont le ciel m'avait confié la protection. J'avais trop partagé ses souffrances et ses espoirs pour m'affliger de cette embellie qu'elle entrevoyait enfin.

—Qu'en penses-tu ? me demanda-t-elle, anxieuse.

—Réjouis-toi, ce garçon te rendra heureuse. J'ai vécu en sa compagnie pendant des mois difficiles. J'ai appris à l'évaluer. Jamais il ne te décevra, il est de ta région, de ta ville, il est droit et fort. Nul mieux que lui ne saura vous protéger, toi et ta petite.

—C'est que je pense encore à Frédéric. J'ai l'impression de le trahir, c'est encore trop tôt pour mettre un autre à sa place, m'avoua-t-elle, les yeux baignés de pleurs.

—Frédéric restera toujours dans ta tête et dans ton cœur, car c'est le premier, c'est le père de ton enfant, c'est lui qui a fait de toi une femme. Dix ans de veuvage supplémentaires n'y changeront rien, si ce n'est le risque de lasser Marc et de le voir partir. Je suis certain que, de là-haut, Frédéric te regarde et t'approuve, il sera plus tranquille de te savoir heureuse et de voir grandir sa fille auprès d'un homme tel que Marc.

—Et toi, ne mérites-tu pas ta part de bonheur aussi ? Nous étions bien ensemble, nous nous sommes soutenus comme si nous étions un couple… Tu aurais de bonnes raisons de m'en garder rancune, après tout ce que tu as fait pour moi…

Je laissai passer un grand pan de silence, bouleversé par ses scrupules.

—Tu conclus donc que tu ne m'as pas aidé ? Comment aurais-je supporté ces épreuves sans ton aide ? Tu t'es montrée solide, sûre, avec Jeannette comme avec moi. Mais jamais je n'aurais songé à te mettre dans mon lit, pas toi, pas en ces circonstances, pas si tôt.

—Pourquoi ?

—Parce que moi, contrairement à Marc, j'ai vu mourir ton mari et parce que tu as assisté à la mort de Marion. Cela fait une sacrée différence. Entre toi et moi, il y aura toujours leurs cadavres. Non, épouse ton Alsacien, épouse-le dès son retour… Une chose pourtant me préoccupe : que feras-tu s'il te demande de partir avec lui faire ta vie à Strasbourg ? Le suivras-tu ? Pour ma part, je ne reviendrai pas à Sedan, je n'y ai plus personne ni plus rien. Je n'y retrouverais que mes fantômes…

Elle se laissa tomber sur la chaise, en face de moi.

—Si je dois vivre comme tu le souhaites, je suivrai Marc où il voudra et, l'âme déchirée je serai obligée de m'éloigner de toi que j'aime comme un frère, et de ta fille qui nous est si chère, à Thérèse et à moi. Mais je te jure que tu resteras toujours là, ajouta-t-elle, le doigt posé sur sa poitrine. Nous viendrons te voir tous les ans et notre maison te restera ouverte à tout moment.

—Je comprends, dis-je. Va où la vie t'appelle. Je ne t'oublierai pas non plus.

Épilogue

Avec les Américains, Marc entra sur ses terres. Il participa à la libération de l'Alsace ponctuée de célèbres batailles : Soppe-le-Haut et Soppe-le-Bas, Galfingue de sinistre mémoire, Mulhouse, Colmar, Strasbourg, avant d'entrer dans Berlin. Il récolta quelques médailles qu'il rangea soigneusement dans un tiroir pour ne jamais les montrer. Le 30 avril 1945, Hitler se donna la mort, deux jours après l'exécution de Mussolini, et les bourreaux capitulèrent le 8 mai 1945. Les alliés se partagèrent l'administration de l'Allemagne exsangue. Nos troupes découvrirent l'horreur des camps de la mort, l'Aigle avait perdu de sa superbe, le peuple vaincu et affamé errerait longtemps parmi les ruines.

Il fallait assurer le retour des prisonniers, diriger les plus faibles vers les hôpitaux, rapatrier des millions de malheureux dont beaucoup mouraient avant d'atteindre leur domicile. Marc ne se présenta chez nous qu'au début du mois de septembre 1945. À Romans, nous tâchions de nous débrouiller pour remplir les assiettes car les restrictions se prolongeaient pour longtemps. Mais nous étions libres et c'était l'important. Fidèle à ses engagements, Marc vint chercher Paule et sa fille. Le patron m'accorda une semaine de congés payés pour assister à leur mariage à Strasbourg et aider à leur emménagement dans un corps de ferme encore debout non loin de la ville. La noce me laissa un goût bizarre dans la bouche. L'Alsace portait les stigmates de la guerre, ses habitants riaient et pleuraient l'instant d'après. Mon amie rayonnait de joie mais quand l'accordéon se taisait, elle essuyait une larme à ses paupières. Je tenais le rôle du témoin avec une de ses amies d'école qu'elle dénicha miraculeusement. Les filles dansèrent ensemble jusqu'après minuit. Nous n'étions qu'une dizaine de convives, des connaissances de Marc, pour la plupart, et je sentais que ces gens n'avaient connu que la terreur depuis des années. Ils n'étaient pas encore accoutumés à la joie et les éclats de rire s'interrompaient rapidement, comme s'ils en avaient honte. Le repas se tenait dans une grange dont un mur avait été abattu par un obus. Drôle de fête où il suffisait de lever les yeux pour voir les plaies laissées par la guerre sur cette région que des barbares avaient martyrisée.

Le lendemain, nos hôtes nous raccompagnèrent à la gare. Paule me serra dans ses bras avec une force désespérée et je la gardai enlacée jusqu'au coup de sifflet du départ.

—Je te la confie, lançai-je à Marc qui se tenait un peu à l'écart. Prends bien soin d'elle. Si j'apprends que tu lui fais du mal, je reviendrai pour te fendre le crâne.

—Pars tranquille, me répondit-il. Et reviens nous voir bientôt. L'Alsace est magnifique au printemps et en été, cela plaira à Jeannette.

J'avais prévu d'organiser une étape à Pailly. Je me mis en quête d'une entreprise de pompes funèbres pour la charger de conduire le corps de Marion à Romans. Avec l'aide d'un employé de mairie, je résolus le problème sans trop de difficultés. On me proposa d'assister à la réduction des restes mais je refusai, je ne m'en sentais pas la force et je ne voulais pas imposer cette épreuve à ma fille. Je ne voulais pas ternir le beau souvenir de mon épouse par des images macabres.

Le samedi 13 octobre à onze heures, Marion trouva enfin sa dernière demeure dans le cimetière de Romans qui dominait l'Isère, à deux cents mètres à peine de ma maison du quai Dauphin. Les copains de l'usine m'apportèrent leur soutien, Joseph Buron, Marcel Blanchet et quelques Lorrains qui, comme moi, avaient décidé de devenir Romanais. Avertis Dieu sait comment par Joseph, Jean Lerouge et Maurice Blanchard étaient descendus de leurs montagnes. Charline Bruyer tenait ma Jeannette par la main. Dans l'allée, je distinguais mon patron qui attendait pour me présenter ses condoléances. Je lui exprimai sincèrement ma gratitude car souvent je m'étais interrogé sur ma conduite si j'avais été à sa place, lors de l'instauration du STO. J'en étais venu à la conclusion que j'aurais probablement agi comme lui : il m'avait aidé autant qu'il avait pu mais à l'heure de faire un choix, il lui avait semblé normal de protéger plutôt les employés les plus anciens.

Pendant la cérémonie, je guettai le portail du cimetière. J'espérais l'arrivée de mes amis alsaciens mais les administrations souffraient encore d'une certaine désorganisation. Ils reçurent ma lettre quatre jours trop tard et me firent part de leur compassion. De sa grande écriture penchée vers l'avant, Paule me félicitait pour ma décision d'inhumer mon épouse là où je vivais avec notre fille. Elle me demanda des conseils sur mes démarches car Marc était d'accord pour rapatrier aussi la dépouille de Frédéric. C'était le mieux pour Thérèse et pour elle-même. Elles vivraient mieux en compagnie de ceux qu'elles aimaient, vivants ou morts.

Les années ont passé dans la paix, les rigueurs des restrictions se sont très lentement allégées. J'ai appris à aimer le Vercors si chèrement libéré. Mes vacances sont établies une fois pour toutes : avant d'aller retrouver mes amis de Strasbourg, je prends le temps de me recueillir sur les martyrs de Vassieux. Le village détruit dresse ses ruines calcinées. Un nouveau village a été construit plus bas dans la vallée. Le lieu des massacres dort dans la forêt. Des cars de visiteurs viennent y prier à la fin juillet et au début du mois d'août.

Au printemps 1947, Paule a donné le jour à un petit garçon qui porte mon prénom. J'en suis le parrain. En parlant de lui, Jeannette a pris l'habitude de dire « mon frère ». Je ne la corrige pas car elle n'aura jamais de vrai frère. Je n'ai jamais eu le cœur de remplacer Marion. Elle est toujours aussi présente en moi. Nous avons noué de mystérieuses relations de complicité. Elle est devenue une sorte de fiancée lointaine à qui je me confie. Nous parlons chaque jour de notre enfant, je ne décide rien sans la consulter et le soir, je ne m'endors jamais sans lui avoir exposé le détail de ma journée. Je suis devenu maintenant un grand-papa-gâteau. Je ne vis que pour ma fille et sa fille Marion qui me rappelle sa grand-mère. Je ne me lasse pas de la contempler et de l'écouter. C'est comme si ma chère épouse vivait à travers elle. Mon gendre est un brave garçon d'ici, il travaille dans l'usine qui m'employait. Il est comptable, il joue au rugby dans l'équipe de la ville. J'assiste à tous ses matchs et cela nous distrait de nos soucis : l'industrie de la chaussure traverse une grave crise dont elle ne se remettra pas, je le crains. La mondialisation, l'Italie, les pays émergents, la Turquie, l'Afrique du Nord nous livrent une dure concurrence. À la Bourse du travail, la file des chômeurs s'allonge chaque semaine un peu plus. Naguère, on attendait pareillement devant les commerces vides.

Mais cela me concerne moins, j'entrevois avec sérénité le bout de ma vie. Aux premiers froids de l'hiver, le pré de Cinq-Sous s'habille de neige et mes cheveux deviennent un peu plus blancs. Je ne m'en afflige pas car ma petite Marion aime y plonger ses doigts. Certes, j'ai subi beaucoup d'épreuves douloureuses, mais j'ai reçu aussi beaucoup d'amour, assez pour en transmettre aux autres, aux miens, vivants ou absents et à mes fidèles amis d'ici ou d'ailleurs. J'ai maintenant pardonné à Dieu qui m'a récompensé en me faisant de moi grand-père, et en rendant ma Jeannette heureuse. Paule et Marc ont aussi quatre petits-enfants et je me réjouis de leur bonheur. Ils l'ont grandement mérité.

Ma petite-fille a rompu le carcan de glace qui interdisait à sa maman et à moi d'évoquer la mort de mon épouse. Jusqu'à il y a peu, Jeannette a maintenu ce mutisme qu'elle calquait sur mon attitude. Nous voulions nous ménager réciproquement, nous avions déjà traversé les rigueurs de la guerre. Les disparus avaient droit au repos éternel et nous leur permettions de dormir en paix. Après, l'habitude était prise, impossible de revenir sur nos pas. Thérèse et Paule se comportaient pareillement, elles qui jamais ne citaient Frédéric. Mais l'adorable petite Marion qui n'avait pas connu sa grand-mère nous questionna sans cesse dès qu'elle sut construire une phrase. Elle voulait tout savoir, elle réclamait des photographies et je ne pouvais lui montrer que le portrait que j'avais sauvé du vol de notre tracteur et des affaires qu'il transportait sous la bâche. Elle insistait avec la force infatigable des enfants jusqu'à obtenir une réponse. Et Jeanne dut la satisfaire, elle parla mais comme elle n'avait connu sa mère que durant six ans, rien dans une vie, elle sollicita mon aide et la poche de souffrance se vida. Toute la douleur accumulée pendant mon existence s'échappa d'un coup. Au lieu de me blesser, ces confidences me guérissaient, comme elles soulagèrent ma fille. Nous avons raconté notre histoire pour expliquer les événements et je m'aperçus que nos souvenirs ne concordaient pas, notre perception des choses différait. Il nous fallut des années pour épuiser notre mémoire. Un soir de l'hiver dernier, après un de ces longs silences qui succédaient à nos récits, Jeanne m'interrogea brusquement.

—Papa, pourquoi as-tu laissé partir Paule ? C'est avec toi qu'elle aurait dû se marier. Je ne m'y serais pas opposée. J'aime Paule, tu le sais bien, nous nous sommes toujours bien entendues.

J'ai respiré une grande goulée d'air, je plongeais dans les abysses pour y puiser des mots que j'ignorais avant de les prononcer, car je n'avais osé les concevoir.

—Par peur, dis-je enfin.

—Tu avais peur de Paule ? s'étonna-t-elle.

—Non, ma chérie, je redoutais pour sa vie. En juin 1940, presque tous ceux qui m'entouraient sont morts. Tes quatre grands-parents à la ferme Braibant, ta maman, Frédéric pendant ce terrible exode, et ces inconnus que j'ai envoyés en enfer.

—Tu as tué des gens, tu as fait cela, toi ?

—Plusieurs fois, dis-je. J'ai fracassé le crâne d'un sale type qui tentait d'abuser de Paule, dans une grange de Bourgogne, et peut-être aussi celui d'un soldat italien dans le Vercors, pour lui voler des armes, et des Allemands près de Villard-de-Lans, le jour où j'ai rencontré Marc dans une grotte où nous nous étions réfugiés. Tous ces morts autour de moi, le sort s'acharnait à faire périr ceux qui m'approchaient. J'aurais sans doute été heureux avec Paule, mais sa mort m'aurait anéanti… Et puis je t'avais, toi que j'aime plus que tout. Tu me rappelais tant ta maman que tu contentais tout mon besoin d'amour. Et quand tu m'as donné la petite Marion, j'en ai presque eu honte, c'était une trop grande joie pour moi, tu me comblais.

Je ne lui mentais pas, quand je tenais ma fille et ma petite-fille contre mon cœur, j'enlaçais le monde, je ne regrettais rien de ma vie. Sauf peut-être mon impuissance devant les soldats qui emmenaient une famille de Juifs dans un camion dont je ne connus la destination que bien plus tard.

Certes, elle a été longue et souvent difficile, la route de l'espoir, mais elle a fini par me conduire vers une certaine forme de bonheur…

Marion, désormais, je suis un vieux bonhomme qui regarde les aiguilles de la pendule car leur mouvement me rapproche irrésistiblement de toi. J'ai beaucoup vieilli et je me pose des questions idiotes. Toi, dans ton paradis, tu es toujours la belle jeune femme que j'ai connue. M'aimeras-tu avec mon visage creusé par les années et les épreuves ? M'attendras-tu, sauras-tu me reconnaître ?

Même s'Il m'a obligé à vivre trop longtemps après toi afin que je puisse m'occuper de notre enfant et de notre petite-fille, j'en voudrai toujours à Dieu de nous avoir séparés, je ne Lui pardonnerai pas cette terrible souffrance qu'il m'a infligée. Et si je dois un jour comparaître devant Lui, quand Il me demandera ce que j'ai fait de mon existence, je Lui répondrai qu'il serait bien temps qu'Il se soucie de moi. Je Lui dirai que ma vie a été celle qu'Il m'a fait subir et qu'Il en porte toute la responsabilité. Je ne Lui rendrai aucune grâce. Je Lui dénierai le droit de me bénir ou de me maudire.

Et si, par bonheur, je parviens à te retrouver là-haut, je ne réclamerai pas ma place à Sa droite. Non, je te prendrai par la main et je te conduirai à l'écart, loin de Lui. Je rechercherai un torrent qui ressemblerait à la Bourne, ou une rivière telle que l'Isère, avec une île au milieu et une plage de galets protégée par les saules et les acacias, pour que nous vivions les moments paisibles et heureux que nous aurions dû partager sans l'intervention de ce Dieu inhumain.

Retrouvez-nous sur les réseaux sociaux :

City éditions

www.city-editions.com
@cityeditions
www.facebook.com/cityeditions/
@CityEditions
@cityeditions

Achevé d'imprimer en février 2025
sur les presses de la Nouvelle Imprimerie Laballery
58500 Clamecy
Numéro d'impression : 502216

Imprimé en France

La Nouvelle Imprimerie Laballery est titulaire de la marque Imprim'Vert®